Scherz Krimi

Spannung mit Niveau

## GARDNER, E. Stanley

Der Blutsauger
Die einsame Erbin
Die falschen Würfel
Frühstück für eine Million
Das Geheimnis des Kanarienvogels
Geschäftsmann mit Vergangenheit
Der goldene Köder
Guter Ruf ist teuer
Handel mit dem Schicksal
Der heulende Hund
Die kalte Spur
Katzen haben scharfe Krallen
Das Mädchen vom Golfplatz
Der Mann im Smoking
Motten im Nerz
Der nervöse Komplice
Party der Unschuldsengel
Die Pfotenspur
Rache in bar
Roter Drache, weiße Weste
Roulette mit dem Teufel
Schlafwandlers Nichte
Die schönsten Beine von Cloverdale
Schuß nach Mitternacht
Die schwarze Limousine
Die seltsame Braut
Die seltsame Nixe
Der unerwünschte Nachbar
Der vertauschte Casanova
Das vertauschte Gesicht
Was wußte Diana?
Wohin fuhr die Tote?
Zu treuen Händen

Erle Stanley Gardner

# Party der Unschuldsengel

Scherz
Bern – München – Wien

Einzig berechtigte Übertragung aus dem Amerikanischen
von Leonie Schoor
Titel des Originals: »The D. A. Takes a Chance«
Schutzumschlag von Heinz Looser
Foto: Thomas Cugini

5. Auflage 1980, ISBN 3-502-50687-6

Gesamtherstellung: Ebner Ulm

# 1

Als Doris Kane am frühen Morgen in Madison City ankam, war es erst sieben Uhr fünfzehn, und da sie die Nacht durchgefahren war, bemerkten ihre übermüdeten Augen zuerst gar nicht, daß die Stadt dabei war, ihre abenteuerliche Wildwestvergangenheit zu feiern. So sah man auf den Straßen die verwegensten Gestalten mit bärtigen Gesichtern und Cowboyhüten. Sie steckten in bunten Hemden, und an ihren Hüften baumelten schwere Colts. Ein Transparent flatterte über der Hauptstraße und trug in roten Buchstaben die Aufschrift «Wildwestfeier 1. bis 5. November».
Nach einem Blick auf ihre Uhr schien es Doris Kane noch zu früh, ihre Tochter zu besuchen. Die Heirat konnte natürlich Paulas Angewohnheit, spät aufzustehen, geändert haben, aber Mrs. Kane mochte kein Risiko eingehen. Sie wollte ihren Besuch unbeabsichtigt, «so im Vorbeifahren», erscheinen lassen, denn Paulas Mann, Jim Melvin, würde wahrscheinlich über das Auftauchen seiner Schwiegermutter, zwei Monate nach der Hochzeit, nicht gerade entzückt sein.
Also ließ sie das Auto dicht an den Rinnstein vor dem *Owl-Café* rollen, an dessen Fassade auf einem Schild zu lesen war: «Immer geöffnet».
Um diese Morgenstunde war es nicht schwierig, einen Parkplatz zu finden. Nachdem Doris Kane das Auto sorgfältig abgeschlossen hatte, betrat sie das Restaurant und entschied sich nach kurzem Zögern für einen Platz an der Theke.
Erst als sie auf einem der Hocker saß, konnte sie erkennen, in welchem Ausmaß sich Madison City für das bevorstehende Fest gerüstet hatte. Nach dem, was sie da von ihrem Hocker aus zu sehen bekam, konnte Mrs. Kane ebensogut nach Hollywood mitten in die Aufnahme einer Episode aus dem Leben von *Billy the Kid* geraten sein. Im Kreise stilechter Cowboys, deren üppig wuchernde Bärte nur notdürftig den gutmütigen Ausdruck ihrer Augen verdeckten, wartete Mrs. Kane eigentlich nur noch auf den fehlenden Spektakel, der dieses Milieu vollkommen gemacht hätte.
Ein junger Mann fragte nach ihren Wünschen.
Statt einer Antwort betrachtete sie verwundert seine Maskerade.

Der Mann grinste. «Fremd hier?»
Sie gab zu, daß sie es war.
«Wir feiern den Geburtstag der Stadt», erklärte der Cowboy. «Vor neunzig Jahren wurde sie gegründet. Alle Einwohner wirken mit. Jeder Mann mußte sich einen Bart wachsen lassen und muß ein Kostüm tragen, bis die Feier vorbei ist. Es wird ein großes Fest geben. Was wollen Sie haben?»
Doris Kane lächelte. Jetzt, da sie nicht mehr fuhr, machte sich ihre Müdigkeit bemerkbar. «Viel Kaffee», sagte sie, «und Ei mit Schinken. Den Kaffee, bitte, gleich.»
Sieben Uhr dreißig schien für die Männer, die im *Owl-Café* saßen, ein wichtiger Zeitpunkt zu sein, denn nacheinander bezahlten sie und eilten hinaus. Um sieben Uhr einunddreißig war Doris Kane die einzige Person an der Theke. Es schien ihr nun der richtige Moment für ein paar vorsichtige Erkundigungen gekommen zu sein.
«Sind Sie schon lange hier in Madison City?» fragte sie den jungen Mann hinter der Theke.
«Ich bin hier geboren», sagte dieser. «Eine Zeitlang war ich bei der Armee. Aber nachher kam ich wieder zurück in die gute alte Stadt. Früher dachte ich, sie wäre ein langweiliges Nest. Jetzt mag ich sie.»
«Es scheint eine nette kleine Stadt zu sein», stellte Mrs. Kane fest. «Ist sie nicht auch Sitz des Bezirksrichters?»
«Stimmt. Das Gerichtsgebäude ist dort auf dem Hügel. Wie schmeckt der Kaffee? Wollen Sie noch mehr?»
«Noch eine Tasse, bitte.»
Als er die frisch gefüllte Tasse über die Theke schob, fuhr sie beiläufig fort: «Kennen Sie vielleicht einen James L. Melvin?»
«Melvin?» sagte er, «Melvin — na klar, Jim Melvin.»
«Sie kennen ihn?»
«Sicher. Schon einige Zeit. Manchmal ißt er hier. Er hat doch die Vertretung für eine neue Art von Parkuhren, und im Augenblick verhandelt er, soviel ich weiß, mit der Stadtverwaltung über einen größeren Auftrag.»
«Richtig.» Doris Kane nickte und sah den fragenden Blick des jungen Mannes, der darauf wartete, daß sie weitersprach.
Sie lachte nervös. «Er ist mein Schwiegersohn.»
«Oh, er hat erst vor kurzem geheiratet, nicht wahr?»
«Ja.»

«Netter Bursche. In letzter Zeit war er hier auch politisch interessiert. Aber Sie wissen ja sicher alles darüber.»
«Ich glaube nicht.»
«Es war so: Doug Selby, unser District Attorney, war hier sehr beliebt. Weil er während des Krieges zur Armee ging, legte er vorübergehend sein Amt nieder. Nach seiner Rückkehr wollte der Mann, der seinen Platz eingenommen hatte, nicht wieder gehen. Die Bürger von Madison City erreichten aber nach endlosen Bemühungen, nach Resolutionen und Eingaben doch wieder die Ernennung Selbys zum District Attorney. Jetzt ist er also erneut in Amt und Würden. Es war ein häßlicher Streit.»
«Aha. War Jim für Selby?»
«Nein, er war auf der anderen Seite.»
«Heute morgen war er noch nicht hier?»
«Nein. Er kommt nicht regelmäßig, aber wenn er kommt, dann immer zwischen neun und zehn Uhr. Sie sind sicher hier, um unser großes Fest zu sehen, was?»
Doris Kane mußte lächeln. «Nein, ich bin nur auf der Durchreise. Es war mir aber noch zu früh, um die Kinder zu besuchen.»
«Kinder», sagte der Mann, während er sie abschätzend ansah, «das ist gut. Sie sind genauso alt wie er.»
Doris fühlte, wie sie vor Freude errötete. Es war sicher ein ernstgemeintes Kompliment. Paula war ja erst neunzehn, und sie selbst hatte vor drei Tagen ihren neununddreißigsten Geburtstag gefeiert. Aber die Jahre waren schnell vergangen, und der Gedanke, daß Paula verheiratet sei, erschreckte sie. Noch vor vier oder fünf Jahren war Paula ein ungelenkes Mädchen, das nur aus Knien und Ellbogen zu bestehen schien. Jetzt war sie verheiratet. Es kam ihr einfach unmöglich vor.
Mrs. Kane bezahlte ihre Rechnung und ging zum Wagen zurück. Es waren noch zehn Minuten bis acht. Sie hatte Paula zwar nicht vor neun Uhr anrufen wollen, aber die Aussicht, so lange im Wagen vor sich hinzudösen, war wenig erfreulich. Wahrscheinlich war auch Paula als Frau eines jungen Geschäftsmannes schon lange auf den Beinen und machte das Frühstück zurecht.
Kurzentschlossen betrat sie wieder das Restaurant, um zu telefonieren.

Im Telefonbuch fand sie: «Melvin, James, r., 1641 Hillcrest Drive». Sie warf eine Münze ein, wählte und wartete auf Paulas Stimme.
Niemand meldete sich.
Sie versuchte noch einige Male, Verbindung zu bekommen, bis sie ganz sicher war, daß niemand antworten würde. Dann legte sie den Hörer auf seinen Platz zurück und wandte sich an den gefälligen jungen Mann hinter der Theke. «Wie finde ich den Hillcrest Drive?»
Der Pseudo-Cowboy war sichtlich erfreut, ihr helfen zu können. «Fahren Sie bis zum ersten Boulevard-Stop, dann nach links, vier Häuserblocks weit bergauf, dann wieder nach links, jetzt folgen Sie der Straße um den Hügel. Der Hillcrest Drive ist eine der ersten Seitenstraßen, die nach ungefähr zehn oder zwölf Häuserblocks, nachdem Sie die zweite Linkskurve gemacht haben, abzweigen.»
Mrs. Kane bedankte sich und verließ das Restaurant, wobei sie in Gedanken die Beschreibung wiederholte, setzte sich in den Wagen, ließ den Motor an und fuhr los.
Den Hillcrest Drive fand sie ohne Schwierigkeit. Nr. 1641 war ein Haus, das ihren Vorstellungen entsprach. Es stand an einem Abhang, und seine Vorderseite war ein Stockwerk, seine Rückseite drei Stockwerke hoch. Die Garage befand sich auf der Rückseite des Hauses, und der Zugang dahin führte durch eine Gasse, die parallel zur Hauptstraße lief. Der Weg zur Hintertür war steil und bestand zum Teil aus Betonstufen.
Doris parkte den Wagen vor dem Haus, ging zum Eingang und klingelte. Während sie wartete, fand sie Zeit, sich umzusehen. Eine hohe Hecke umschloß das ganze Haus und verschaffte dessen Vorderfront etwas Abgeschiedenheit, aber wegen des steilen Abhangs schützte sie auf der Rückseite überhaupt nicht vor neugierigen Blicken. Weiter südlich stand ein Nachbarhaus, und gegen Norden lag ein unbebautes Grundstück.
Während Doris Kane zum zweitenmal auf den Klingelknopf drückte, sah sie etwas, das sie mit Unruhe erfüllte. In einer Ecke des kleinen Vorbaues lag ein Stapel Zeitungen, deren zuoberst liegende Blätter, auf die der Schein der Morgensonne fiel, schon zu vergilben begannen.
Doris runzelte die Stirn. Wahrscheinlich ...
Jetzt gewahrte sie die Ecke eines Zettels, der unter der Tür

hervorsah. Mit einiger Mühe zog sie ihn heraus. Es war eine hingekritzelte Notiz:

«Hat keinen Wert, Milch dazulassen. Sie wird in der Sonne sauer. Rufen Sie mich an, wenn Sie zurück sind und wieder beliefert werden wollen.

Der Milchmann.»

Der Briefkasten war an einem der Pfosten, die den Vorbau stützten, festgemacht. Doris Kane fand ihn unverschlossen. Sie drückte auf einen Knopf an der Seite, und die Metallscheibe der Vorderseite schob sich hoch.

Nur ein Brief lag darin.

Der Umschlag trug die maschinegeschriebene Anschrift: «James L. Melvin, 1641 Hillcrest Drive, Madison City.» Die Adresse des Absenders stand in geprägten Buchstaben in der linken oberen Ecke: «Alfonse Baker Carr, Rechtsanwalt, 962 Monadnock-Gebäude, Los Angeles.»

Der Brief war vor zwei Tagen in Los Angeles abgestempelt und wahrscheinlich gestern hier in den Briefkasten geworfen worden. Es war ein dünner Brief, als ob er nur ein einzelnes Blatt Papier, vielleicht eine Rechnung, enthielte.

Doris Kane hielt den Umschlag eine Weile in der Hand, bevor sie ihn wieder in den Briefkasten legte. Ein Geräusch, wie wenn Metall auf Metall kratzte, ließ sie aufhorchen und nach der Ursache forschen. Da fand sie den Schlüssel zum Haus auf dem Boden des Briefkastens.

Doris nahm ihn zögernd an sich und wandte sich zur Tür. Unschlüssig blickte sie auf das Schlüsselloch, während sie die Situation erwog. Paula war eine ausgesprochen sensible Persönlichkeit. Einige scharfe Ecken ihrer Individualität mochte das Leben schon abgeschliffen haben, aber im Augenblick konnte Paula den unrechtmäßigen Gebrauch des Schlüssels, der jetzt hier in Doris Kanes Hand lag, als unverzeihliches Schnüffeln ansehen.

Mrs. Kane war immer noch relativ jung. Sie war attraktiv und hatte selbst viele Bewunderer. Zwischen ihr und Paula bestand eine gewisse seltsam spröde Beziehung, die sehr verschieden war von dem hergebrachten Mutter-und-Tochter-Verhältnis. Doris würde als Besuch in Paulas Haus herzlich willkommen sein, aber es würde trotzdem immer Paulas Haus bleiben.

Mrs. Kane wußte, daß sie den Schlüssel schließlich doch benützen würde, falls es sein mußte. Aber vorher wollte sie sich noch ein wenig umsehen.

Immer noch mit dem Schlüssel in der Hand, ging sie zurück zum Bürgersteig, hinunter zum nächsten Haus und klingelte.

Die Frau, die die Tür öffnete, war über die besten Jahre hinaus, scharfäugig, mit dünnen Lippen und hohen Backenknochen, und von wieselähnlicher Beweglichkeit.

«Guten Morgen», sagte sie, und ihre flinken Augen glitten an Mrs. Kane auf und ab. «Verkaufen Sie irgend etwas?»

Es lag eine versteckte Feindseligkeit in ihrem Ton, bereit, in eine scharfzüngige Abfuhr und eine zugeknallte Tür auszuarten.

Doris Kane lächelte gewinnend. «Ich möchte etwas über die Melvins von nebenan erfahren. Es scheint so, als ob sie verreist wären. Könnten Sie mir sagen, wie lange sie schon weg sind, oder wann sie vielleicht wieder . . .»

«Das kann ich bestimmt nicht», wurde sie angefahren.

Mrs. Kane versuchte ihr entwaffnendstes Lächeln. «Da Sie ja Nachbarn sind, dachte ich . . .»

«Nachbarn!» schnaubte die Frau. «Sie wohnen neben uns, das ist alles. Nachbarn! – na wirklich!»

«Nun, natürlich», sagte Doris Kane, «ich . . .»

Aber die dünnen Lippen unterbrachen sie aufs neue und sprudelten los: «Wenn Sie mich fragen, die da oben sind wirklich nicht der Typ von Nachbarn, die wir uns für unsere Gegend wünschen. Dies hier ist ein anständiges Viertel. So ein Treiben hat man noch nie gesehen! Parties bis in den hellen Morgen, betrunkene Frauen, und dann – tja, jedenfalls behaupte *ich* immer noch, es war ein Schuß. Puh! Nachbarn, na wirklich! Was wollen Sie von ihnen?»

«Wie lange ist das her?» fragte Doris. Sie spürte, wie sich die Haut über ihren Backenknochen straffte.

«Wie lange was her ist?»

«Diese Party.»

«Es gab viele Parties.»

«Und der Schuß?»

«Das war vorige Woche, vor zehn Tagen, glaube ich. Wenn Sie etwas verkaufen wollen, ist es zwecklos, so frühmorgens da oben vorzusprechen. Die stehen nicht vor neun oder zehn Uhr auf, wenn sie überhaupt zu Hause sind, was ich aber bezweifle.»

«Ich ... ich bin mit der Familie befreundet, und ich ...»
«Sie kennen die Familie? Nun, was rede ich da die ganze Zeit mit Ihnen. Ich habe noch zu arbeiten. Guten Morgen.»
Die Tür knallte zu.
Doris Kane wußte nun, was sie zu tun hatte. Sie ging zurück zu Paulas Haus. Entschlossen steckte sie den Schlüssel ins Schloß, öffnete die Tür und trat ein.
Von einem Flur führte eine breite Treppe mit schmiedeeisernem Geländer in einer schwungvollen Kurve hinunter in ein großes Wohnzimmer.
«Hallo, Paula! Hallo, Jim!» rief Doris. «Ist jemand da?»
Die Stille des Hauses schluckte ihre Stimme, und nur das Zittern darin war nicht zu überhören.
Aber mit festen Schritten stieg Doris Kane die Stufen hinunter.
Im Wohnzimmer waren die Vorhänge noch zugezogen und ließen soviel wie kein Tageslicht durch. Sie knipste das Licht an, und dies enthüllte das Zimmer in seiner ganzen bequemen Geräumigkeit, mit einem großen Kamin an der Ostseite. Schiebetüren trennten es nach Westen von einem breiten Balkon, und durch eine Tür an der Nordseite kam man an eine Treppe, die zu den tiefer gelegenen Räumen führte. Nach Süden zu lag das Eßzimmer, dahinter die Küche.
Im Wohnzimmer fand Doris deutliche Hinweise, daß die hellhörige Nachbarin mit ihrem Klatsch sicher nicht so unrecht hatte: zerbrochene Gläser und volle Aschenbecher dekorierten Tisch und Boden, und die Luft, die über diesem Stilleben lagerte, war schal und abgestanden.
Auf dem Tisch im Eßzimmer stand ein Eiswürfelbehälter. Doris hob den Deckel und sah hinein. Er war zu einem Drittel voll mit Wasser, und das Wasser hatte Zimmertemperatur.
Mrs. Kane ging weiter zur Küche. Hier war alles aufgeräumt und peinlich sauber. Nirgends sah sie schmutziges Geschirr.
Doris öffnete den Brotkasten, befühlte den Brotlaib und einzelne Scheiben, die darin lagen. Das Brot war hart und trocken. Mit einem Finger strich sie über den Küchentisch und ließ in dem angesammelten feinen Staub eine deutliche Spur zurück.
Wieder im Wohnzimmer, zog sie die schweren Vorhänge an den Fenstern zur Seite, und im hellen Tageslicht entdeckte sie jetzt auch hier die feine Staubschicht, die über allem lag.

Doris löschte das Licht und lief rasch hinauf zu den Schlafzimmern.
Das erste, das sie betrat, war offensichtlich das Schlafzimmer des Ehepaares. Ein Doppelbett und zwei Frisierkommoden deuteten darauf hin. Die Betten waren nicht zerdrückt. Ein eiliger Blick in den Kleiderschrank überzeugte Mrs. Kane, daß Paula, falls sie wirklich verreist war, kaum etwas mitgenommen haben konnte. Der Schrank hing dicht voll Garderobe. Auf keinen Fall konnte sie eine längere Reise geplant haben.
Doris ging durch das Bad in eines der anschließenden Gästezimmer. Auch hier war das Bett sorgfältig gemacht. In seiner nüchternen Bereitschaft machte es den Eindruck, als sei es für Familienangehörige bestimmt. Das nächste Zimmer war geräumiger und wahrscheinlich für bevorzugte Gäste gedacht. Es hatte ein separates Bad und ... Doris Kane erstarrte vor Grauen, das Echo ihres Schreies in den Ohren.
Das Bettlaken war durch etwas Dunkles, Rötlichbraunes verfärbt und befleckt, so unheilvoll mitten im Weiß des Bettes, daß Doris sogleich erkannte, was es bedeutete.
Als sie den ersten Schreck überwunden hatte, trat sie näher und befühlte vorsichtig das Laken. Es war trocken und steif.
Auf dem Fußboden konnte sie keine Blutspuren entdecken. Aber im Badezimmer fand sie eine ganze Menge blutbefleckter Handtücher auf einem Haufen liegen.
Hier war ein Unfall geschehen. Jemand hatte viel Blut verloren, und die Handtücher verhinderten, daß es auf den Boden tropfte. Jemand hatte auf dem Bett gelegen, vielleicht, um auf den Arzt zu warten und ...
In Mrs. Kanes Gedanken wiederholten sich immer wieder die Worte der Nachbarin: «Tja, jedenfalls behaupte ich immer noch, es war ein Schuß.»
Doris Kane verließ fluchtartig das Haus. Draußen umfing sie der Morgen mit strahlendem Sonnenschein und ließ ihr die düstere Entdeckung der letzten Minute beinahe unwirklich vorkommen. Sie zog die Haustür hinter sich zu und ließ das Schloß einschnappen. Den Schlüssel legte sie im Briefkasten wieder unter den Brief von Alfonse Baker Carr, klappte den Kasten zu und ging mit schnellen, nervösen Schritten hinüber zu ihrem Wagen, startete den Motor und fuhr weg.
Ihre Gedanken waren ein kochender Strudel. Hatte Jim jeman-

den erschossen? Hatte sich eine Waffe aus Versehen entladen? Versteckte sich Paula vor den Folgen des Vorfalls? Oder war Paula das Opfer? Aber es sah ihr nicht ähnlich, sich so zu verhalten. Paula würde nicht davonrennen. Paula sah den Tatsachen immer ins Gesicht. Sie war immer so gewesen. Sie hatte sich nie vor etwas gedrückt, das ihr unangenehm war.
Fast ziellos fuhr Doris Kane ihren großen Wagen durch die Windungen des Hillcrest Drive, bis sie merkte, daß sie in eine Sackgasse geraten war. Sie wendete, kurvte die Serpentinen hinunter und fuhr zurück auf die Hauptstraße von Madison City.
Hier war der Cowboyzauber in vollem Gang. Wohin Mrs. Kane auch blickte, sah sie Männer, die, in engen Röhrenhosen, mit Fünf-Gallonen-Hüten über ihren martialischen Gesichtern, auf den ungewohnt hohen Absätzen ihrer Cowboystiefel durch die Gegend stolperten.
Die Wellen der Begeisterung schlugen hoch, jedermann gab sich zwanglos, und jeder alberte jeden an.
Madison City rüstete sich für das Hauptfest.
Doris Kane erschien dies alles jetzt als dummer Mummenschanz. Der Anblick der baumelnden Pistolenhalfter hob in ihren Gedanken die eingetrockneten rötlichbraunen Flecken auf dem Laken im Gästezimmer in Paulas Haus nur noch greller hervor.

## 2

Im Gerichtsgebäude stand Doug Selby, der District Attorney, vor dem Spiegel in seinem Privatbüro und musterte sich kritisch.
Das Festkomitee von Madison City mußte wohl für die Kostümierung aller Einwohner genaue Anweisung erlassen haben, denn auch Selby trug um den Hals ein rotes Tuch, und an einem Haken neben dem Spiegel hing ein breitrandiger Cowboyhut.
Selby ging gerade zu seinem Schreibtisch zurück, als seine Sekretärin anklopfte, die Tür öffnete und einen flüchtigen Blick hereinwarf. «Hätten Sie Zeit», fragte sie, «um für eine Minute bei Sheriff Brandon vorbeizukommen, oder möchten Sie lieber,

daß er herkommt? Er sagt, es sei eine Frau bei ihm, eine Mrs. Kane, und sie hätte eine sonderbare Geschichte erzählt.»

«Ist er noch am Apparat?» fragte Selby.

Sie nickte.

Selby nahm den Hörer auf. «Hallo, Rex.»

Sheriff Brandon meldete sich: «Ich wollte dich nicht stören, Doug, aber hier höre ich gerade etwas, was mir nicht gefällt. Sag mal, was steht im Gesetz über das Eindringen in ein Haus ohne Haussuchungsbefehl?»

«Wenn du die Erlaubnis des Eigentümers bekommst, ist alles in Ordnung. Wenn nicht, steht es schlecht.»

«Es ist niemand zu Hause.»

«Nimm dir dann lieber eine Vollmacht.»

«Hast du einen Moment Zeit, Doug?»

«Sicher.»

«Ich komme rüber.»

«Bringst du die Frau mit?»

«Nein, ich komme allein.»

Sheriff Brandon war an die fünfundzwanzig Jahre älter als Selby. Zwar zeigten sich in seinem Haar schon weiße Strähnen, aber seine Augen waren scharf und flink. Die geschmeidige Leichtigkeit seiner Bewegungen ließ sehnige Muskeln vermuten. An ihm wirkte die Cowboykleidung, die auch er zu Ehren des Festes trug, nicht wie Maskerade, sondern als ein Anzug, der seinem Typ am besten entsprach.

Selby hielt die Tür zu seinem Privatbüro auf, Brandon trat ein und setzte sich auf die Kante von Selbys Schreibtisch.

«Es handelt sich um Jim Melvin, Doug», sagte er.

Selby versteifte sich in gespannter Aufmerksamkeit. «Was gibt es, Rex?»

«Die Frau in meinem Büro ist Melvins Schwiegermutter. Sie ist ganz aufgelöst. Ihre Tochter Paula hat ihr zu ihrem Geburtstag weder geschrieben noch telefoniert.»

Selby grinste.

«Und», fuhr Brandon fort, «vor etwas mehr als einer Woche hat Mrs. Kane, also Paula Melvins Mutter, wegen eines Kochbuchs an Paula geschrieben und sie um baldige Antwort gebeten. Sie bekam keine Antwort, und als sie auch an ihrem Geburtstag nichts von Paula hörte, entschloß sie sich, herzufahren und nach dem Rechten zu sehen.»

«Sonst noch was?» fragte Selby.
«Eine Menge, Doug. Sie ging zu dem Haus. Vor der Haustür häuften sich die Zeitungen, und unter der Tür fand sie einen Zettel vom Milchmann, daß er vorläufig keine Milch mehr bringen würde. Die Nachbarin sagte ihr, daß sie vor etwa zehn Tagen zum letztenmal etwas von ihnen gehört hätte. Die Melvins sollen damals eine Party gegeben haben, und diese hätte geendet, nachdem ein Schuß gefallen sei.
Im Briefkasten fand Mrs. Kane einen Brief von Alfonse Baker Carr aus Los Angeles und den Schlüssel zum Haus. Kein Mensch war da. Es sah aus, als ob das Haus mitten in einer Party verlassen worden wäre. In einem der Schlafzimmer fand sie Blutspuren, auch im anschließenden Bad. Sie denkt, man hätte ihre Tochter umgebracht.»
«Meinst du, daß es eine Falle ist, Rex?»
«Ich will verdammt sein, wenn ich das weiß, Doug. Ich mache mir Sorgen.»
«Wenn uns unsere Gegner eine Falle stellen wollten», grübelte Selby, «könnten sie genauso vorgegangen sein, Rex. Wir würden uns Melvins Wohnung ansehen, und Melvin würde uns dann dabei überraschen. Er würde behaupten, wir wären unter gröbster Mißachtung seiner Rechte als Eigentümer eingedrungen, um einen eigenmächtigen politischen Racheakt auszuüben. Im anderen Fall, wenn wir einen Haussuchungsbefehl haben, wird er sagen, wir hätten ihn ohne Grund verfolgt und ihn in der Öffentlichkeit in Mißkredit gebracht.»
Brandons Schweigen hatte eine gewisse Beharrlichkeit.
«Um welche Zeit betrat sie das Haus, Rex?» fragte Selby.
«Ungefähr um neun Uhr früh, oder etwas eher.»
«Und was hat sie in der Zwischenzeit getan?»
«Wahrscheinlich an den Fingernägeln geknabbert und sich die Haare gerauft. Wenn man sie hört, steht für sie mehr auf dem Spiel als für uns. Sie sagt, ihre Tochter würde ihr nie verzeihen, wenn sie etwas Unkluges täte.»
«Wir werden sie uns mal ansehen, Rex», sagte Selby und stand auf. «Natürlich muß Jim Melvin wieder in dieser Sache stekken! Warum konnte ihre Tochter denn nicht jemand anders heiraten?»
Sie gingen den langen Korridor hinunter und traten in Brandons Büro, wo Mrs. Kane sie schon ungeduldig erwartete.

«Das ist Mr. Selby, unser District Attorney», sagte Brandon.
Selby nickte ihr zu und begann in seiner vorsichtigen Art: «Ich habe den Sheriff gerade gefragt, ob Sie ihm schon erklärt hätten, warum eine so lange Frist liegt zwischen der Entdekkung des beunruhigenden Vorfalls, den Sie dem Sheriff geschildert haben, und Ihrem Bericht an uns.»
«Wenn Sie Paula kennen würden», sagte Doris Kane, «würden Sie das nicht fragen, Mr. Selby. Wenn ich zu voreilig war ... nun, wenn Paula wohlauf ist ... oder falls Jim in Ungelegenheiten ist .. Ich weiß wirklich nicht, was ich machen soll.»
«Vielleicht möchten Sie erst noch etwas abwarten?»
«Nein, ich fürchte, ich habe schon zu lange gewartet.»
«Sie sagten, es liege ein Brief von Alfonse Baker Carr im Kasten?» fragte Selby.
«Ja. Sie kennen ihn?»
«Und *wie* wir ihn kennen!» knurrte Brandon. «Er wohnt hier.»
Sie sah ihn erstaunt an. «Ist sein Büro nicht in Los Angeles?»
«Das stimmt», sagte der Sheriff, «aber vor ein paar Jahren kam er hierher und kaufte sich ein Landhaus. Er sagte, er wolle seine Praxis aufgeben und sich ins Privatleben zurückziehen. Aber seine Klienten ließen ihm auch hier keine Ruhe. Bei Old A.B.C. weiß man allerdings nie, woran man ist.»
«Ein Strafverteidiger?»
«Ganz recht.»
«Ich möchte wissen, warum er an Jim schrieb.»
«Sie sagten, es sei ein dünner Brief?»
«Ja, es schien nur ein einzelnes Blatt Papier in dem Umschlag zu stecken. Es könnte eine Rechnung gewesen sein.»
Während Mrs. Kane sprach, hatte Selby sie aufmerksam beobachtet. Nun wandte er sich zu Brandon und nickte. Seiner Meinung nach war sie in Ordnung.
«Also, dann wollen wir uns die Sache mal ansehen, Rex.»
«Ein Haussuchungsbefehl?» fragte Brandon.
Selby blickte zu Mrs. Kane. «Wir werden eine schriftliche Erklärung brauchen, und ...»
«Oh, Mr. Selby, bitte verlangen Sie das nicht von mir.»
Selby schien zu überlegen. «Ich habe zwar Verständnis für Ihre Lage, aber ...»
«Der Schlüssel liegt im Briefkasten», ermunterte ihn Brandon.
«Gehen wir!» entschied Selby, «was kann uns schon passieren?»

## 3

Doris Kane entrang sich ein kurzer Ausruf des Erstaunens, als sie den Briefkasten geöffnet hatte.
«Was ist los?» fragte Selby.
«Der Brief. Er ist nicht mehr da.»
«Und der Schlüssel?»
«Liegt noch drin.»
«Aber Carrs Brief ist verschwunden?»
«Ja.»
«Augenblick», sagte Selby, «bevor wir hineingehen, müssen wir absolut sicher sein, daß niemand im Haus ist.»
Brandon drückte zweimal auf den Klingelknopf, wartete eine Minute und läutete wieder zweimal.
Als etwa drei Minuten vergangen waren, seitdem der Sheriff das erstemal die Klingel betätigt hatte, nickte Selby Mrs. Kane auffordernd zu. «Wenn Sie jetzt die Verantwortung übernehmen wollen, das Haus zu öffnen, werden wir hineingehen.»
«Nein, das kann ich nicht.»
Prompt nahm Selby den Schlüssel aus dem Kasten und öffnete die Tür.
«Ich denke», sagte er, «daß wir uns zuerst einmal das Wohnzimmer ansehen müssen. Ich möchte nicht, daß jemand dort sitzt, während wir in den Schlafzimmern herumstöbern. Er könnte vielleicht aus irgendeinem Grund auf unser Klingeln nicht geantwortet haben. Falls jemand da ist, liegt es an Ihnen, Mrs. Kane, die Situation zu erklären. Das Weitere übernehmen der Sheriff und ich.»
Doris Kane war einverstanden und führte sie die breite Treppe hinunter, verhielt aber plötzlich auf der letzten Stufe. «Aber das ist doch kaum möglich!»
«Was ist denn los?»
«Sehen Sie doch!»
Sonnenschein flutete durch die Fenster im Westen. Der Raum war tadellos in Ordnung gebracht, aufgeräumt und gefegt. Die Aschenbecher waren geleert und die zerbrochenen Gläser verschwunden.
«Es ist nicht mehr so, wie Sie es am Morgen verlassen hatten?»
«Ganz und gar nicht. Es muß jemand hier gewesen sein und alles aufgeräumt haben.»

«Ich fürchte, wir kommen ungelegen», sagte der Sheriff. «Ich denke, Ihre Tochter ist zurückgekehrt und nur für ein paar Minuten noch mal weggegangen.»
«Oh, das hoffe ich sehr.»
Brandon wurde es plötzlich ungemütlich. «Machen wir, daß wir hier rauskommen.»
Als sie die Treppe wieder hinaufstiegen, meinte Selby: «Wenn wir schon hier sind, können wir genausogut noch einen Blick in das Schlafzimmer werfen. Sie sagten doch, eine Nachbarin hätte einen Schuß gehört.»
Mrs. Kane lachte nervös. «Oh, ich glaube bestimmt, diese Person wollte sich nur wichtig machen. Ein ... ein Auto hatte wahrscheinlich eine Fehlzündung ...»
«Und wenn schon», Selby ließ sich nicht davon abhalten, «ich möchte mir dieses Schlafzimmer trotzdem ansehen. Welches Zimmer war es?»
Sie zeigte auf die Tür.
Selby und Brandon gingen darauf zu.
Mrs. Kane hielt sich im Hintergrund und warf besorgte Blicke zur Haustür. «Ich finde», sagte sie, «wir sollten uns beeilen, es könnte jemand kommen.»
Brandon öffnete die Tür, steckte kurz den Kopf ins Zimmer und wandte sich dann an Mrs. Kane: «Sie sagten, das Laken sei blutig gewesen?»
«Ja.»
«Sehen Sie sich das an.»
Als sie nähertrat und auf das Bett blickte, konnte er feststellen, wie sie vor Überraschung nach Luft schnappte.
«Sagten Sie nicht, daß im Bad blutige Handtücher lägen?»
«Gewiß.»
«Sehen wir mal nach.»
Das Bad war fleckenlos, wie geleckt in seiner weißgekachelten Sauberkeit.
Die drei schauten sich an und marschierten durch den Korridor zurück.
«Das wär's», sagte Brandon bitter.
Mrs. Kane lachte nervös. «Das – das wäre also erledigt, wie es sich auch immer verhalten mag. Ich weiß nicht, wie ich Ihnen danken soll. Könnte ich vielleicht ... ich meine, als Gentlemen würden Sie doch nicht ...»

Stumm öffnete Selby die Haustür.
«Den Schlüssel wieder in den Kasten», erinnerte Brandon.
Selby nickte.
Doris Kane schritt über die Schwelle. Im selben Augenblick riß Brandon sie zurück und knallte die Tür wieder zu.
«Was ist?» fragte Selby.
«Es ist doch eine Falle. Man hat uns reingelegt.»
«Jim Melvin?»
«Nein, Old A.B.C.»
«Was soll das bedeuten?» fragte Mrs. Kane.
«Tun Sie nicht so unschuldig!» herrschte Brandon sie an.
Selby war nachsichtiger. «Sie war nur der Köder, Rex. Hat er dich gesehen?»
«*Sie* hat er auf jeden Fall gesehen. Direkt vor uns hielt er mit seinem Wagen.»
«Wir können hier aber nicht ewig stehenbleiben und darauf warten, daß er klingelt», sagte Selby. «Los, Rex, wir müssen das ausfechten.»
Er stieß die Tür auf, verließ hinter den beiden das Haus und ließ das Schloß einschnappen.
«Sieh ihn dir an», grunzte Brandon, «herausgeputzt wie ein Rinderhirt. Dieser Leisetreter! Ehrbare Arbeitskleider zu tragen! Jetzt reicht es mir aber!»
Alfonse Baker Carr stand vor seinem Kabriolett, während er das Haus nachdenklich betrachtete. Jetzt kam er auf die kleine Gruppe zu. Mit einer eleganten Bewegung hob er die Hand und lüftete seinen Hut. «Guten Tag!» grüßte er und fuhr, zu Doris Kane gewandt, fort: «Können Sie mir sagen, ob Mr. Melvin zu Hause ist?»
«Er ist nicht da», mischte sich Brandon ein.
Mit sichtlichem Erstaunen, von dem man nicht wissen konnte, ob es echt oder gespielt war, sagte Carr: «Sieh da, das ist ja Sheriff Brandon.»
«Wer denn sonst, was dachten Sie denn?»
«Ich weiß nicht», meinte Carr mit einem eifrigen Ton in seiner Stimme. «Die Sonne schien mir in die Augen, und ich sah nur eine Frau mit zwei Männern – und da ist ja auch Major Selby, unser District Attorney. Wie geht's, Selby?»
«Gut», erwiderte Selby schroff. «Sie haben sicher Ihre Rede auswendig gelernt. Fangen Sie an.»

«Ich fürchte, ich verstehe Sie nicht ganz.»
«Schon gut, machen Sie es auf *Ihre* Art.»
«Darf ich nach dem Grund Ihres Besuches fragen?» forschte Carr und überhörte geflissentlich die Herausforderung in Selbys Worten. «Ohne Zweifel waren Sie doch bei Mrs. Melvin, da, wie Sie sagen, Jim Melvin nicht zu Hause ist.»
Selby lachte. «Ich fürchte, in Ihrer Folgerung steckt ein Fehler, Herr Anwalt.»
«Tatsächlich?»
«Zieren Sie sich nicht, Carr, fangen Sie schon an», brummte Brandon.
«Auch Mrs. Melvin ist nicht im Haus», warf Selby ein.
Carrs Miene zeigte höfliche Ungläubigkeit. «Dürfte ich erfahren . . .»
«Gestatten Sie, Mrs. Kane», sagte Selby, «das ist Mr. Carr. Mr. Carr ist Anwalt und hat Madison City die Gunst erwiesen, hier zu wohnen, nachdem er sich von seiner umfangreichen Praxis zurückzog.»
«Madison City die Gunst erwiesen . . .», echote Brandon mit verletzendem Sarkasmus.
Carr lächelte. «Mrs. Kane, ich freue mich, Sie kennenzulernen; aber ich fürchte, unser junger Freund, der District Attorney, ist — wie soll ich sagen — etwas voreilig. Nicht nur, daß bis jetzt noch nichts darauf hinweist, daß Madison City sich geehrt fühlt, auch meine Zurruhesetzung besteht größtenteils nur auf dem Papier. Meine Klienten haben die Neigung, mir überallhin zu folgen. Könnte es sein, daß Sie mit den Melvins verwandt sind?»
«Ich bin die Mutter von Paula Melvin.»
«Tatsächlich!» Carrs Stimme verriet plötzlich Interesse.
Carr war groß und ziemlich schlank und hatte scharfe Gesichtszüge. In seinen grauen Augen lag eine leichte Spur von Spott, und zeitweise schien ein sardonisches Lächeln um seine Mundwinkel zu spielen. Man hätte ihn leicht für einen Schauspieler halten können. Er bewegte sich mit einstudierter Grazie. Seine Hände waren langgliedrig und ausdrucksvoll. Seine wohltönende Stimme ließ auf sorgfältige Schulung schließen. Eine gewisse Überlegenheit ging von ihm aus, die Brandon so irritierend fand.
Der Sheriff drückte es Dpug Selby gegnüber einmal so aus:

«Du könntest A. B. Carr überraschen, wie er in einen Hühnerstall eingebrochen ist, ihn dabei ertappen, wie er gerade ein Ei aussaugt, und er würde seine berühmte kleine Verbeugung machen, die Spitze von einem Ei eindrücken, es dir anmutig überreichen und sagen: ‹Bedienen Sie sich doch, Selby, sie sind wirklich delikat!› Und auf die Art, wie er das täte, erschiene es als das Natürlichste auf der Welt. Und wenn du nicht auf der Hut wärst, säßest du zum Schluß auf der Hühnerstange und saugtest mit dem alten Winkeladvokaten zusammen Eier aus.»

«Sind Sie bekannt mit meiner Tochter?» wollte Doris Kane wissen.

«Tochter?» Carr parierte die Frage mit seiner üblichen Selbstsicherheit. «Entschuldigen Sie bitte die abgedroschene Phrase, aber man würde Ihnen eine verheiratete Tochter gar nicht zutrauen.»

«Danke. Sie kennen also Paula?»

«Ja», sagte Carr. «Eine sehr hübsche junge Frau, lebhaft, immer auf dem laufenden, äußerst modern und daher höchst faszinierend. Wissen Sie, manchmal denke ich, daß wir den bemerkenswerten Fortschritt, den die Jugend während der letzten zwei Generationen gemacht hat, zu wenig beachten. Wir . . .»

«Schon gut», unterbrach ihn Brandon. «Wir stehen mit beiden Beinen in dieser Geschichte; also werden wir jetzt darin herumwaten. Lassen Sie deshalb das Geschwätz von der guten alten Zeit. Wir haben ein paar Fragen an Sie, Carr.»

Höflich wandte sich Carr ihm zu. «Kann ich etwas für Sie tun, Sheriff? Sie wissen doch, daß Sie mich zu jeder Zeit . . .»

«Wann haben Sie das letztemal Jim Melvin gesehen?»

«Ach, das kann ich Ihnen bestimmt nicht sagen.»

«Kürzlich?»

«Nun, es kommt natürlich darauf an», sagte Carr, und sein würdevolles Gebaren schien jede Möglichkeit auszuschließen, daß er nur Zeit gewinnen wollte, «was man unter kürzlich versteht. Es gibt . . .»

«Haben Sie ihn in den letzten zwei Tagen gesehen?»

«Nein, ich glaube nicht.»

«In der vorigen Woche?»

«Lassen Sie mich nachdenken. So ohne weiteres kann ich diese Frage nicht mit Bestimmtheit beantworten, Sheriff. Es könnte schon möglich sein, aber ich möchte keine feste Aussage machen, ehe ich nicht die Möglichkeit hatte, meine Erinnerung aufzufrischen. Aber dürfte ich nun auch den Grund erfahren, was Sie mit Ihrem Verhör bezwecken?»

Brandon überging die Frage. «Was ist mit Mrs. Melvin? Haben Sie sie in den letzten zwei Tagen gesehen?»

«Nein.»

«Und in der vorigen Woche?»

«Ich möchte sagen, daß der Zeitraum in beiden Fällen der gleiche gewesen ist.»

«Mit anderen Worten: als Sie Mrs. Melvin das letztemal sahen, sahen Sie auch Mr. Melvin. Das wollten Sie doch sagen?»

«Ja, sie waren zusammen.»

«Wo?»

«Hier.»

«Wann?»

«Abends.»

Brandon streifte Selby mit einem Blick. «Wie spät war es?» fragte er.

«Nun, ich war hier bei einer kleinen Gesellschaft unter Freunden.»

«Das ist es, auf was wir hinauswollen», sagte Selby. «Erzählen Sie uns jetzt etwas über den Pistolenschuß.»

«Den Pistolenschuß?» Carr zog fragend eine Augenbraue hoch.

«Den Pistolenschuß», bekräftigte Selby.

Einen Augenblick machte Carr den Eindruck, als hätte er seine Fassung verloren. Er sah schnell von einem zum anderen, warf dann einen Blick auf seinen Wagen, als wünsche er, darin geblieben und weitergefahren zu sein.

«Was war mit diesem Pistolenschuß?» wiederholte Selby. «Herr Anwalt, Sie werden doch wissen, ob Sie einen Schuß gehört haben oder nicht.»

Carr sah ihm ins Gesicht. Er hatte sich wieder völlig in der Gewalt. «Nein», sagte er, «da war kein Schuß», und jetzt lächelte er, «es war ein Geräusch, das einem Pistolenschuß gleicht.»

«Und was war das?» fragte Selby.

«Das Knallen eines Sektkorkens.»

«Unsinn!» platzte Brandon heraus. «Wollen Sie behaupten, die Nachbarn hätten den Knall eines Sektkorkens mit ...»

«Die Nachbarn?» fragte Carr. «Nun, das ist in der Tat interessant. Nein, Sheriff, ich glaube auch nicht, daß der Knall eines Sektkorkens laut genug sein könnte, um ... Aber halt, einen Augenblick. Vielleicht habe ich unrecht. Den Knall eines Korkens im Eßzimmer könnte man durch die Schlafzimmerfenster des Nachbarhauses gehört haben — und ich nehme an, das sind die Nachbarn, auf die Sie sich berufen. Meine Herren, wenn ich es so bedenke, glaube ich durchaus, daß eine ernsthafte Möglichkeit besteht, daß nervöse, sensible Leute, deren Schlaf durch das Geräusch eines Sektkorkens plötzlich unterbrochen wurde, diesen Knall für einen Pistolenschuß halten konnten.»

«Aber *Sie* haben keinen Schuß gehört?»

«Nein.»

«Sind Sie dessen sicher?»

«Ja.»

Brandon deutete zum Briefkasten. «Sie haben Jim Melvin einen Brief geschrieben. Was steht darin?»

«Einen Brief?»

«Ja, einen Brief», drängte Brandon, «was steht darin?»

«Ach ja, ich erinnere mich. Es bestand ein Briefwechsel zwischen meinem Büro in Los Angeles und Mr. Melvin», gab der Anwalt nach einigem Zögern zu.

«Worüber?»

«Ich fürchte, da kann ich Ihnen nicht helfen, Sheriff. Es handelt sich dabei um eine sehr diskrete Angelegenheit, über die ich nichts ausplaudern darf. Aber ich versichere Ihnen, daß es nichts mit einem Pistolenschuß zu tun hat. — Und jetzt entschuldigen Sie mich bitte. Ich bin noch immer sehr beschäftigt, obwohl ich versuche, mich in den Ruhestand zurückzuziehen. Es hat mich sehr gefreut, Sie kennenzulernen, Mrs. Kane.» Carr wandte sich zu seinem Auto am Straßenrand.

«Einen Moment», hielt der Sheriff ihn auf.

«Ja?» Carr drehte sich halb um.

Fast unmerklich schüttelte Selby den Kopf.

«Was hat Sie an diesem Nachmittag eigentlich hierhergeführt?» wünschte Brandon noch zu wissen.

«Ich wollte zu Mr. Melvin.»

«Offenbar in einer wichtigen Sache?»

«Meine Zeit ist kostbar», erklärte Carr bedeutsam, «ich würde sie kaum an eine unwichtige Sache verschwenden.»

«Haben Sie versucht, mit ihm zu telefonieren?»
Carr lächelte. «Lassen wir diese Dinge auf sich beruhen, meine Herren. Ich wollte ihn in einer privaten Angelegenheit sprechen, über die ich Ihnen nichts sagen kann. Auf jeden Fall nicht, bevor ich nicht die Ursache *Ihres* Besuches kenne.»
«Wir», sagte Selby, «stellen Nachforschungen über einen Pistolenschuß an.»
«Tatsächlich! Sie haben sich die Mühe gemacht, einen Haussuchungsbefehl zu bekommen, nur wegen eines knallenden Sektkorkens?»
Brandon berichtigte ihn: «Es war kein Sektkorken, und wir haben auch keinen Haussuchungsbefehl.»
«Keinen Haussuchungsbefehl?» Ausdrucksvoll hob Carr die Brauen. «Aber meine Herren, Sie haben doch sicher die Wohnung meines Klienten recht gründlich durchsucht.»
«Haben Sie vor, etwas daraus zu machen?» fragte Brandon angriffslustig.
Carr lächelte. «Mein lieber Sheriff. *Ich* mache aus nichts etwas. Meine Klienten unterrichten mich über ihre Wünsche in ihren verschiedenen Angelegenheiten, und ich versuche . . .»
«Aber», unterbrach ihn Selby. «Sie waren zu dem Zeitpunkt hier, als man den Knall des Sektkorkens für einen Schuß hielt . . .»
«Ts, ts, man hat ja mehr als eine Flasche geöffnet! Ich war ganz bestimmt nicht hier . . . Einen Augenblick . . . ich glaube, jetzt weiß ich ungefähr, auf was Sie da anspielen. Aber dies ist eine Sache, über die ich nicht ohne weiteres reden darf.»
«Sie meinen einen Schuß?»
«Himmel, nein! Ich meine lediglich, daß es etwas gibt, über das ich nicht sprechen kann, aber ich denke doch, ich darf Ihnen versichern: aus dem Innern dieses Hauses kam kein Schußgeräusch. Die Nachbarn irren sich, wenn sie behaupten, sie hätten irgendwo in diesem Hause einen Schuß fallen hören.»
«Dann erzählen Sie mal, was Sie über dieses ungewöhnliche Geräusch . . .»
«Ts, ts, ich sagte Ihnen doch, daß ich dazu nicht imstande bin, eine Sache der Berufsehre, verstehen Sie. Und nun entschuldigen Sie, ich komme schon zu spät zu einer Verabredung.»
Er machte noch eine tiefe Verbeugung, stieg in den Wagen, ließ den Motor an und fuhr davon.

«So ist das jedesmal», seufzte Brandon. «Aus diesem Kerl bekommt man nichts heraus. Aber allmählich glaube ich doch, daß dies nicht nur eine Falle für uns ist. Ich glaube, Carr macht sich Sorgen.»
«Jedenfalls habe ich jetzt einmal in meinem Leben», sagte Selby verträumt, «A. B. Carr außer Fassung gesehen. Es versetzte ihm einen ganz schönen Schlag, als wir ihn direkt nach dem Schuß fragten. Also, Rex, wir wissen nun, daß hier eine Party stattgefunden hat. Irgend etwas ist dabei passiert. Wir müssen versuchen, herauszubekommen, wer daran teilgenommen hat, wann sie endete und ob jemand den Schuß gehört hat. Unterhalten wir uns mal mit den Leuten von nebenan, und sehen wir zu, daß wir herausfinden, wer hierherkam und das Haus in Ordnung brachte. So, und jetzt, Mrs. Kane, glaube ich, daß wir den Schlüssel wieder in den Briefkasten legen können. Wir werden in dieser Sache sorgfältige und gründliche Nachforschungen anstellen. Wie ich Carr kenne, würde ich sagen, daß man sich vorerst keine übertriebenen Sorgen zu machen braucht, aber etwas ist bestimmt faul. Sobald Sie Ihre Tochter finden, möchten wir mit ihr sprechen, und ich habe das Gefühl, daß Carr dafür sorgen wird, daß Sie sie möglichst bald finden.»
«Soll ich gleich mit den Nachbarn reden?» fragte Brandon.
«Nicht jetzt. Du erfährst mehr von ihnen, wenn du später allein und in deiner Eigenschaft als Sheriff mit ihnen sprichst. Bedaure sie ein wenig wegen ihrer gestörten Nachtruhe. Du bekommst so bestimmt mehr Informationen als Mrs. Kane heute früh.»

## 4

Es war nach neunzehn Uhr, als das Telefon in Selbys Wohnung läutete. Selby nahm den Hörer ab und vernahm die Stimme des Sheriffs.
«Bist du es, Doug?»
«Ja.»
«Könntest du für einen Augenblick ins Gerichtsgebäude kommen?»
«Klar.»

«Ich habe hier wieder eine komische Geschichte gehört, und der Mann, der sie mir erzählte, sitzt in meinem Privatbüro. Aber bevor du ihn dir ansiehst, möchte ich mit dir reden. Ich werde im Vorzimmer auf dich warten.»

Selby stieg in seinen Wagen und fuhr zum Gerichtsgebäude.

Im Vorzimmer sah er zwei Polizisten in einer Ecke am Telefon sitzen. Sie nickten ihm flüchtig zu, als er zu Brandon ging, der hinter einem Schreibtisch saß.

Der Sheriff erhob sich, nahm Selby am Arm und ging mit ihm zum Fenster.

«Du erinnerst dich doch an Milton Granby, Doug?»

Selby grinste. «Der, der überall damit hausieren geht, daß er der Schwager von Morris Sheldon, dem Bürgermeister von Las Alidas, wäre?»

«Genau der.»

«Was ist mit ihm?»

«Er wartet drüben in meinem Büro. Ich hätte gern, daß du mit ihm sprichst.»

«Er hängt sich an den Rockzipfel seines Schwagers», meinte Selby. «Ich möchte wissen, was aus Granby geworden wäre, wenn der keine Schwester gehabt hätte.»

«Es ist zwar nicht sicher, aber allem Anschein nach tappen wir wieder im Nebel, wie üblich, wenn wir mit A. B. C. zu tun haben.»

«Mit anderen Worten, du glaubst nicht an die Geschichte, die Granby dir erzählt hat?» fragte ihn Selby, während er seine alte Bruyèrepfeife füllte und ein Streichholz anzündete.

«Ich glaube sie ihm schon, bin mir aber noch nicht im klaren, was sie bedeutet. Ich möchte, daß du sie dir anhörst.»

«In Ordnung. Gehen wir hinein.»

Brandon öffnete die Tür zu seinem Privatbüro, wandte sich an den Mann, der dort saß und sagte: «Ich möchte, daß Sie Doug Selby das gleiche erzählen wie mir, Granby.»

Granby, ein schmaler, zartknochiger Mann mit einer Halbglatze, sprang auf, um Selbys Hand zu schütteln. «Wie geht's, Mr. Selby? Schön, daß Sie wieder bei uns sind.»

«Ich freue mich auch, wieder hier zu sein.»

«Setzen Sie sich doch», forderte der Sheriff Granby auf, «und erzählen Sie Selby Ihre Geschichte. Fangen Sie vorne an, und lassen Sie nichts aus bis zum Schluß.»

Granby rückte sich den Stuhl zurecht und ließ sich nieder. Offensichtlich genoß er die Situation.
«Also», begann er, «ich nehme an, Sie wissen, daß in Las Alidas über Parkuhren verhandelt wird. Jim Melvin vertritt doch eine neue Erfindung, die sehr viel rentabler sein soll als die alten Uhren. Es handelt sich um eine Art fotoelektrische Zelle, die verhindert, daß man die noch nicht abgelaufene Zeit des Wagens zuvor, der weniger als eine halbe Stunde parkte, ausnützen kann.»
Brandon nickte verstehend.
«Nun, ich habe ein paarmal mit Jim Melvin gesprochen. Er hatte nie Zeit für mich, bis er erfuhr, daß ich Morris Sheldons Schwager sei. Dann fing er an, mich zu hofieren.»
«Jaja», drängte Brandon, «das alles wissen wir ja nun. Jetzt interessiert uns aber noch diese Party in Melvins Haus in Madison City.»
«Tja, Melvin wollte, daß ich ihn besuche. Er sagte, er arrangiere eine kleine Zusammenkunft, nur um sich gegenseitig etwas kennenzulernen. Es war aber, unter uns gesagt, eine regelrechte Sauferei. Er hatte allerlei Leute eingeladen, auf die er Eindruck machen wollte. Leute von hier, einige aus Los Angeles und einige aus Las Alidas.»
«Und Old A. B. Carr war auch da?»
«Auch der.»
«Weiter, erzählen Sie, was dann geschah.»
«Tja, es gab eine Menge Champagner und sonstigen Alkohol. Was man sich nur wünschte.»
«Berichten Sie von dem Schuß», ermunterte ihn Brandon.
«Da war es schon spät, ein oder zwei Uhr morgens, die genaue Zeit weiß ich nicht mehr, als ich glaubte, ich hätte einen Pistolenschuß gehört.»
Der Schwager des Bürgermeisters von Las Alidas machte eine Kunstpause und befeuchtete seine Lippen mit der Zungenspitze. Er sah vom Sheriff zum District Attorney, als sei er stolz, einen so dramatischen Höhepunkt in seiner Geschichte zu haben.
«Weiter», sagte Brandon kurz.
Mit sichtlichem Behagen fuhr Granby fort: «Einer der Burschen, mit denen ich gerade sprach, sagte, es sei nur ein Sektkorken in der Küche gewesen, ein anderer meinte, ein Last-

wagen hätte eine Fehlzündung gehabt. Aber *ich* sagte, es war ein Schuß, und sie könnten mich nicht zum Narren halten!»

«Fahren Sie fort.»

«Tja, die Party ging weiter, und dann kam nach ungefähr einer Stunde Jim Melvin zu mir und fragte mich, ob ich über eine Sache Stillschweigen bewahren und ihm helfen könnte. Er sagte, er brauchte noch jemand, sah sich um und bemerkte Mr. Carr und bat auch ihn um Hilfe. Dann führte er uns die Treppe hinauf.»

Der Sheriff warf einen Blick auf Selby und sagte zu Granby: «Gut, fahren Sie fort.»

«Also, Melvin führte uns in eines der Schlafzimmer. Ein Mann lag dort auf dem Bett. Ein durchblutetes Handtuch war um seinen Arm gewickelt. Das ganze Bett war blutig, ebenso das Bad. Der Bursche sagte, er hätte zu viel getrunken und wäre hinausgegangen, um frische Luft zu schnappen und etwas nüchterner zu werden. Dann sei ihm an der Garage ziemlich übel geworden. Das hätte ihn auf den Gedanken gebracht, nach Hause zu fahren. Er sei in die Garage gegangen und hätte die Tür des Autos geöffnet, das dort stand. Während er einzusteigen versuchte, hätte er zufällig den Knopf auf dem Handschuhfach berührt. Die Klappe sei aufgesprungen, und im Fach hätte ein 38er-Revolver gelegen.

Er sagte, daß er den Revolver herausgenommen und eine Weile daran herumgefummelt hätte, bis ihm aufgegangen wäre, was das in seinem Zustand für ein gefährliches Spielzeug sei. Wie er ihn zurücklegen wollte, sei das Ding irgendwie losgegangen, und so hätte er sich, verdammt, selber in den Arm geschossen. Er meinte, er wüßte es selbst nicht genau, wie es passierte, aber der Schuß, und vor allem seine Wirkung, hätten ihn ernüchtert. Er sei ins Haus gegangen und hätte versucht, ins Bad zu kommen, um das Blut abzuwaschen. Die Wunde hätte stark geblutet, und mit seinem Taschentuch hätte er den Arm abgebunden, sei dann zum Bett getaumelt und sofort darauf eingeschlafen. Während er schlief, löste sich das Taschentuch, und er verlor eine Menge Blut.»

«Und was geschah dann?» fragte Selby. Seine Stimme und seine Augen verrieten lebhaftes Interesse.

«Tja, Melvin sagte, er wolle die Sache vertuschen. Erstens wollte er nicht, daß bekannt würde, daß er eine Waffe mit sich führte. Er fürchte Schwierigkeiten, da er auch keinen Waffenschein hätte. Zweitens sollte niemand erfahren, daß sich auf seiner Party ein Mann angeschossen hatte, wer könnte wissen, was die Zeitungen daraus machen würden.»

«Was sollte also geschehen?» fragte Brandon.

«Tja, der Verletzte meinte, daß er wieder in Ordnung sei. Er würde mit seinem Wagen nach Hause fahren, und der Vorfall täte ihm schrecklich leid.»

«Und was taten Sie?»

«Wir halfen ihm zur Hintertür und über die Gasse zu seinem Wagen, der dort parkte. Er sagte, er fühle sich durchaus imstande, trotz seines verletzten Armes allein nach Hause zu fahren.»

«Wer war dieser Mann?»

«Da bin ich überfragt. In dieser Situation haben wir uns nicht gegenseitig vorgestellt. Niemand hat mir seinen Namen gesagt und . . .»

«Haben Sie denn nicht schon vorher auf der Party seine Bekanntschaft gemacht?» erkundigte sich Selby.

«Um ehrlich zu sein. Mr. Selby, ich kann mich gar nicht erinnern, ihn auf der Party überhaupt gesehen zu haben.»

«Warum bat Jim Melvin Sie um Hilfe?»

«Schwere Frage. Vielleicht dachte er, der Mann wäre in weit schlimmerer Verfassung, als es in Wirklichkeit der Fall war. Immerhin zog ich mit ihm los und brachte ihn zu seinem Wagen.»

«Was für ein Wagen war es?»

«Das kann ich Ihnen nicht sagen. Aber er glich einem dunklen Sedan, einem neueren Modell in einer einfachen Ausführung.»

«Sie haben sich natürlich auch nicht die Nummer des Wagens gemerkt?»

«Nein.»

Brandon blickte auf Selby. «Das ist also seine Geschichte, Doug.»

«Erinnern Sie sich vielleicht, wo Jim Melvin war, als der Schuß fiel?» fragte Selby.

«Ja. Er stand neben mir. Er war derjenige, der sagte, es wäre der Knall eines Sektkorkens aus der Küche.»

«Und Carr?» forschte Selby weiter, «wissen Sie zufällig, wo der war?»

«Sicher. Carr stand auch bei uns. Er war doch der, der behauptete, es wäre eine Fehlzündung gewesen. Er hat mir noch lang und breit erklärt, wie eine Fehlzündung zustande kommt.»
«Sie wissen also bestimmt, daß sowohl Carr als auch Melvin neben Ihnen standen, als Sie den Schuß hörten.»
«Jawohl.»
«In Ordnung», beendete Selby die Unterredung, «ich glaube, das wäre alles.»
Granby schien nur ungern zu gehen. Er war sichtlich stolz auf seine Eigenschaft als wichtiger Zeuge.
«Es wäre mir vielleicht möglich, etwas mehr über diesen Burschen für Sie zu erfahren», meinte er, «ich könnte einige der andern fragen.»
«Nein, danke, wir werden unsere eigenen Nachforschungen anstellen», sagte Brandon.
«Aber wenn ich irgend etwas für Sie tun kann, lassen Sie es mich bitte wissen.»
«Was ist mit Morris Sheldon? War er dort anwesend?»
Granby reckte sich voller Würde. «Nein, *ich* vertrat unsere Familie auf dieser Party. Er war natürlich auch eingeladen, aber ... nun, ich ... tja ... vertrat Morris ... das heißt – nun, Sie wissen ja, was ich meine.»
«Schon gut. Erzählen Sie aber niemand, daß Sie hier waren oder daß Sie über diese Sache ausgefragt wurden. Das wär' alles. Ich danke Ihnen, Granby.»
Als Granby gegangen war, holte der Sheriff ein Päckchen Zigarettenpapier aus seiner Tasche, fischte nach seinem Tabaksbeutel und ließ den goldbraunen, duftenden Tabak in das gefalzte Papier rieseln.
«Siehst du», meinte er nachdenklich, «so ist es jedesmal, wenn wir mit Carr zusammentreffen.»
«Was hältst du von der Sache, Rex?»
«Ich glaube erstens, daß dieser Mann, wer er auch immer war, sich nicht sehr schwer verletzt haben konnte, da es ihm ja noch möglich war, den Wagen allein zu fahren.»
Selby nickte.
«Und zweitens», fuhr Brandon fort, «Melvin holte sich Granby und Carr zu Hilfe, um den Burschen aus dem Haus zu bringen. Aber der brauchte gar keine Hilfe. Falls Melvin nun wirklich die Absicht hatte, die Sache zu vertuschen, warum zum Kuckuck

holte er sich dann zwei Zeugen, gerade als der Kerl das Haus verließ?»
Selbys Pfeife war inzwischen ausgegangen. Er rieb ein Streichholz unter der Tischplatte an und hielt es an den Tabak, während er einige Sekunden versonnen an seiner Pfeife zog.
«Na, was ist, Doug?» brummte Brandon, «es sieht so aus, als ob du eine Idee hättest.»
«Eine Idee hab ich zwar, aber das ist auch alles. Übrigens, wie wurde die Wohnung saubergemacht?»
«Ich habe mich danach erkundigt», berichtete Brandon. «Ein schwarzes Dienstmädchen kommt einmal wöchentlich vorbei und macht Ordnung. Falls niemand zu Hause ist, findet es den Schlüssel im Briefkasten.
Vorige Woche hat Mr. Melvin sie angerufen, sie brauche nicht zu kommen. Diese Woche hat Mrs. Melvin möglicherweise wiederum versucht, sie telefonisch zu erreichen. Aber das Mädchen war zu Besuch in Los Angeles. Heute morgen kam sie zurück und ging direkt zur Wohnung der Melvins, nahm den Schlüssel aus dem Kasten und ging ins Haus. Ihren Koffer hatte sie bei sich. Sie zog sich um und ging an die Arbeit.
Sie fand blutbefleckte Laken auf dem Bett im Gastzimmer und Handtücher im Bad. Aber sie dachte, das ginge sie nichts an, machte alles sauber und bezog das Bett mit frischer Wäsche.»
«Was machte sie mit dem blutigen Zeug?»
«Sie wäscht auch für die Melvins, deshalb nahm sie es mit. Sie fährt so einen alten Klapperkasten, und da stopfte sie einfach das ganze Zeug hinein, fuhr nach Hause und hat es sofort gewaschen. Sie scheint sehr energisch zu sein.»
Selby runzelte die Stirn. «Vorige Woche telefonierte ihr Mrs. Melvin, sie brauche nicht zu kommen?»
«Stimmt.»
Die beiden Männer rauchten und hingen ihren Gedanken nach. Nach einer Weile wurde an die Tür geklopft. Einer der Polizisten vom Vorzimmer öffnete sie einen Spalt und meldete: «Sheriff, draußen ist ein Mann namens Parlin. Er möchte Sie sprechen. Hier ist seine Visitenkarte.»
Brandon schüttelte unwillig den Kopf. «Ich habe jetzt keine Zeit, Dick, du wirst ihn schon selber . . .»
«Es sei wegen Jim Melvin, und Parlins Visitenkarte macht den Eindruck, als ob er . . .»

«Zeig mal her.»
Der Sheriff nahm die Karte entgegen und hielt sie so, daß auch Selby sie lesen konnte. Sie sah teuer aus, und darauf stand: HUDSON L. PARLIN, FINANZIERUNGEN, RODNEY-GEBÄUDE, LOS ANGELES.
«Und wie sieht er aus?» wollte Selby wissen.
«Etwa fünfundfünfzig Jahre alt, ein großer, schwerer Bursche mit einem roten Gesicht und manikürten Fingernägeln. Er sieht putzig aus in seiner Cowboykluft.»
«Laß ihn noch eine Minute warten und schicke ihn dann 'rein», befahl Brandon. «Ich möchte nicht, daß er meint, ich hätte nur auf ihn gewartet. Aber laß ihn nicht wieder fortgehen.»
Der Wachtmeister verschwand.
«Granby hat mich richtig beeindruckt mit seinen Redereien, Rex», grübelte Selby, nachdem sie wieder allein waren.
Brandon nickte. «Das ist ja das Schlimme bei diesem Burschen. Er wird es in der ganzen Stadt ausposaunen. Er ist verdammt daran gewöhnt, zu . . .»
Die Tür öffnete sich von neuem, und der Wachtmeister sagte: «Hier ist Mr. Parlin.»
Hudson L. Parlin stand auf der Schwelle. Seine stahlgrauen Augen unter den struppigen Brauen schätzten die beiden Männer blitzschnell ab. Dann lächelte er. Es war ein Lächeln von kühler, sparsamer Herzlichkeit, das aber nichtsdestoweniger zeigte, daß er sich zu Freundlichkeit entschlossen hatte, obwohl er das gewiß nicht nötig hätte.
«Treten Sie näher», sagte Brandon. «Sie wollten mit uns sprechen? Ich bin Sheriff Brandon, und dies ist Mr. Selby, der District Attorney.»
«Sehr erfreut, Sie kennenzulernen. Ich wollte mit Ihnen über James L. Melvin reden.»
«Das sagte schon der Wachtmeister. Setzen Sie sich, bitte. Machen Sie es sich bequem, und erzählen Sie, was Sie wissen.»
Parlin nahm Platz. Seine steife, starre Haltung unterstrich die Förmlichkeit seines Besuchs und ließ Brandons Einladung, es sich bequem zu machen, ziemlich unpassend erscheinen.
«Meine Herren», Parlin bediente sich einer abgehackten Sprechweise, «ich bin Geschäftsmann.»
«Schon gut», sagte Brandon, «fangen Sie an, und reden Sie vom Geschäft.»

«Ich finanziere Erfindungen. Vor einiger Zeit kam nun ein Erfinder einer Parkuhr zu mir. Er wollte finanzielle Hilfe. Seine Auskünfte waren etwas undurchsichtig. Ich stellte vorsichtige Ermittlungen an und kam zu dem Ergebnis, daß seine Sorgen zum größten Teil von mangelnder Geschäftstüchtigkeit herrührten. Ich will mich nicht zu sehr in Einzelheiten verlieren. Aber schließlich kaufte ich die Erfindung in Bausch und Bogen.»
«Sie reden von Jim Melvin?» fragte der Sheriff.
«Ganz recht. Die Schutzmarke dieser Erfindung lautet *Carpark*. Ich habe mir diesen Namen selbst ausgedacht und beauftragte meinen Patentanwalt mit der Wahrung meiner Interessen. Nach sorgfältiger Planung für eine großangelegte Produktion dieser Parkuhren machte ich mich an die Arbeit.»
«Was ist mit Jim Melvin?»
«Ich stellte ihn ein auf einer Basis von Gehalt und Gewinnbeteiligung. Wenn er eine bestimmte Verkaufsquote erreicht, erhält er die alleinigen Verkaufsrechte.»
«Welches Gebiet umfaßt dieses Übereinkommen?»
«Den südlichen Teil Kaliforniens und ganz Arizona.»
«Haben Sie schon irgendwelche Geschäfte in Arizona abgeschlossen?»
«Noch nicht. Im Augenblick konzentrieren wir uns auf zwei Städte in dieser Gegend und eine Stadt im Norden von Kalifornien, die außerhalb von Melvins Bezirk liegt.»
«Sie wollten uns wegen Melvin sprechen?»
«Ja.»
«Was ist mit ihm?»
«In meinem Geschäft muß man manchmal ein Auge zudrücken. Sie müssen wissen, daß bei dem gegenwärtigen verstärkten Wettbewerb hin und wieder auch politische Akzente in den Verhandlungen auftauchen. Das bedeutet ein gewisses Maß von Gastfreundschaft. Ich versuche zwar in erträglichen Grenzen zu bleiben, was die Kosten betrifft, aufs bestimmteste aber bestehe ich darauf, daß die Grenzen des Anstandes bei diesen Parties immer gewahrt bleiben.»
«Mit anderen Worten, Sie wollen uns erzählen, daß Sie die Party damals bei Jim Melvin finanziert hatten.»
«Das ist nur teilweise richtig. Ich will Ihnen auch sagen, daß ich mit der Sache gar nicht einverstanden war. Melvin unterrichtete mich davon, daß er eine nette kleine Party veranstalten wollte,

und da hatte ich zwar gegen die Ausgaben nichts einzuwenden, aber . . .»
«Und dann?»
«Ich habe gehört, Sie hätten Nachforschungen über den Verlauf dieser Party angestellt?»
«Wer sagte Ihnen das?»
«Das möchte ich für mich behalten. In einer Stadt wie dieser spricht sich so etwas schnell herum. Sie werden zugeben, Sheriff, daß es nur natürlich ist, wenn der eine oder andere, der auf dieser Party war, es mit der Angst zu tun bekam, mich anrief und bat, daß sein Name aus dem Spiel bliebe. Sie werden sicher wissen, welch negative Propaganda sich aus solch einer Affäre entwickeln kann.»
«Wenn Sie das verhindern wollen, wäre es besser, wenn Sie mir die Tatsachen mitteilen würden. Dann könnte ich vielleicht einen Entschluß fassen.»
«Sie wissen doch wohl schon alles?»
«Warum meinen Sie das?»
«Weil mir von Ihren Fähigkeiten berichtet wurde, und weil ich weiß, daß Sie Ermittlungen angestellt haben.»
«Auf welche Geschehnisse spielen Sie an?»
«Was», konterte Parlin, «ist der Grund Ihrer Nachforschungen?»
Brandon überging die Frage. «Jim Melvin arbeitet für Sie?»
«Ja, gewissermaßen. Er hat die Vertretung in einem Bezirk und erhält ein festes Gehalt nebst . . .»
«Wo ist Jim Melvin?»
Parlin zögerte.
«Ich möchte mit ihm sprechen.»
«Ich bin ein Geschäftsmann, verstehen Sie, ein gerissener, kaltblütiger Geschäftsmann, habgierig, wenn Sie's so nennen wollen, Sheriff, aber ehrlich und anständig und halte nichts von wilden Parties.»
«Sie haben sie aber doch finanziert, nicht wahr?»
«Ich habe ja nicht geahnt, daß sie sich so entwickeln würde. Aber ich glaube immer noch nicht, daß sie so wild war.»
«Gerade darüber möchte ich gerne mit Melvin sprechen.»
«Dagegen kann ich nichts einwenden. Aber ich erhebe Einspruch — halt, Einspruch ist vielleicht zuviel gesagt — aber ich protestiere dagegen, daß Sie die einzelnen Teilnehmer in diese

Sache hineinziehen. Es könnte eine verheerende Wirkung nach sich ziehen.»
«Waren Sie auf dieser Party zugegen?»
«Nein, ich war nicht dabei. Aber ich will Ihnen etwas sagen, Sheriff. Wenn ich dabeigewesen wäre, hätte man um Mitternacht Schluß gemacht und den Schnaps weggeschlossen. Es kamen weniger Gäste als erwartet, und das ergab pro Kopf einen höheren Alkoholverbrauch. Jim Melvin war augenscheinlich nur darauf bedacht, daß sich jeder gut amüsierte, und vergaß darüber, daß in Angelegenheiten wie dieser Besonnenheit von höchster Wichtigkeit ist.»
«Ich möchte mit Melvin sprechen», bohrte Brandon weiter.
«Ich nehme an, wenn Melvin Fühlung mit Ihnen nimmt, kann ich auf Rücksicht Ihrerseits rechnen, was die anderen Gäste anbelangt. Viele von ihnen sind politisch sehr einflußreich. Ich möchte nur einigen dieser Männer, die mich anriefen, versichern können, daß sie keine Aufforderung erhalten werden, bei Ihnen zu erscheinen, und daß auch keine übertriebenen Berichte in die Presse kommen. Ich nehme an, daß Sie zustimmen.»
«Sagen Sie diesen Leuten, daß ich so lange Nachforschungen anstelle, bis ich herausgefunden habe, was ich wissen will.»
Parlins stahlgraue Augen sahen direkt in die des Sheriffs. «Auch Sie selber sind von der Politik abhängig, Sheriff», sagte er ruhig.
«Man hat mich für ein Amt gewählt, und ich versuche mein Bestes zu tun.»
«Richtig. Man hat Sie *gewählt*.»
Brandon fing Selbys Blick auf und machte eine kleine Geste in Richtung der Vorzimmertür. «Entschuldigen Sie bitte einen Augenblick», bat er, «ich möchte mit Mr. Selby darüber sprechen.»
Er öffnete die Tür, und Selby folgte ihm ins Vorzimmer.
«Das ist das Schlimme bei diesen verdammten Politikern», polterte Brandon los, kaum daß die Tür wieder zu war. «Sie setzen einen in ein Amt ein, und sobald man beginnt, es auszuüben und es dreht sich dabei um etwas, in das sie selber verwickelt sind, schreien sie Zeter und Mordio und verlangen, daß man die Interessen, die man zu verteidigen geschworen hat, verrät, eben um ein paar verdammte Politiker zu schützen. Ist es dir recht, wenn ich grob werde, Doug?»

Selby lachte. «Du hast mich doch hoffentlich nicht hierhergebracht, nur um zu sehen, ob ich mit dir übereinstimme, Rex?»
«Wenn ich bei diesen Herren verspiele, möchte ich dich nicht auch noch in die Sache hineinziehen.»
Selby deutete auf die geschlossene Tür: «Zeig ihm die Zähne, Rex.»
Sie kehrten in das Büro zurück. Brandon sagte: «Es gibt zwei Möglichkeiten, die Wahrheit zu erfahren. Eine einfache und eine schwierige. Die einfache Möglichkeit wäre, James L. Melvin darüber berichten zu lassen. Ich werde bis zweiundzwanzig Uhr hier sei.»
Sanft und schmeichelnd ließ sich Parlin vernehmen: «Und bis er hier erscheint, das heißt, bis ich ihn ausfindig gemacht habe, werden keine weiteren . . .»
«Ich kann nichts versprechen.»
Parlin schob seinen Stuhl zurück. «Um dreiundzwanzig Uhr muß ich in Los Angeles sein, und ich habe zwei Stunden zu fahren. Ehe ich zu meiner Verabredung gehe, muß ich mich außerdem dieser komischen Kleidung entledigen, die Ihre Handelskammer für alle Fremden vorschrieb, die in Madison City Geschäfte machen wollen. Ich werde noch Zeit für ein oder zwei Telefongespräche finden. Aber das ist alles. Falls ich Jim Melvin erreichen sollte, werde ich ihn bitten, bis zweiundzwanzig Uhr hierherzukommen. Aber ich kann nichts versprechen. Gute Nacht.»
«Da geht auch einer, der es nicht gewohnt ist, herumgeschubst zu werden», sagte Selby, als sich die Tür hinter Parlin schloß.
Brandon bückte sich und hob ein Brillentui vom Boden auf.
«Wo kommt denn das her?» fragte er und untersuchte es außen und innen. «Ein ganz gewöhnliches, dunkelbraunes Brillenetui», stellte er fest. «Und es ist auch kein Firmenstempel zu sehen. Warum mag wohl jemand sein Brillenetui hiergelassen haben, Doug?»
«Kannst du dich erinnern, ob Granby eine Brille trug, als er hereinkam», interessierte sich Selby plötzlich.
«Nein, warum?»
Selby deutete auf die herumliegenden Papiere und Akten. «Steht da irgend etwas drin, das Granby betrifft?»
«Kein Wort.»
«Oder etwas über Melvin?»

Der Sheriff schüttelte verneinend den Kopf.
«Aber natürlich», meinte Selby, «das konnte Granby ja nicht wissen, bis er es selber sah. Oder könnte es ein anderer verloren haben?»
«Bevor Granby hereinkam, lag es noch nicht auf dem Boden, das weiß ich bestimmt.»
Selby dachte nach. «Er trug bestimmt eine Brille, als du mich zu ihm führtest.»
«Das kann schon sein. Oft benötigen Leute in seinem Alter nur zum Lesen eine Brille, aber wenn sie erst eine aufgesetzt haben, vergessen sie sie und laufen eine Weile damit herum. Ich glaube zwar nicht, daß die Sache besonders wichtig ist, aber es gefällt mir nicht, daß er in meinem Büro herumgeschnüffelt hat.»
«Behalte das Etui, und laß nichts darüber verlauten», schlug Selby vor. «Wenn er sich später erinnert, daß er es hiergelassen hat, wird er Angst haben, daß du ihn zur Rede stellst, weil der deine Papiere durchsucht hat.»
«Gute Idee», lobte Brandon und steckte das Etui in seine Rocktasche, «wir werden ihn ein wenig zappeln lassen. Was denkst du nun über den ganzen Fall, Doug?»
«Ein paar Tatsachen kommen mir verdächtig vor, Rex. Niemand sah die Wunde, nur das blutige Handtuch um den Arm des Mannes. Offenbar weiß auch niemand, wer dieser Mann eigentlich ist. Granby sagte, er hätte ihn auf der Party nicht gesehen. Nimm nun einmal an, es *wurde* geschossen. Nimm an, A. B. Carr wußte, daß er über diesen Schuß Rechenschaft ablegen müsse. Nimm an, er legte einen Strohmann mit dem blutigen Handtuch auf das Bett und ...»
«Aber Carr wußte doch gar nichts davon. Melvin rief Carr erst zu sich, nachdem er sich Granby geholt hatte.»
«Eben!» Selby lächelte. «Und wenn du darüber nachdenkst, Rex, wirst du merken, daß Old A. B. C. die Sache ganz genauso arrangiert haben würde, falls sie tatsächlich sorgfältig geplant worden ist. Granby war derjenige, der angeben konnte, wo sich sowohl Melvin als auch Carr befanden, als der Schuß fiel.»
Brandon fuhr von seinem Sitz hoch. «Lieber Himmel, Doug! Glaubst du, daß ...»
Selby beschwichtigte ihn: «Denken wir nicht zuviel darüber nach, bevor wir nicht genügend Tatsachen gesammelt haben,

Rex. Ich meine nur, *wenn* dieser Mann ein Strohmann war, den man mit einem blutigen Handtuch um den Arm auf das Bett legte, so wäre das ein typischer Carr-Trick.»
«Ich will verdammt sein, wenn das nicht der Fall ist», pflichtete ihm Brandon bei.

## 5

In einem Motel an der Überlandstraße östlich Madison City hatte sich Doris Kane ein Zimmer gemietet und kämpfte jetzt gegen den Schlaf an, während sie auf eine Nachricht aus dem Büro des Sheriffs wartete. Aber nach den Anstrengungen der durchfahrenen Nacht und in der Behaglichkeit des Sessels, in dem sie sich ausgestreckt hatte, begann sie allmählich schläfrig vor sich hinzudösen.
Die Wirklichkeit vermischte sich mit ihren Träumen, bis ihre schlaftrunkenen Sinne nichts mehr unterscheiden konnten... Paula wurde ermordet... Paula hatte Jim getötet... Paula und Jim hatten...
Ein Geräusch an der Tür ließ sie plötzlich hellwach auffahren. Im Mondlicht zeigte sich die Silhouette einer Gestalt. Finger tappten an der Scheibe und machten sich an der Klinke zu schaffen.
Sie unterdrückte den Wunsch, zu schreien... Und dann erkannte sie den Mann.
Sie lief zur Tür, öffnete sie und fühlte Jims beruhigenden Arme um sich. Seine Muskeln gaben ihr ein Gefühl der Stärke, sein Lachen war ansteckend, sein Kuß auf die Wange, der Tabakgeruch, all das war Wirklichkeit, so daß ihre düsteren Gedanken augenblicklich verschwanden.
Sie überschüttete ihn mit Fragen, noch bevor er sie losgelassen hatte. «Jim, was war los, um Himmels willen? Wie konntest du wissen, wo ich bin? Wo ist Paula? Wie...»
«He, mach mal Pause!» unterbrach er sie lachend. «Alles der Reihe nach. Sheriff Brandon erzählte mir, wo du steckst. Er riet mir, daß ich herfahren und dich abholen solle.»
Die Erinnerung, daß sie die Anregung zu einer offiziellen Untersuchung gegeben hatte, plagte plötzlich ihr Gewissen. «O Jim, es tut mir so leid! Ich ging zum Haus und...»

Da bemerkte sie mit einem Male, daß Jim noch gar nichts davon wußte. Der Sheriff mochte ihm nur das Nötigste mitgeteilt haben, aber wieviel? Seinem Gesicht sah sie es an, daß Brandon ihm nicht zuviel gesagt hatte.

«Ich weiß», sagte Jim lachend, «du fandest einen Haufen Zeitungen, den Zettel vom Milchmann und hast dich an die Polizei gewandt, ob ich einen Unfall gehabt hätte. Das führte zu einer Untersuchung. Wahrscheinlich war es so. Es mußte ja eines Tages so kommen. Die neugierigen Nachbarn taten alles, um Unheil zu stiften. Weißt du, Doris, vor ungefähr zehn Tagen hatten wir eine Party, und einer der Gäste war betrunken. Er ging hinaus, um frische Luft zu schnappen, torkelte in die Garage, öffnete die Tür an meinem Wagen, fingerte im Handschuhfach herum und fand den Revolver, den ich die Nacht zuvor mit mir führte, da ich eine Menge Bargeld bei mir hatte.»

«Was geschah dann?» forschte sie aufgeschreckt.

Mit einem besänftigenden Lachen klopfte er ihr auf die Schultern. «Nichts Ernstes. Er schoß sich eine Kugel durch den Arm und verletzte dabei die Pulsader. Aber er erholte sich schnell, hat den Arm abgebunden, ist nüchtern geworden und nach Hause gefahren.»

«Wer war es, Jim?»

«Niemand, den du kennst. Auch ich kenne ihn nur flüchtig. Er war gar nicht eingeladen. Weißt du, einer von der Sorte, die immer da aufkreuzen, wo es umsonst Alkohol gibt. Ein typischer Freund-eines-Freundes. Ich habe mir schon den Kopf darüber zerbrochen, wie er wohl heißt, aber ich kann mich um nichts auf der Welt darauf besinnen. Ich erinnere mich nur daran, wie er ein Glas nach dem anderen in sich hineinschüttete, als ob er einen Brand löschen wollte. Der Bursche wurde mir nie richtig vorgestellt. Seinen Namen habe ich zwar gehört — ich glaube Morton oder Martin oder so ähnlich. Den Vornamen weiß ich nicht. Er war aus Hollywood und brachte es fertig, irgendwie bedeutend zu wirken. Aber das sagt gar nichts. Alle seiner Sorte verstehen es, irgendwie bedeutend zu wirken. Das gehört zu ihrem Metier.»

«Aber, Jim, war der Mann tatsächlich angeschossen?»

«Es war nur eine Fleischwunde.»

«Und er hat es selbst getan?»

«Das hat er. Es war die typische Heldentat eines Betrunkenen.

Aber du brauchst dir darüber keine Sorgen zu machen. Ich habe der Polizei schon alles erzählt, und jetzt habe ich genug davon. Aber trotz allem, Doris, wir freuen uns sehr, daß du hier bist. Weißt du, ich mußte Hals über Kopf nach Las Alidas, einer kleinen, aber vielversprechenden Stadt hier in der Gegend. Ich dachte, es wäre nur für ein paar Tage. Aber das Geschäft, über das ich dort verhandle, zieht sich endlos hin, und, ob du es glaubst oder nicht, wir sind immer noch dort. Glücklicherweise konnten wir ein Haus mieten, wo wir auch Gäste aufnehmen können. Bei meinem Beruf käme ja ein Hotel nicht in Frage. – Wirklich, du siehst blendend aus!»

Doris lachte erleichtert. Jetzt war alles so einfach und klar.

«Ich habe Paula angerufen», fuhr Jim fort. «Der Himmel mag wissen, was mit dem Geburtstagstelegramm geschehen ist, das wir dir geschickt haben. Es muß wohl irgendwie verlorengegangen sein .. Aber pack doch deine Sachen zusammen. Wir haben reichlich Platz drüben in Las Alidas.»

Von ihren zaghaft vorgebrachten Einwänden, sie komme doch zu unerwartet und könne gut im Motel bleiben, wollte Jim nichts wissen. Lachend drängte er sie, doch endlich zu packen, und verstaute innerhalb weniger Minuten das Gepäck im Wagen.

«Du folgst mir jetzt», wies er sie an. «Ich werde im Rückspiegel aufpassen, daß ich dich nicht verliere. Steig ein. Paula wartet schon ungeduldig auf dich. Sie hat dich vermißt. Und ich freue mich schon darauf, daß du uns wieder deinen berühmten Brotpudding bäckst. Versprich mir, daß du uns einen machst.»

«Schon gut», lachte sie. «Ich werde zwei für euch backen.»

«Abgemacht. Also fahren wir los.»

Er hielt ihr die Wagentür auf, wartete, bis sie den Motor angelassen hatte, und ging dann zu seinem eigenen Wagen.

Doris war müde, und es dünkte sie eine Ewigkeit, bis Jims Auto die Peripherie von Las Alidas erreichte. Sie durchquerten das Geschäftsviertel, warteten auf grünes Licht und waren dann, wie es schien, in einer vornehmen Gegend. Endlich gab Jim ihr mit dem Bremslicht ein Zeichen. Sie folgte ihm in eine Linkskurve, und in der Mitte der Häuserzeile bedeutete er ihr, zuerst in die Auffahrt einzubiegen und ihren Wagen in die Garage zu fahren.

Nachdem sie den Motor zum Stillstand gebracht und den Wagen abgeschlossen hatte, stellte sich bei ihr mit einem Male die Reaktion auf Jims plötzliches Erscheinen ein. Sie fühlte, daß sie einfach nicht die Kraft aufbringen würde, Paula entgegenzutreten. Der Sheriff war Jim gegenüber offensichtlich nicht auf Einzelheiten eingegangen, und Jim hatte sicher keine neugierigen Fragen gestellt. Paula würde da anders sein. Der gefährliche Punkt in dieser Situation war der Anwalt, der sie aus dem Haus kommen sah. Doris wußte, daß sie irgendeinen Weg finden mußte, um mit dem Mann zu sprechen und ihn zum Stillschweigen zu bewegen. Sie war fast zu erschöpft, um sich an seinen Namen zu erinnern – A. B. Carr. Sie durfte ihn nicht vergessen.

Jim half ihr bei ihrem Gepäck, schloß die Garagentür und ließ seinen Wagen in der Auffahrt stehen.

«Jim, ich bin total fertig», seufzte sie.

«Das glaube ich», meinte er beruhigend. «Deshalb wollen wir uns auch heute nicht mehr viel unterhalten, sondern bis morgen damit warten. Nur Paula wollen wir noch schnell guten Tag sagen.»

Obwohl sie müde war, bemerkte sie doch im Unterbewußtsein einen Anklang von Erleichterung in seiner Stimme; aber sie war nicht mehr in der Lage, nachzudenken, weshalb er wohl erleichtert sei.

Paula erwartete sie, und Doris Kane, die sich vor einer Aussprache mit ihr gefürchtet hatte, fand plötzlich, daß sie dazu gar keine Veranlassung hatte. Im Gegenteil, Doris konnte feststellen, daß ihre Tochter selbst einen unsicheren Eindruck machte.

Aber sie sah sehr gut aus. Auf alle Fälle war sie reifer geworden und eine gewisse frauliche Würde schien sie auszuzeichnen.

Sie begrüßten sich, umarmten einander, und dann herrschte einen Augenblick lang eine fast peinliche Stille, bis Jim mahnte: «Doris ist völlig erledigt. Die letzte Nacht fuhr sie durch, und heute ist sie ja auch noch nicht zum Schlafen gekommen. Sie möchte jetzt ganz einfach ins Bett. Ihr zwei könnt euch auch morgen unterhalten.»

«Wir werden ihr das östliche Zimmer geben, Jim», ordnete Paula an, «das in der oberen Etage.»

Jim nahm Doris Kanes Koffer und Handtasche und ging zur

Treppe. Dort blieb er stehen. Er drehte sich um und blickte fragend auf Paula.
Die sagte eilig: «Wir haben noch einen anderen Gast im Haus, Mutter. Ein entzückendes Mädchen. Morgen werde ich euch bekanntmachen. Du wirst dich mit ihr in das Bad teilen müssen. Versuche, nicht lauter als notwendig zu sein, wenn du hinaufgehst, und sei so leise wie möglich im Bad. Sie hat einen leichten Schlaf.»
Doris Kane nickte mechanisch. Erst als sie halb auf der Treppe war, kam ihr zum Bewußtsein, daß in Paulas Worten ein verräterischer Ton nicht zu überhören war. Wenn Paula auf diese überstürzte Weise sprach und in diesem Ton, dann . . . Ach, das hatte Zeit bis morgen früh.
Doris stieg die Treppe vollends hinauf, sah das einladende weiße Bett und sagte sich, daß Paula ja offenbar wohlbehalten sei, was sonst auch immer nicht stimmen mochte.
Sie streckte sich und gähnte, dann sagte sie zu ihrem Schwiegersohn: «Vielen Dank, Jim, für deine Freundlichkeit.»
Er grinste sie an, unbeholfen und jungenhaft.
Und dann ließ eine Erinnerung an Paulas Worte sie fragen: «Was ist denn so Besonderes an eurem Gast, Jim?»
Das Grinsen verschwand von seinem Gesicht. «Es ist schon alles in Ordnung. Schau, Doris, du hast die ganze Nacht nicht geschlafen. Du bist müde. Es wäre besser, wenn du jetzt ins Bett gingest und . . .»
«Ja, natürlich, gute Nacht, Jim.»
«Gut' Nacht.»
Er schloß die Tür.
Langsam zog sich Doris Kane aus. Eine unbestimmbare Furcht bedrängte sie. Etwas war ganz sicher nicht in Ordnung mit Jim Melvins Gast. Paulas Gebaren, als sie ihr die hastige Erklärung gab — die Art, wie Jims Augen plötzlich hart wurden, als sie den Gast erwähnte . . .
Doris ging zu Bett, aber an die Stelle der grenzenlosen Müdigkeit, die sie vorhin noch gefangenhielt, trat jetzt eine übersteigerte Nervosität. Sie lag angespannt, körperlich und seelisch erschöpft und von Sorgen gequält. In ihren Gedanken wiederholten sich unaufhörlich die Geschehnisse des Tages.
Nach einer Stunde Hin- und Herwälzens fühlte sie sich gerade entspannt genug, um eventuell einschlafen zu können, als sie

jemand im Badezimmer sich bewegen hörte. Dann wurde die Klinke heruntergedrückt. Die Tür zu ihrem Zimmer öffnete sich vorsichtig. Ein Lichtstreifen verbreiterte sich allmählich und kam dann zum Stillstand, als die Tür angehalten wurde.
Doris Kane fuhr aus dem Bett hoch. Sie bekämpfte ein ängstliches Gefühl.
«Wer ist da?»
«Oh, entschuldigen Sie bitte, ich habe Sie aufgeweckt, nicht wahr?»
«Wer sind Sie denn?»
«Ich bin Eve Dawson», antwortete die Frauenstimme. «Ich weiß, wer Sie sind. Sie sind Doris Kane, Paula Melvins Mutter. Ich . . . ich war zu nervös, um zu schlafen, und glaubte zu hören, wie Sie sich immerzu im Bett bewegten. Da dachte ich . . .»
«Ich versuche einzuschlafen», sagte Doris entschieden.
Aber die Tür öffnete sich weiter.
«Dürfte ich nur einen Augenblick mit Ihnen sprechen? Nur eine oder zwei Minuten? Ich verspreche Ihnen, nicht länger als fünf Minuten zu bleiben.»
Eve Dawson trat ins Schlafzimmer, in einen spitzenbesetzten Morgenrock gehüllt und offenbar so verzweifelt nach Gesellschaft suchend, daß sie bedenkenlos das Risiko einer Zurückweisung auf sich nahm.
Für einen Augenblick sah Doris ihr Gesicht, als das Licht aus dem Badezimmer darauffiel und ihrem Profil mit dem durchsichtigen Kranz der blonden Haare einen eigenartigen Effekt verlieh. Sie war reizend auf eine mollige Art, und Doris Kane als gute Menschenkennerin wußte rasch, woran sie mit ihr war.
Sie kam herüber und setzte sich auf die Kante von Mrs. Kanes Bett.
«Ich fühle mich hier wie eingesperrt», jammerte sie. «Mit den Melvins habe ich nichts zu tun, und niemand besucht mich. Ich sitze immer nur zwischen meinen vier Wänden und grüble und grüble . . . Manchmal meine ich, ich werde noch verrückt.»
«Haben Sie nichts zu lesen?»
«Lesen mag ich nicht. Ich möchte Menschen um mich haben und Betrieb. Ich war sehr krank. Eine Weile dachten die bestimmt, ich würde nicht durchkommen.»
«Man sollte meinen, unter diesen Umständen müßten Sie doch Geschmack am Lesen finden.»

«Ich mag nicht lesen, und werde nie lernen, Geschmack daran zu finden. Als Paulas Mutter wissen Sie natürlich alles über mich. Durch Ihren unerwarteten Besuch waren die Melvins ja gezwungen, sich Ihnen anzuvertrauen. Ich werde hier verborgen gehalten und habe diesen Zustand allmählich satt.»
Doris versteifte sich. Dieses Mädchen war Gast in Paulas Haus, und ihre Anwesenheit wurde verheimlicht.
«Kennen Sie Paula schon lange?» fragte sie.
«Himmel, nein. Ich traf sie erst in der Nacht – nun, in jener Nacht, als es passierte. Und obwohl alle wirklich nett zu mir sind, ist es doch anders, als wenn man seine eigenen Freunde um sich hat.»
Mrs. Kane nickte.
«Aber da Sie ja zur Familie gehören», fuhr Eve Dawson fort, «brauche ich Ihnen darüber ja weiter nichts zu erzählen.»
«Sie waren krank?»
Das Mädchen lachte spöttisch. «Sie brauchen bei mir nicht durch die Blume zu sprechen. Wollen Sie sehen, *wie* krank ich war?»
Eve Dawson hob die Hand und streifte den Morgenrock zurück. Auf der zarten weißen Haut des Mädchenkörpers sahen Doris Kanes erschreckte Augen eine häßliche, rote kreisförmige Narbe, sogar in dem schwachen Licht, das aus dem Bad ins Zimmer fiel, konnte man unmöglich die Art der Wunde verkennen.
«Sie ... Sie sind angeschossen worden?» hörte sich Doris Kane fragen.
Eve Dawson sah sie spöttisch an. «Has haben Sie denn erwartet? Was dachten Sie denn, warum man dieses Haus gemietet hat? Wollen Sie mir erzählen, Sie hätten von allem keine Ahnung?»
«Ich habe nichts gewußt.»
«Hören Sie, das kann nicht sein. Wissen Sie tatsächlich nichts?»
«Wahrscheinlich wollten sie bis morgen warten, um mir alles zu erzählen.»
Der Morgenrock wurde eilig wieder über das zackige rote Mal gezogen.
Eve Dawson erhob sich abrupt. «Ich glaube, ich habe wieder zu viel geradet. Werden Sie mich nicht verraten?»
Mrs. Kane lächelte.
«Sie sehen wie ein netter Kerl aus», sagte das Mädchen, «und ich dachte, Sie wüßten alles über mich. Ich glaubte, das wäre

eine feine Gelegenheit, um mit jemand zu sprechen, der erfahren genug ist, mir zu raten, was ich tun soll. Heute nacht muß ich zu einem Entschluß kommen. Ihre Tochter ist einfach zu jung und etwas ... nun, sie hat noch zu wenig erlebt. Oh, ich meine das natürlich nicht so. Ich wollte sagen, ich hätte gern mit einer älteren Frau gesprochen, zu der ich ganz offen sein kann. Aber vergessen Sie jetzt bitte das Ganze, ja?»
Mrs. Kane nickte unbestimmt.
«Ich nehme an, man würde mir dafür die Hölle heißmachen», fuhr Eve Dawson fort. «Aber in einer Woche werde ich ja hier weg sein. Ich muß nur wieder zu Kräften kommen. Ich glaube, eine Zeitlang stand es bei mir auf der Kippe.»
«Wollen Sie sagen, Sie seien schwer verwundet hier in diesem Haus gelegen und man hätte nicht einmal einen Arzt gerufen?»
«Sicher war ein Arzt da. Wenn ich Spektakel gemacht hätte, wäre es für alle ein höllisches Problem gewesen. O nein, das Risiko konnten sie nicht eingehen! Sie hatten wahrscheinlich den besten Arzt, den man für Geld auftreiben konnte, aber ich weiß nicht, wer er war und werde es auch nie erfahren. Darauf können Sie wetten. Doch, doch, man war sorgfältig genug darauf bedacht, mich durchzukriegen, aber das war auch alles, worum man sich gekümmert hat. Ach, ich rede schon eine Unmenge zusammen, nicht wahr?»
«Ich dachte, das war es doch, was Sie wollten.»
Eve Dawson wurde plötzlich zurückhaltend. «Ich glaube», meinte sie bitter, «ich schwatze zuviel. Es tut mir leid, daß ich Sie um Ihren Schlaf gebracht habe. Ist es Ihnen schon mal passiert, daß Sie Nacht für Nacht nicht schlafen konnten?»
Doris Kane schüttelte den Kopf.
«Seien Sie froh. Es ist ein schrecklicher Zustand. Ich habe zwar ein paar Schlaftabletten, die ich nehmen kann, wenn es unbedingt sein muß, aber ich versuche immer, ohne sie auszukommen. Ich möchte nicht, daß ich mich daran gewöhne. Heute nacht bin ich ganz kribbelig. Es regt mich höllisch auf. In der nächsten Stunde muß ich eine Entscheidung treffen. Ich wollte, ich wüßte was ich tun soll. Hinterher aber, das weiß ich bestimmt, nehme ich eine ordentliche Dosis Schlaftabletten.»
«Aber nicht zuviel», warnte Doris Kane.
Eve Dawson lachte leise und mit einer leichten Spur von Spott. «Keine Angst, die Lage ist zu exquisit, als daß ich jetzt ausstei-

gen könnte. Ich wünschte nur, ich wüßte, wie ich meine Karten ausspielen soll.»
Dann schloß sich die Tür.
Ein paar Minuten noch lag Doris Kane gespannt und nachdenklich da. Aber allmählich begannen ihre Erregung und ihre Aufmerksamkeit einer wohligen Mattigkeit zu weichen. Ein herrliches Gefühl der Wärme durchströmte ihre Glieder. Ihre Augen fielen zu, öffneten, schlossen sich wieder, doch der Schlaf übermannte sie. Ihr Atem wurde ruhig und gleichmäßig.

## 6

Es schien Doris Kane, als habe sie nur eine kurze Weile geschlafen, als das Klappen der Badezimmertür sie von neuem weckte. Jeder Nerv ihrer vom Schlaf betäubten Sinne rebellierte gegen diese Störung. Was wollte sie schon wieder, diese ... diese Superblonde mit ihren Problemen.
Mrs. Kane drehte sich unwillig auf eine Schulter und sagte mit schlaftrunkener Stimme: «Gehen Sie jetzt endlich schlafen, und stören Sie mich nicht wieder heute nacht.»
Undeutlich wurde sie dabei die Umrisse einer Gestalt gegen das Badezimmerlicht gewahr, einer dunklen, gedrungenen Gestalt, die einen Augenblick stillhielt und dann hastig verschwand. Sie hörte deutlich, wie die Tür zum Badezimmer geschlossen wurde und, als brauche sie nicht mehr für ein Gefühl der Sicherheit als das Geräusch des einschnappenden Drückers, fiel sie in einen tiefen, ungestörten Schlaf, der schließlich zerrissen wurde von einem gellenden Entsetzensschrei.
Doris Kane öffnete blinzelnd die Augen. Warm und beruhigend strömte das Sonnenlicht durch die Fenster und zeichnete die Muster der Vorhänge auf den Fußboden.
Aus dem Zimmer auf der anderen Seite des Bades kamen eilige Schritte auf sie zu. Es war Paula, die so schrie, Paula, die so hastig die Verbindungstür aufriß und dastand mit bleichem, verstörten Gesicht und wie Espenlaub zitternd.
Mrs. Kane griff nach ihrem Morgenrock am Fußende des Bettes. «Was ist Paula?»
Paula wollte sprechen, aber ihre Lippen zitterten so, daß die ersten Worte nur unverständliche Laute waren.

Doris hatte den Morgenrock angezogen und war in ihre Hausschuhe geschlüpft. Jetzt ging sie auf Paula zu. Ihr mütterlicher Instinkt begann sich zu regen.
Aber Paula war schon wieder die alte. Jedenfalls war ihr äußerliches Gleichgewicht wiedergekehrt. Sie sagte so beiläufig, als wolle sie sagen, das Frühstück sei fertig: «Eve Dawson scheint während der Nacht gestorben zu sein.»
Mrs. Kane folgte ihrer Tochter in das Schlafzimmer auf der anderen Seite des Bades.
Das blonde Mädchen war ein grotesker Haufen leblosen Fleisches, der quer über dem Bett lag. Ihr Haar floß über die Bettkante und glich in der Sonne einem Bündel goldener Weizenhalme. Der Griff eines großen Vorlegemessers, der aus der linken Seite ihrer Brust herausragte, war ein beredter Beweis für das, was geschehen war, und Doris, die mit furchtgeweiteten Augen darauf starrte, wunderte sich, wie in aller Welt so ein kleiner Körper eine so große rote Lache auf dem Bett, dem Fußboden und dem Teppich verursachen konnte.
Vor der Tür, die zum Flur führte, lag ein Tablett, und die Reste eines Frühstücks waren über das Parkett verstreut, Rühreier, Toast, eine zerbrochene Tasse und ein Teller.
«Ich wollte ihr das Frühstück bringen», glaubte Paula erklären zu müssen.
«Schon gut, Paula», sagte Mrs. Kane gefaßt, «wir wollen aber jetzt hier rausgehen und dafür sorgen, daß niemand dieses Zimmer betritt. Wo ist Jim?»
«Bei der Arbeit.»
«Sind wir allein im Haus?»
«Ja.»
«Wir müssen sofort die Polizei verständigen.»
«Mutter ich . . .»
«Was?»
«Ich glaube nicht, daß es Jim gern sehen würde, wenn ich . . . Du weißt ja, die Polizei . . .»
«Ich glaube, Jim hat dir zuviel erzählt, was du alles tun und lassen sollst, Paula. Wenn du mir bitte sagen würdest, wo das Telefon ist, werde ich den Sheriff anrufen.»
Resigniert zuckte Paula mit den Schultern. «Meinetwegen. Ich wollte, ich wüßte, wo ich Jim erreichen könnte . . . Na gut, ich werde telefonieren.»

«Verlange Sheriff Brandon, er weiß, wer du bist.»
«Er weiß, wer ich bin?»
«Ich sagte es ihm gestern. Er half mir, dich zu suchen – die Krankenhäuser anzurufen, ob ein Autounfall passiert sei und ...»
«Die Krankenhäuser anzurufen!» unterbrach Paula sie. «Warum in aller Welt kamst du nicht hierher?»
«Aus dem einfachen Grund, weil ich keine Ahnung hatte, wo du warst.»
«Willst du sagen ... du hast meinen Brief nicht bekommen?»
«Seit über zwei Wochen habe ich nichts von euch gehört.»
Die zwei Frauen standen sich einen Augenblick schweigend gegenüber. Mrs. Kane war sich bewußt, daß es jetzt zwischen Paula und ihr keine Ausflüchte mehr geben sollte.
Paulas Gesicht zeigte, daß ihre Gedanken die neue Situation zu meistern versuchten, dann meinte sie beiläufig und mit der ruhigen Sicherheit, die Mrs. Kane in letzter Zeit als Schranke zwischen sich und ihrer Tochter empfunden hatte: «Schon gut, Mutter, ich werde telefonieren. Sheriff ... wie war doch sein Name?»
«Brandon, Rex Brandon, Liebes.»
«Ich werde ihn anrufen. Danke, Mutter. Aber jetzt zieh dich an und komm runter. Du kannst das andere Bad benutzen, das neben unserem Schlafzimmer.»
Doris Kane nahm ihre Sachen und ging in das große Badezimmer. Sie konnte Paula telefonieren hören. Als sie ihre Zähne putzte, fiel ihr plötzlich auf, daß sie Paulas Stimme während der letzten Minuten noch einige Male am Telefon gehört hatte. Ohne Zweifel versuchte sie, Jim zu erreichen.

## 7

Sheriff Brandon verschaffte sich mit der Sirene freie Fahrt, und Doug Selby klammerte sich an seinen Sitz, als der große Polizeiwagen um die Ecke des Gerichtsgebäudes fegte.
«Ich habe mir gedacht, du würdest gerne mitkommen, Doug», meinte Brandon, «es scheint eine Fortsetzung zu unserem gestrigen Erlebnis zu werden.»

«Was ist eigentlich los?»
Brandon schwieg für einige Sekunden, um sich darauf zu konzentrieren, den Wagen durch den dichten Verkehr von Madison City zu lenken. Erst als sie die überfüllten Straßen hinter sich hatten, fand er Zeit für eine Antwort. «Ich bekam einen Anruf von einer Mrs. Melvin. Im ersten Moment konnte ich mich nicht auf sie besinnen, aber dann sagte sie, sie sei Paula Melvin und ich hätte gestern mit ihrer Mutter gesprochen.»
Selby nickte.
«Paula Melvin», fuhr Brandon fort, «schien ruhig und gefaßt zu sein, obwohl sie mir mitteilte, sie hätte eine Freundin bei sich zu Besuch und es hätte den Anschein, daß diese in der Nacht erstochen worden wäre. Sie meinte, ich solle sofort vorbeikommen. Die Freundin ist tot.»
«Sonst noch was?»
«Das war alles. Ich sagte ihr, sie soll inzwischen niemand in das Haus lassen und aufpassen, daß in dem Raum, in dem die Tote liegt, nichts berührt wird.
Nachdem ich dich telefonisch nicht erreichen konnte, bat ich unseren Portier, mir sofort zu melden, wenn du da wärst. Ich dachte, es käme auf ein paar Minuten nicht an, und ich hätte dich gerne dabei gehabt.»
Während ich also wartete, klingelte das Telefon von neuem. Diesmal war Mrs. Kane am Apparat. Doug, ich glaube, diese Frau ist auf Draht.»
«Was wollte sie?»
«Sie meinte, ich sollte wissen, daß die Frau, die während der Nacht den Tod gefunden hat, überaus nervös und ängstlich gewesen war, und daß sie bei Jim und Paula wahrscheinlich gewohnt hat, um sich von einer Schußwunde zu erholen.»
«Einer Schußwunde?»
«Richtig», sagte Brandon grimmig.
«Ach, ja, Mrs. Kane ist in Ordnung», meinte Selby. «Wußte ihre Tochter von dem Anruf?»
«Anscheinend stand sie direkt neben ihr. Ich konnte hören, wie sie etwas zu ihrer Mutter sagte. Sie schien ärgerlich zu sein.»
«Das kann ich mir vorstellen.» Selby grinste. «Weißt du, Rex, ich vermute, das war der Schuß, den die Nachbarn hörten. Der Mann, den man mit dem blutigen Handtuch um den Arm fand

und der die Folge des Schusses demonstrieren sollte, war also doch ein Strohmann unseres lieben A. B. C.»
«Ich würde ihn gern deswegen zur Rede stellen.»
«Ich auch, aber ich wette, der alte Fuchs hat seine Spuren zu sehr verwischt, so daß uns keine Chance bleibt.»
«Ab und zu», grübelte der Sheriff, «habe ich den Wunsch, an mehreren Orten gleichzeitig zu sein, und einer davon wäre jetzt das Frühstückszimmer in Carrs Haus. Sie wurde mit einem Vorlegemesser erstochen, Doug. Wir müssen mächtig aufpassen, daß wir in diesem Fall keine Spur außer acht lassen.»
«Hast du den Gerichtsarzt schon verständigt?»
«Ja, Harry Perkins persönlich. Ich bat ihn, sofort hinzufahren. Auch den Fotografen habe ich bestellt. Er wohnt in Las Alidas und hat uns schon öfters gute Arbeit geleistet und . . . Sieh mal nach, wer da hinter uns herfährt, Doug.»
Selby drehte sich nach hinten, um aus dem Rückfenster zu sehen. «Scheint ein Presseauto zu sein, Rex. Ich glaube, es ist Sylvia Martin mit dem Wagen des *Clarion*. Wer ihr wohl diesen Tip gegeben hat?»
Brandon grinste und schwieg.
Der schwere Wagen brachte sie rasch nach Las Alidas. Nach einer letzten Kurve bogen sie in eine alte Villenstraße ein, die im Schatten riesiger Pfefferbäume lag. Der Sheriff fuhr an den Bürgersteig und hielt an.
«Hier muß es sein», meinte er. «Richtig, dort ist ja auch Jim Melvin. Sie haben ihn also ausfindig gemacht. Hallo, Melvin, es scheint Ärger gegeben zu haben?»
«Ich habe schon auf Sie gewartet», begrüßte sie Melvin ernst. «Ja, es hat Ärger gegeben, Sheriff. Aber er braucht nur so groß zu sein, wie Sie ihn machen wollen. Ich nehme an», fügte er hinzu, «daß er unter diesen Umständen riesengroß sein wird.»
«Brüllen Sie nicht, bevor man Ihnen weh tut. Was ist passiert?»
«In der letzten Nacht verübte eine Frau Selbstmord in diesem Haus. Sie erstach sich. Sie war schon lange Zeit schwermütig.»
«Es hat sie nicht irgend jemand erstochen?»
«Natürlich nicht. Es war ja niemand da, der es getan haben könnte.»
«Aber Sie waren doch da, oder nicht?»
Melvins Gesicht verdüsterte sich. «Ich habe ja erwartet, daß Sie Stunk machen würden, aber daß Sie mich beschuldigen . . .»

«Immer langsam. Sie waren hier, nicht wahr?»
«Ja, ich schlief. Ebenso meine Frau und meine Swiegermutter.»
«Wer ist die Frau, die getötet wurde?»
«Ein Gast. Sie wurde nicht getötet. Sie verübte Selbstmord.»
«Wie hieß sie?»
«Eve Dawson.»
«Wie lange war sie schon hier?»
«Etwa zehn Tage.»
«Seit Sie Madison City verließen?»
«Ja.»
«Eine Bekannte?»
«Wie? Ja, natürlich.»
«Kannten Sie Eve Dawson schon lange, bevor sie zu Ihnen auf Besuch kam?»
Melvin schlug vor: «Wollen Sie nicht erst mal das Zimmer ansehen? Wir haben es so gelassen, wie . . .»
«Kannten Sie Eve Dawson schon lange, bevor sie zu Ihnen auf Besuch kam?» wiederholte Brandon hartnäckig.
«Nicht sehr.»
«Wie lange?»
«Ich – ich kann Ihnen das nicht genau sagen.»
«Länger als einen Tag?»
«Vielleicht nicht.»
«Also gut. Um so schlimmer für Sie, wenn Sie uns etwas verheimlichen. Jetzt wollen wir uns die Sache mal ansehen.»
Sie gingen ins Haus.
«Dort entlang», sagte Melvin.
«Einen Moment noch.» Brandon schien etwas einzufallen. «Erzählen Sie uns noch ein wenig mehr über diese Frau, ehe wir hinaufgehen. Warum war sie eigentlich bei Ihnen?»
«Sie – sie hatte einen Unfall.»
«Welcher Art?»
«Die Einzelheiten weiß ich nicht. Ich nahm an, es war ein Autounfall.»
«Wie passierte es?»
«Ich weiß es nicht.»
«Warum wissen Sie das nicht?»
«Ich habe sie nie gefragt. Und sie hat es mir nie gesagt.»
Brandon packte Melvin an der Brust. Er wirbelte den großen Mann herum und drängte ihn gegen die Wand. «Ich werde

Ihnen jetzt mal was sagen, junger Mann», knurrte er. «Hier ist ein Mord geschehen. Und wir führen die Untersuchung. Wenn Sie etwas zu sagen haben, sagen Sie es lieber sofort.»

«Ich ... nun, um die Wahrheit zu sagen, die Sache ist ...» begann Melvin herumzustottern, «ach, ich weiß nicht, wie es passiert ist. Man bat mich, diese Frau zu mir zu nehmen und ...»

«Wer bat Sie?»

«Ein Freund von mir.»

«Wer war es?»

«Ich möchte seinen Namen nicht nennen.»

«Es wäre besser, wenn Sie seinen Namen nennen würden.»

«Es ist eine persönliche Angelegenheit und hat mit dem Selbstmord nichts zu tun.»

«Woher wollen Sie das wissen?»

«Ich weiß es bestimmt.»

«Wer hat sie getötet?»

«Ich sagte doch, sie hat sich selber getötet.»

«Angenommen, sie hat es nicht getan, wer könnte sie dann getötet haben?»

«Ich weiß es nicht.»

«Woher wollen Sie dann wissen, daß diese andere Geschichte nichts damit zu tun hat?»

«Ich ... ich denke, daß das nicht der Fall ist.»

«Schon gut — *ich* bin aber derjenige, der das Denken besorgt, und *Sie* derjenige, der zu reden hat. Wer bat Sie, die Frau zu sich zu nehmen?»

Melvin wich dem Blick des Sheriffs aus. Er kniff die Lippen zusammen und schüttelte nur den Kopf.

«Darf ich einmal raten? War es vielleicht ein Anwalt namens Alfonse Baker Carr?»

Jetzt war Melvin sichtlich erschüttert.

«War er es?»

«Ich möchte nichts weiter sagen.»

«Lassen wir's also sein, mein Junge. Ich habe Ihnen eine Chance gegeben. Sie haben sie verpaßt. Jetzt brauchen wir Sie nicht mehr mit Samthandschuhen anzufassen, verstehen Sie?»

«Das habe ich auch nicht erwartet. Seit ich in dieser Sache stekke, wurde mir gesagt, daß Ihre Dienststelle mich vor allen andern verdächtigten würde. Man riet mir, vorsichtig zu sein.»

«Blödsinn!» explodierte der Sheriff. «Sie melden mir eine Tote mit einem Messer in der Brust. Ich stelle Routinefragen über die Leiche, und Sie weigern sich, sie zu beantworten. Bedeutet das also, daß ich Sie verdächtige?»

«Diese Geschichte kann meine ganzen Geschäfte hier in Las Alidas ruinieren.»

«Ach, wie furchtbar.»

«Ja, und Sie würden darüber vor Freude in die Luft springen.»

Selby beruhigte Melvin. «Was meine Dienststelle betrifft, werden Sie genauso behandelt wie jeder andere Bürger auch. Aber Sie täten gut daran, uns zu erzählen, wie und warum diese Frau in Ihr Haus kam, wenn Sie nicht wünschen, daß Sie der Anklagebehörde Rede und Antwort stehen müssen. Und jetzt führen Sie uns bitte hinauf, damit wir uns die Leiche ansehen.»

Als sie mitten auf der Treppe waren, wurde an der Haustür Sturm geläutet. Nachdem Paula Melvin die Türe geöffnet hatte, hörte man deutlich die Stimme von Sylvia Martin. «Ich habe eine wichtige Nachricht für den Sheriff. Würden Sie mich bitte zu ihm führen?»

«Augenblick», gab ihr Paula Melvin Bescheid, «er ist oben.»

Sie hörten das schnelle Klappern von Sylvias Absätzen auf der Treppe hinter ihnen.

«Oh, hallo!» grüßte Sylvia.

«Was haben Sie denn für eine wichtige Nachricht?» fragte Brandon streng.

Sie schenkte ihm ein strahlendes Lächeln und erklärte mit geheimnisvoll gesenkter Stimme: «Der *Clarion* möchte die Erstinformation über diesen Fall haben.»

Brandons Miene zeigte väterliche Milde. Er half ihr gern, denn er dachte an die faire Haltung, die ihre Zeitung während der häßlichen politischen Kämpfe ihm gegenüber bewahrt hatte.

«Passen Sie auf, Sylvia, Sie können bis zur Schlafzimmertür mitkommen und dürfen von dort aus hineinsehen. Aber keinen Schritt über die Schwelle! Versprechen Sie mir das?»

«Ich verspreche es.»

Sie stiegen die Treppe hinauf, und Brandon öffnete die Tür.

Das Frühstück, das Paula Melvin hatte fallen lassen, war noch auf dem Boden verstreut, und die Tote lag in der gleichen Stellung auf dem Bett, in der sie entdeckt wurde.

«Mein Gott, ist die aber schön!» hörte man Sylvia nach einem keuchenden Atemzug sagen.

Selby wandte sich mit leiser Stimme an den Sheriff: «Beachte, daß alle Fenster geschlossen sind, Rex.»
«Warum?»
«Jemand, der in einem so milden Klima und noch dazu im Spätsommer sich nachts schlafen legt, wird mindestens eins der Fenster öffnen. Die Tatsache, daß alle Fenster geschlossen sind, kann bedeutungsvoll sein.»
«Und die letzte Nacht war noch besonders warm», stellte Brandon nachdenklich fest.
«Achten Sie bitte darauf», unterbrach Melvin die Überlegungen der beiden, «daß nirgends die geringsten Spuren eines Kampfes zu sehen sind. Sie lag im Bett und schlief, oder versuchte zu schlafen. Auf einmal überkam sie die Schwermut. Vielleicht bedrängte sie eine innere Stimme, oder sie hatte das Leben ganz einfach satt. Sie stand auf und tötete sich und fiel zurück auf das Bett.»
«Das Messer steht in einem eigenartigen Winkel.»
«Mit beiden Händen könnte sie es leicht so getan haben.»
«Woher hatte sie das Messer?»
«Ich weiß nicht. Ich habe es noch nicht genau besehen. Sie könnte es sich von unten geholt haben ... Sie könnte es sich gekauft haben. Ich weiß es nicht.»
«Haben Sie festgestellt, ob ein Messer fehlt?»
«Noch nicht.»
«Doug, dürfte ich für eine Sekunde hineinkommen?» fragte Sylvia Martin, «nur um etwas anzusehen.»
«Lieber nicht», sagte Brandon.
«Ich glaube, ich könnte Ihnen vielleicht helfen.»
«Was möchten Sie denn sehen?»
«Das Gesicht des Mädchens.»
«Kommen Sie rein, bleiben Sie aber in der Mitte des Zimmers, und nichts anfassen!»
Auf Zehenspitzen ging Sylvia Martin zu der Toten.
«Na, was ist», fragte der Sheriff, «kennen Sie sie?»
«Ich kenne sie nicht. Aber sie ist geschminkt.»
«Ja, und?»
«Fällt Ihnen das nicht auf? Eine Frau läßt nicht das ganze Zeug auf ihrem Gesicht, wenn sie schlafen geht. Wie Sie sehen, sind ihre Lippen geschminkt, sie hat Rouge und Puder aufgelegt. Sie wollte so hübsch wie möglich sein, nicht wahr? Das bedeu-

tet entweder, daß sie jemanden erwartete, wahrscheinlich einen Mann, oder daß sie – nun, daß sie es selbst getan hat. Ich habe das schon öfters erlebt. Frauen, die Selbstmord begehen, wollen sich vorher so hübsch wie möglich machen. Es ist eine letzte Geste der Eitelkeit auf ihren Körper, den sie zerstören wollen.»
«Eine häßliche Art von Selbstmord», meinte Selby. «Frauen nehmen doch meistens Gift, und Männer bevorzugen eine Schußwaffe. Bemerken Sie sonst noch was, Sylvia?»
«Nur eben dieses Make-up. Wenn ich mich umsehen dürfte, könnte ich natürlich ...»
«Warten Sie einen Moment», bat Brandon sie. Er beugte sich vor und öffnete vorsichtig das Negligé des toten Mädchens.
Deutlich sah man eine Schußnarbe.
«Sie wurde angeschossen!» rief Sylvia.
«Etwa vor zehn Tagen, möchte ich sagen,» schätzte Brandon, «es ist schon fast verheilt.»
«Die Narbe», beeilte sich Melvin zu versichern, «die rührt von einem Autounfall her.»
«Ein seltsames rundes Loch hat er hinterlassen.»
«Sicher hat sie sich an etwas gestochen. Ja, so kann es gewesen sein.»
«Ein netter sauberer Stich, genau wie von einer Kugel», sagte der Sheriff.
Melvin schwieg.
«Hat sie Ihnen gesagt, wie es passiert ist?» fragte ihn Selby.
Melvins «Nein» war kurz und bündig.
Draußen fuhr ein Wagen vor.
«Das wird Harry Perkins, der Leichenbeschauer, sein», vermutete Brandon. «Der Fotograf, der sich auch auf Fingerabdrücke versteht, muß auch jeden Augenblick eintreffen. Dann wollen wir ihn und Perkins ungestört arbeiten lassen. Warten wir jetzt besser alle draußen.»

## 8

Brandon und Selby standen am Fuße der Treppe und berieten sich mit gedämpfter Stimme. «Du hattest recht mit deiner Vermutung über das, was auf der Party geschehen ist», sagte

Brandon. «Der Mann mit dem verbundenen Arm war eine Attrappe.»
«Du wirst dich erinnern, Rex», sagte Selby, «daß Mrs. Kane uns erzählte, in Melvins Briefkasten hätte ein Brief von A. B. Carr gelegen.»
«Sicher. Jim Melvin wird ihn wegen der Affäre mit dem Schuß konsultiert haben, und Carr schickte ihm dann die Rechnung. Melvin wird ihm dann einen Scheck schicken und . . .»
«Ich fragte mich nur», zweifelte Selby bedächtig, «ob es nicht vielleicht andersherum gewesen sein könnte, ob nicht Carr Melvin engagierte.»
«Was meinst du damit, Doug?»
«Der Inhalt des Briefes von Carr an Melvin könnte ja auch ein Scheck gewesen sein.»
Brandon staunte. «Wie kommst du auf die Idee?»
«Ich reime es mir so zusammen, Rex. Diese Eve Dawson muß auf der Party, die Melvin vor etwa zehn Tagen gab, eine Kugel abbekommen haben. Carr nahm dies wichtig genug, um es zu vertuschen. Es mußte also schleunigst ein Platz gefunden werden, wo das Mädchen ungestört bleiben konnte und vor neugierigen Fragen sicher war.
Alles dies verlangte eine Menge Umsicht, Geld und Einfluß. Und Jim Melvin scheint mir nicht derjenige zu sein, der darüber in genügendem Maße verfügt.
Wenn er also nicht der Mann war, für den diese Dienste geleistet wurden, muß er derjenige sein, der auf irgendeine Art für einen Dienst bezahlt wurde. Und darum vermeidet er es so ängstlich, Fragen zu beantworten.»
«Könnte schon sein, aber Carr wird uns nie sagen, was in dem Umschlag war.»
«Vielleicht hilft uns eine schnelle Umfrage bei den Banken in Las Alidas weiter, Rex. Jim Melvin könnte gestern zu seinem Haus in Madison City gegangen sein und den Brief aus dem Kasten genommen haben. Wenn er einen Scheck enthielt, so hat er ihn sicher hier eingelöst. Und wenn das der Fall ist, hätten wir einen Beweis, daß meine Überlegungen zutreffen.»
«Du hast recht», sagte Brandon aufgeregt. «Einen Versuch können wir auf alle Fälle machen. Zuerst sollten wir aber die hiesige Polizei verständigen. Wenn wir das nicht tun und es wirklich ein Mord sein sollte, werden uns sämtliche Zeitungen die

Hölle heiß machen. Wir können sofort fahren, Doug. Harry Perkins wird niemand ins Zimmer lassen, ehe nicht alle Fingerabdrücke sichergestellt sind.»
«Also los!»
Sam Freeland, der muntere, schwergewichtige Polizeichef von Las Alidas, begrüßte sie herzlich. «Kommen Sie rein und setzen Sie sich», sagte er. «Was gibts Neues? Ich nehme an, Sie wollen mir nicht nur guten Tag sagen.»
Sie machten es sich auf den Stühlen bequem, und Brandon setzte den Polizeichef von ihren seitherigen Ermittlungen in Kenntnis. Freeland sagte ihnen ohne weitere Fragen jede mögliche Unterstützung zu. Er begleitete sie zur ersten der zwei Banken von Las Alidas, der *Farmers & Merchants Bank,* wo sie aber nichts erfuhren.
Dann gingen sie zur *First National Bank.* Der Geschäftsführer hörte ihren Wunsch an und rief dann den Kassierer.
«Ja, das stimmt», erklärte der. «Mr. Melvin kam gestern zu uns und wollte ein Konto eröffnen. Er übergab uns einen Scheck in der Höhe von 1500 Dollar. Wir konnten ihm aber diesen Betrag nicht gutschreiben, da wir den Scheck erst bei der Bank in Los Angeles, auf die er ausgestellt war, einlösen müssen.»
«Ist der Scheck schon fort?»
«Einen Augenblick. Ich glaube, wir ... Ja, er ist schon weg. Er ging an unsere Filiale. Wir können aber anrufen und die Angaben feststellen lassen. Moment!» Er stellte die Verbindung her, informierte die Filiale und sah dann fragend auf Selby.
Doug Selby holte einen Bleistift aus der Tasche. Der Geschäftsführer gab ihm einen Block.
«Fangen Sie an», bat der District Attorney.
«Fangen Sie an», sprach der Kassierer ins Telefon.
Dann wiederholte er die Angaben, die ihm mitgeteilt wurden.
«Ein Scheckformular der *Merchants Seabord National* von Los Angeles», leierte er herunter, «Nummer sieben, sechs, zwei, drei. Datiert vom 25. Oktober, in der Höhe von 1500 Dollar, zahlbar an James L. Melvin. Dann ein Stempel: Im Auftrag vorgelegt *First National Bank,* Las Alidas, 27. Oktober. Unterschrift: Alfonse Baker Carr ... Gut. Danke. Halt, einen Augenblick noch. — Sonst noch etwas?» fragte der Kassier.
«Bitten Sie Ihre Filiale, den Scheck sofort fotokopieren zu lassen und ihn dann wie üblich weiterzuleiten.»

## 9

«Die Tatsachen beginnen sich abzuzeichnen, Rex», folgerte Selby, als sie zurück nach Madison City fuhren. «Eve Dawson war das Opfer einer Schießerei. Derjenige, der sie angeschossen hat, legte sie auf jenes Bett, das Mrs. Kane blutbefleckt gefunden hat, rannte Hals über Kopf zu unserem lieben A.B.C. und bat ihn um Rat.

Carr legte sich schnell einen Plan zurecht. Um einen Ausweg ist er nie verlegen. Seine rasche und diskrete Initiative ist bekannt. Er wußte, daß sowohl die Gäste als auch die Nachbarn den Schuß gehört hatten. Man würde dafür eine Erklärung bereit haben müssen. Er rief die Leute an, die das Haus in Las Alidas bewohnten, und sagte ihnen, sie sollten ausziehen, da er das Haus für zwei oder drei Wochen brauchte. Dann suchte er sich einen geeigneten Mann für die Komödie mit dem verwundeten Arm. Du kannst die gefährliche Macht dieses Mannes daran erkennen, daß er immer Leute zur Hand hat, denen er solche Befehle erteilen kann, und andere Leute, denen er aus Verlegenheiten helfen kann, Rex.»

«Verdammt», sagte Brandon gereizt, «was können wir gegen ihn ausrichten? Er ist schlau und hat gute Verbindungen. Das ist es, was Carr so gefährlich macht.

Als er hierher kam, war er ein unbeschriebenes Blatt. Jetzt ist er die geheimnisvolle Kraft im Hintergrund. Carr hilft den hohen Tieren aus ihren Verlegenheiten und verschafft sich dadurch immer mehr Einfluß und Macht.»

Selby deutete auf den Karton auf dem hinteren Sitz des Wagens. «Nun, wir haben wenigstens das Messer, mit dem die Tat ausgeführt wurde. Wir werden seiner Herkunft nachspüren müssen. Aber das dürfte keine großen Schwierigkeiten machen. Auf der Klinge kann man noch immer, wenn auch schwach, Buchstaben und Zahlen erkennen: T—E—M und 7.65. Sie scheinen von einem Wachsstift herzurühren und kennzeichnen wahrscheinlich den Einkaufs- und Verkaufspreis.»

«Du kannst dich darauf verlassen, daß A. B. Carr auch dafür eine Erklärung haben wird», meinte Brandon bitter. «Er wird ein halbes Dutzend Augenzeugen haben, die beschwören werden, daß sie das Mädchen gesehen haben, wie sie ein Messer in einer Eisenwarenhandlung kaufte.»

«Ich weiß, aber er wird das richtige Geschäft heraussuchen müssen.»
Brandon parkte den Wagen auf seinem reservierten Platz, und sie betraten das Gerichtsgebäude durch die Hintertür. Gerade als sie die Treppe zum Büro des Sheriffs hochsteigen wollten, sahen sie hinter sich Sylvia Martin um die Ecke des Korridors kommen und ihnen, während sie einen Finger auf die Lippen legte, heftig zuwinken.
Die beiden kehrten sogleich um und folgten ihr.
«Was ist, Sylvia?»
«Jemand hat alle Geschwindigkeitsbegrenzungen mißachtet, um so schnell wie möglich hierherzukommen, und ich glaube, es ist der Doktor.»
«Welcher Doktor?» fragte Brandon.
«Der, welcher das Mädchen von Las Alidas behandelte.»
«He!» lachte der Sheriff, «wär' das ein Glück!»
«Sachte, sachte. Ich bin mir da nicht so sicher, ob das wirklich ein Glück ist», warnte Selby.
«Wie meinst du das? Wenn wir diesen Arzt zu fassen kriegen, werden wir . . .»
«Wir werden ihn nicht zu fassen kriegen», sagte Selby. «Er wird uns fassen wollen. Weißt du, Rex, es sieht sehr danach aus, als sei das wieder ein Schachzug von Carr.»
Brandon schüttelte den Kopf. «Carr würde eher sein möglichstes tun, um uns diesen Doktor vorzuenthalten.»
«Normalerweise vielleicht, aber wenn der Doktor dir erzählt, das Mädchen hätte Selbstmordkomplexe gehabt. Was dann?»
Der Sheriff legte sein Gesicht in Falten.
«Die Lage ist nicht einfach, Rex. Unsere Hände sind durch das Gesetz gebunden. Ehe wir jemand des Mordes beschuldigen können, müssen wir erst nachweisen, daß es überhaupt ein Mord war. Wir müssen jede Einzelheit des Falles stichhaltig beweisen können. Und der alte Carr ist schlau genug, das zu wissen. Er wird sein Repertoire schon so festgelegt haben, daß es uns unmöglich sein wird, auch nur über das erste Hindernis hinwegzukommen, geschweige denn eine ordnungsgemäße Anklage zu erheben mit Motiv und Gelegenheit zur Tat.»
Sylvia beendete das betretene Schweigen, das nach diesen Worten des District Attorney entstanden war. «Ich habe etwas anderes für euch, Doug.»

«Und das wäre?»
«Ich – nun, ich versuchte euch zuvorzukommen, aber nur aus Berufsinteresse.»
«Wieso?»
«Ich wollte A. B. Carr einige Fragen stellen.»
«Wer wollte das nicht!» stellte Brandon grimmig fest.
«Niemand schien zu wissen, wo er ist», fuhr Sylvia fort. «Ich rief sein Büro in der Stadt an und fragte seine Sekretärin, wo ich Mr. Carr treffen könnte. Natürlich fragte sie sofort, wer am Apparat sei.»
«Und Sie sagten ihr, es sei die Presse?»
Brandon sah sie bestürzt an.
Sylvia Martin schüttelte den Kopf. «Ich log das Blaue vom Himmel herunter.»
«Und was hast du gesagt?» wollte Selby wissen.
«Ich gab mich für Paula Melvin aus.»
Brandon ließ einen leisen Pfiff hören.
«Die Sekretärin erklärte, Carr sei für zwei, drei Tage abwesend, er sei auf einer Reise nach dem nördlichen Teil des Staates. In meiner Eigenschaft als Mrs. Melvin bekam ich auf diese Nachricht hin prompt einen hysterischen Anfall. Ich schrie, ich müsse ihn sofort sprechen, und wo ich ihn treffen könnte. Endlich sagte das Mädchen, er wäre nach Highdale gefahren. Könnt ihr damit etwas anfangen?»
Beide, Selby und Brandon, machten dumme Gesichter.
«Also nicht. Aber ich möchte wetten, daß diese Reise etwas mit unserem Fall zu tun hat.»
«Möglich wäre es schon», beruhigte Brandon die Reporterin. «Immerhin ist es eine Hilfe, wenn wir wissen, wo er sich aufhält, falls wir mit ihm sprechen wollen.»
«Was ist mit den Fotos von dem toten Mädchen?» fragte Sylvia den Sheriff.
«Wir werden sie so retuschieren, daß ihre Augen geöffnet sind. Ich hoffe, daß sie dann schneller identifiziert werden kann. Bis jetzt konnte uns noch niemand sagen, woher sie kommt, oder wo ihre Angehörigen sind.»
«Wann werden Sie die Bilder haben?»
«Der Fotograf ist schon hier und entwickelt die Aufnahmen.»
«Gut, Sheriff, denken Sie aber daran, daß ich, falls es der Arzt ist, der oben auf Sie wartet, gern einen Bericht haben möchte.»

«Ich weiß was Besseres. Warten Sie lieber auf ihn, bis er aus meinem Büro zurückkommt. Sprechen Sie ihn an und bitten Sie ihn um ein Interview. Hören Sie, was er dann sagt. Übrigens, woraus schließen Sie, daß es der Doktor ist?»
«Sein Wagen ist als der eines Arztes aus Los Angeles gekennzeichnet. Ich wette zehn zu eins, es ist unser Doktor.»
«Wie heißt er?»
«Dr. Sparton Capaldo, und seine Praxis hat er im Greenberry-Gebäude.»
Brandon grinste. «Ich wollte, die Stadt würde mir genug Geld geben, damit ich Sie auf die Gehaltsliste setzen könnte, Sylvia. Sie würden einen großartigen Detektiv abgeben. Und weil Sie so nett zu uns waren, gebe ich Ihnen einen Tip.»
«Schießen Sie los!»
«Das Messer, mit dem die Tat begangen wurde, ist nagelneu. Es ist vorher noch nie benutzt worden. Auf seiner Klinge steht noch immer mit Wachsstift geschrieben: T–E–M 7.65. Es ist ein Vorlegemesser mit einem Griff aus imitiertem Hirschhorn. Vielleicht sehen Sie sich mal in der Gegend nach einem Geschäft um, das Messer verkauft, die auf ihren Klingen die gleiche Beschriftung tragen.»
Sylvias Stenostift flog über das zusammengefaltete Papier, das sie aus ihrer Handtasche genommen hatte. «Ich werde mich sofort an die Arbeit machen, Sheriff.»
«Das werden wir auch tun. Wenn Sie etwas herausgefunden haben, lassen Sie es uns bitte wissen.»
«Zunächst rufe ich bei meiner Zeitung an und gebe ihnen was zu arbeiten, und dann werde ich auf Dr. Capaldo warten.»
«Der sollte jetzt eigentlich schon ziemlich besänftigt sein», vermutete Brandon und wandte sich lachend an Selby: «Komm, Doug, sehen wir ihn uns an.»
Sie gingen zum Vorzimmer des Sheriffs.
Der Mann, der auf sie wartete, trug einen eleganten grauen Zweireiher. Er hatte klare, intelligente Gesichtszüge und einen dichten Schopf dunkler, gewellter Haare. Er schätzte sie mit scharfen grauen Augen ab und lächelte dann. «Gestatten Sie mir, daß ich mich vorstelle», sagte er mit der routinierten Stimme eines Redners, «das heißt, falls ich die Ehre habe, mit dem Sheriff und dem District Attorney von Madison City zu sprechen, was ich aber annehme.»

«Das stimmt», bestätigte ihm Brandon.

Selby trat einige Schritte vor und streckte ihm die Hand entgegen. «Dr. Capaldo, wenn ich mich nicht irre», sagte er. «Dies ist Sheriff Brandon, und ich bin District Attorney Selby.»

Capaldo war überrascht. «Sie kennen mich?» fragte er.

«Aber sicher. Wir wollten Ihnen gerade eine Vorladung schikken.»

«Mir? Aber woher wissen Sie, wer ich bin? Und aus welchem Grunde . . .»

«Natürlich wissen wir, wer Sie sind, Doktor», unterbrach ihn Selby. «Sie sind der Arzt, der Eve Dawsons Schußwunde behandelt hat. Treten Sie bitte näher.»

Brandon öffnete die Tür zu seinem Privatbüro, und Dr. Capaldo, der vollkommen aus dem Gleichgewicht geraten war, betrat vor den beiden das Zimmer. Seine Selbstsicherheit hatte ihn im Moment vollkommen verlassen.

Der Sheriff wies auf einen Stuhl, und der Arzt setzte sich. Er schlug ein Bein über das andere, legte die Fingerspitzen aneinander und tat einen tiefen Atemzug. Er versuchte sichtlich, seine Fassung wiederzugewinnen.

«Warum haben Sie mich nicht eher aufgesucht?» fragte Brandon.

Dr. Capaldo hob seine feingezeichneten Augenbrauen in höflichem Erstaunen. «Aber Sheriff, ich bin buchstäblich wie der Teufel gefahren, nachdem ich hörte, was meiner Patientin zugestoßen ist.»

«Warum traten Sie nicht mit mir in Verbindung, bevor ihr dies zustieß?»

Nachsichtig schüttelte der Arzt den Kopf. «Es tut mir leid, Sheriff, aber meine Ansichten über die ärztliche Schweigepflicht verbieten mir jede Diskussion über diesen Punkt.»

«Schießen Sie los!» sagte Brandon. «Sie haben sich doch sicher Ihre Geschichte zurechtgelegt. Lassen Sie hören.»

«Frühmorgens am Samstag, den 18. Oktober», begann Dr. Capaldo, «wurde ich nach Las Alidas zu Eve Dawson gerufen. Sie hatte eine sehr ernste Verletzung, und ich wurde gebeten, sie zu behandeln.»

«Sie gingen hin?»

«Ja.»

«Wie kommt es, daß Sie zu dieser frühen Stunde so weit fuhren und nicht einen Arzt in der Nähe empfohlen haben?»

«Weil sie meine Patientin war.»
«Mit anderen Worten, Sie haben sie schon früher behandelt?»
«Ja.»
«Wann?»
«Das kann ich nicht genau sagen – etwa zwei oder drei Wochen vorher.»
«Was fehlte ihr damals?»
«Sie litt an Schwermut und hatte Selbstmordabsichten.»
«Soso», meinte Brandon zu Selby, «jetzt geht es also los.»
«Ich fürchte, ich verstehe Sie nicht ganz», sagte Dr. Capaldo mit übertriebener Würde.
«Sie verstehen sehr wohl», erwiderte Brandon mit Nachdurck, «aber fahren Sie fort, und erzählen Sie uns den Rest.»
«Eve Dawson konsultierte mich. Sie war überaus nervös, aufgeregt und verzweifelt. Ich gab ihr ein Beruhigungmittel, verordnete einige Vitamintabletten und versuchte es mit psychiatrischer Behandlung.»
«Was geschah dann?»
«Sie kam in der folgenden Woche wieder. Ihr Zustand hatte sich gebessert. Ich warnte sie besonders vor alkoholischen Exzessen, da in deren Gefolge Anfälle von Schwermut besonders häufig sind. Ich erinnere mich auch, daß ich ihr damals zuredete, ihre Lebensweise von Grund auf zu ändern.»
«Was war denn an ihrer Lebensweise nicht in Ordnung?»
«Sie war», Dr. Capaldo senkte seine Lider und trennte und berührte seine Fingerspitzen in gleichmäßigen Abständen, als wolle er den Takt zu seinen folgenden Worten schlagen, «das, was man vielleicht ein Party-Mädchen nennen könnte.»
«Was meinen Sie damit?»
«Sie wurde von Zeit zu Zeit eingeladen, um Leben in eine Gesellschaft zu bringen. Das heißt, sie galt als eine Stimmungskanone. Verstehen Sie mich bitte nicht falsch, meine Herren. Ich möchte lediglich andeuten, daß sie ein sehr unregelmäßiges Leben geführt hat.»
«Und was dann?»
«Dann kam dieser Telefonanruf.»
«Wer war am Apparat?»
«Ich weiß es nicht. Jemand sagte, er riefe wegen Eve Dawson an. Sie hätte einen schweren Unfall gehabt, und ich sollte sofort zu ihr kommen.»

«Und was taten Sie?»
«Ich zögerte zunächst und stellte ein paar Fragen. Dabei erfuhr ich, daß die Verletzung eine selbstverschuldete Schußwunde war und das Mädchen in einem sehr ernsten Zustand sei.»
«Dann fuhren Sie los?»
«Richtig.»
«Und wohin fuhren Sie?»
«Zu dem Haus in Las Alidas.»
«Wer gab Ihnen die Adresse?»
«Derjenige, der angerufen hatte.»
«Mann oder Frau?»
«Eine Frau.»
«Nannte sie Ihnen einen Namen?»
«Nein, sie gab an, im Auftrag Eve Dawsons zu sprechen.»
«Sie fuhren also hin, und was fanden Sie dort vor?»
«Eve Dawson lag im Bett und hatte eine Menge Blut verloren. Sie hatte eine Schußwunde, die sie sich selbst beigebracht hatte.»
«Wer sagte Ihnen, daß sie sich die Wunde selbst beigebracht hätte?»
«Sie selber.»
«Was taten Sie dann?»
«Ich behandelte die Wunde.»
«Haben Sie die Polizei verständigt?»
«Nein.»
«Sie wußten, es war eine Schußwunde?»
«Sie sagte es; aber die Wunde sah auch danach aus.»
«Melden Sie denn Schußwunden nicht der Polizei?»
«Unter solchen Umständen nicht.»
«Wie waren denn die Umstände in diesem Fall. Was machte ihn so außergewöhnlich?»
«Ich wußte doch Bescheid über Eve Dawson. In ihrer Schwermut fühlte sie sich der Liebe ihrer Mutter und der Achtung ihrer Mitmenschen unwürdig und entwickelte so einen sehr bedenklichen Minderwertigkeitskomplex. Ich hatte das Gefühl, daß eine Veröffentlichung des Vorfalls in der Presse eine sehr ungünstige Wirkung auf sie haben würde, ja sie wäre für das Mädchen einem Todesurteil gleichgekommen. Man bat mich auch, das Vertrauen meiner Patientin nicht zu enttäuschen.»
«Ihr Zustand war ernst?»

«Sehr. Es bestand die Gefahr einer Bauchfellentzündung.»
«Und Sie behandelten sie auch weiter?»
«Ja, das tat ich.»
«Wurden Sie dafür honoriert?»
«Nein.»
«Ein etwas weiter Weg, und ziemlich umständlich, um einen Patienten kostenlos zu behandeln, nicht wahr?»
«Ich hatte großes berufliches Interesse an dem Fall. Ich wollte alles in meiner Macht Stehende tun, um ihn zu einem befriedigenden Ende zu bringen.»
«Erzählte sie Ihnen etwas über die Umstände, die den Schuß verursachten?»
«Sie sagte mir alles darüber.»
«Was?»
«Am Abend des 17. Oktober ist sie in die Wohnung des James Melvin in dieser Stadt gegangen, da dort eine Party stattfand. Natürlich fing sie wieder an zu trinken und geriet allmählich von neuem in eine ihrer düsteren Stimmungen. Um den unwillkommenen Zudringlichkeiten eines angetrunkenen Gastes zu entgehen, ging sie nach draußen. Irgendwie kam sie in die Garage, stieg in Melvins Auto, das dort stand, und fand in dessen Handschuhfach einen Revolver. Sie holte die Waffe heraus und wollte aus einem plötzlichen Impuls mit allem Schluß machen.»
«Sagte sie, wer dieser betrunkene Gast war?»
«Nein, sie war immer sehr zurückhaltend, wenn es sich um Namen handelte. Während ihrer ganzen Behandlung war es mir niemals möglich, irgendwelche Namen von ihr zu erfahren.»
«Wissen Sie Ihre Adresse?»
«Nein.»
«Hören Sie», sagte Selby ungeduldig, «Sie kamen augenscheinlich nur hierher, um uns ein nettes kleines Märchen zu erzählen.»
«Ich fürchte, ich verstehe Sie nicht ganz.»
«Sie möchten erreichen, daß jede Auskunft, die auf einen Selbstmord hindeutet, von uns als glaubwürdig betrachtet werden muß, und ich nehme an, daß auch die Presse entsprechend versorgt wird. Wenn es aber darum geht, eine Auskunft zu geben, die *unsere* Nachforschungen erleichtert, dann weichen Sie aus.»

«Es tut mir leid, meine Herren, aber so war es. Miss Dawson gab mir lediglich eine Hoteladresse. Heute früh brachte ich in Erfahrung, daß diese Adresse falsch war. Ich finde das aber nicht besonders ungewöhnlich. Viele Patienten in ähnlicher Lage treffen ebenfalls sorgfältige Vorsichtsmaßnahmen, um einigermaßen anonym zu bleiben!»

«Sonst noch was?» fragte Brandon.

«Ich glaube, das wäre alles, meine Herren.»

«Wer schickt Sie her?»

«Ich würde sagen, mein ärztliches Gewissen.»

«Ihr ärztliches Gewissen?» wiederholte Brandon sarkastisch.

«Könnte es sein», fragte Selby, «daß Sie mit Jim Melvin bekannt sind?»

«Nein, Mr. Selby.»

«Oder mit Hudson L. Parlin?»

«Nein.»

«Aber Sie kennen doch A. B. Carr, den Anwalt, oder nicht?»

«Mr. Carr? O ja, ja natürlich.»

«Kennen Sie ihn gut?»

«Ich habe ihn einige Male getroffen.»

«Ist er Ihr Anwalt?»

«Warum sollte ich denn einen Anwalt benötigen?»

«Haben Sie noch nie einen gebraucht?»

Der Arzt blieb stumm.

«Sie haben schon einmal einen gebraucht, nicht wahr?»

«Einmal hatte ich es nötig, juristischen Rat einzuholen, ja.»

«Und der Anwalt, den Sie zu Rate zogen, war A. B. Carr?»

«Ich kann nicht einsehen, welche Bedeutung das in dem vorliegenden Fall haben sollte.»

«Hat Ihnen Eve Dawson nicht gesagt, daß sie Sie auf Anraten A. B. Carrs konsultiere?»

«Ich entsinne mich schwach, daß sie mir erzählte, sie sei bekannt mit einem Freund oder Patienten von mir, oder daß mich jemand empfohlen hat. Ich kann es wirklich nicht genau sagen. Ich habe so viele Patienten, und meine Zeit ist so ausgefüllt, daß ich mich an diese unbedeutenden Details wirklich nicht mehr erinnern kann.»

«Woher wußten Sie, daß Eve Dawson tot ist?»

«Man sagte es mir am Telefon.»

«Wie geschah das?»

«Ich rief an, um mich nach dem Befinden meiner Patientin zu erkundigen.»
«Sie riefen die Wohnung in Las Alidas an?»
«Ja.»
«Wer war am Apparat?»
«Mrs. Melvin.»
«Und was sagte sie Ihnen?»
«Sie sagte mir, Miss Dawson hätte sich einen tödlichen Stich beigebracht und die Polizei wäre schon verständigt worden.»
«Was taten Sie dann?»
«Dann tat ich mein möglichstes, Ihnen behilflich zu sein», sagte Dr. Capaldo mit der Miene eines Märtyrers. «Ich dachte, meine Informationen wären Ihnen willkommen.»
«Sie wissen nicht, wo Eve Dawson wohnte, Sie wissen nicht, wo ihre Verwandten sind, und Sie kennen keinen Namen eines ihrer Familienangehörigen.»
«Außer dieser Adresse, die sich als falsch erwies, kann ich tatsächlich keine Angaben machen. Aber ich nehme an, sie stammt aus der Gegend um Fresno.»
«Wann sprachen Sie das letztemal mit A. B. Carr?»
«Das weiß ich nicht mehr.»
«Vor kurzem?»
«Ich habe ihn seit einiger Zeit nicht mehr gesehen.»
«Hat er mit Ihnen telefoniert?»
Dr. Capaldo schüttelte den Kopf.
«Haben Sie vielleicht eine Karte mit Ihrer Telefonnummer?» fragte Selby.
Der Arzt nahm eine Karte aus seiner Brieftasche und reichte sie Selby, zog noch eine hervor und gab diese dem Sheriff.
«Falls ich Ihnen einmal irgendwie behilflich sein kann, so zögern Sie nicht, mich anzurufen. Es tut mir sehr, sehr leid um diese Sache. Ich hoffte, diese junge Frau heilen zu können. Sie wären wirklich erstaunt, meine Herren, wenn Sie wüßten, wieviel ähnliche Fälle ich in meiner Praxis habe. Lauter junge Frauen, die mit großen Hoffnungen auf eine Karriere nach Hollywood kamen. Dann kommt die Periode bitterer Enttäuschung, dann die Zeiten, in denen man seine Ideale opfern muß, um mit den praktischen wirtschaftlichen Problemen des Lebens fertig zu werden — dann ein Gefühl der Nutzlosigkeit und Erfolglosigkeit und der Wunsch, sein Leben zu beenden.

Die Lockung des Films, die Liebe zu seinem Glanz ist . . .»
«. . . wie eine Kerzenflamme», unterbrach ihn Selby, «gegen die die armen Motten fliegen und darin verbrennen.»
«Sie nehmen mir genau die Worte aus dem Mund.»
«Das dachte ich mir», sagte Selby trocken. «Also gut, Doktor, ich danke Ihnen für Ihre freiwilligen Informationen. Es tut mir aber leid, daß Sie es nicht für notwendig hielten, uns zu benachrichtigen, als Sie damals in unsere Gegend gerufen wurden, um eine Patientin zu behandeln, die durch einen Schuß verletzt worden war.»
«Meine Berufsehre hinderte mich daran.»
«Jaja, ich verstehe. Sie werden noch von uns hören. Aber das möchte ich noch andeuten, daß es sehr unangenehme Konsequenzen für Sie haben kann, wenn dies zu einer Gewohnheit werden sollte.»
«Was sollte zu einer Gewohnheit werden?»
«Von einem Anwalt aus Los Angeles in diese Gegend gerufen zu werden, um eine Schußwunde zu behandeln und nichts darüber zu sagen.»
«Aber meine Herren, Sie denken doch nicht, daß das eine Gewohnheit von mir ist.»
«Ich möchte nur nicht, daß es zur Gewohnheit wird», betonte Selby noch einmal.
«Mit anderen Worten, sagen Sie A. B. Carr, er soll sich einen andern Arzt suchen», grollte Brandon. «Sie beide sind, was das betrifft, sicher nicht auf den Kopf gefallen.»
«Ich kam bestimmt nicht auf den Wunsch A. B. Carrs hierher. Ich sagte Ihnen doch, daß dieser Anruf von . . .»
«Ja, ich weiß», unterbrach ihn Brandon, «klar wie dicke Tinte. Ich will Ihnen nur das eine sagen: tun Sie das nie wieder. Das wär alles im Augenblick.»
Dr. Capaldo bemühte sich um einen würdevollen Abgang, aber es war ein vergebliches Bemühen, das niemand täuschte.
Brandon wartete, bis sich die Tür geschlossen hatte, und meinte dann: «Das war genauso, wie du es vorhergesehen hattest.»
Selby nickte nachdenklich.
Eine halbe Stunde saßen sie noch beisammen und besprachen die einzelnen Fakten des Falles und suchten nach einer Möglichkeit, einen Ausweg aus dieser Sackgasse zu finden.
Brandon sprach es resignierend aus, was sie zu bedrücken

schien: «Ich gebe nicht gern auf, Doug. Aber angesichts der Aussage des Arztes sind wir geschlagen. Alles deutet jetzt auf einen Selbstmord hin – und nur weil Eve Dawson ihm sagte, die Schußwunde hätte sie sich selbst beigebracht.»

Gerade wollte Selby antworten, als das Telefon läutete.

Der Sheriff nahm den Hörer auf. «Hallo ... Sylvia? ... Ja, er ist bei mir. Augenblick.»

Er gab Selby den Hörer. «Für dich, Sylvia Martin ist am Apparat.»

Sylvias Stimme klang aufgeregt. «Doug, ich möchte von den persönlichen Verhältnissen der Toten etwas wissen. Ich glaube, sie stammte aus Highdale. Der Postbote erinnert sich, daß sie ihm einen Brief gab, der nach Highdale adressiert war, und ich glaube, daß Old A. B. Carr dort oben seine Kreise zieht.»

«Darauf kannst du Gift nehmen», sagte Selby lachend. «Hast du Dr. Capaldo interviewt?»

«Und ob, er überschüttet mich geradezu mit vertraulichen Informationen. Es scheint ihm sehr an einer Veröffentlichung gelegen, mit einem deutlichen Hinweis auf die Selbstmordabsichten des Mädchen.»

«Das dachte ich mir. Aber was ist mit Highdale, Sylvia?»

«Du kennst doch Howard Comstock, den Neffen unseres Verlegers?»

«Ja, er war während des Krieges bei den Fliegern, nicht wahr?»

«Stimmt, und das war wohl auch der Grund, weshalb wir vor einiger Zeit ein Flugzeug aus alten Armeebeständen kauften. Es wurde nun der Vorschlag gemacht, daß ich nach Highdale fliegen soll und dich, Doug, würde der *Clarion* sehr gern als Gast mitnehmen.»

«Wann brechen wir auf?»

«Sobald du eine gute, deutliche Fotografie von dem Mädchen hast.»

«Laß die Maschine startklar machen», sagte Selby, während er einen Blick auf seine Armbanduhr warf. «Wir werden in einer halben Stunde soweit sein.»

## 10

Es war spät nachmittags, als Howard Comstock die große Maschine über einer kleinen ländlichen Stadt kreisen ließ.
«Da wären wir», sagte er. «Dies ist Highdale. Aber wir können hier nicht landen. Der nächste Flugplatz, wo ich mit der Kiste landen kann, ist fünfzig Meilen entfernt. Von dort aus müssen Sie mit dem Taxi nach Highdale fahren. Das Taxi ist schon bestellt. Schätze, das wird Ihnen eine Vorstellung von diesem Ort geben.»
Selby besah sich die Stadt. Das Flugzeug flog ungefähr tausend Meter hoch, und von dieser Höhe aus konnte er die Berge im Osten sehen. Ein Fluß, der eine tiefe Schlucht durch diese Berge gegraben hatte, schoß ungestüm und weißschäumend zu Tal und verbreiterte sich dann in ein ruhig fließendes Gewässer, von dem aus Gräben das Wasser dem trockenen Land hinter Highdale zuführten.
Äcker und Wiesen bildeten ein grünes Schachbrettmuster um die Stadt. Das Geschäftsviertel bestand, wie Selby feststellen konnte, aus sechs kärglichen Häuserblocks, die an einer Straße aufgereiht waren.
Der District Attorney erinnerte sich, irgendwo gelesen zu haben, daß Highdale einst ein bedeutender Handelsplatz war. Anno 49, während des Goldrausches, als die rauhen Pioniere von hier aus in die Berge zogen, auf der Suche nach Gold und Abenteuern.
Nach etwa zehn Minuten wurden Selbys Träumereien unterbrochen. Comstock meldete sich. «Wir landen jetzt», sagte er, richtete die Maschine aus und nahm Gas weg.
Selby sah den leichten Dunst, unter dem eine große Stadt wie unter einer Glocke lag, erkannte für einen Augenblick belebte Straßenviertel, und da waren sie auch schon über dem Flugplatz. Sachte glitt das Flugzeug hinunter und war kaum zu dem Hangar gerollt, als ein Mann auf sie zugerannt kam.
«Sind Sie die Leute, die wegen eines Wagens nach Highdale telefoniert hatten«» fragte er.
«Ja, das stimmmt. Sie nehmen das Mädchen und diesen Herrn mit», sagte Howard Comstock und wandte sich dann an Sylvia Martin und Selby: «Ich bleibe bei der Maschine und mache sie für den Rückflug startbereit. Vor morgen früh möchte ich aber

nicht zurückfliegen. Ab sieben Uhr warte ich hier. Kommen Sie dann, wann Sie wollen.»

«Wahrscheinlich werden wir aufgehalten», meinte Sylvia und lachte. «Wir könnten ja den Bürgermeister bitten, uns als Empfangskomitee zu bevollmächtigen, Old A. B. C. zu begrüßen, wenn er ankommt.»

«Wie lange fährt man bis Highdale?» fragte Selby den Taxichauffeur.

«Ungefähr eineinviertel Stunden.»

«Gibt es dort ein Hotel?»

«Na klar. Ein paar Hotels. Nichts Vornehmes, natürlich, aber ordentlich.»

«Gehen wir», sagte Sylvia Martin.

Über eine Zubringerstraße fuhren sie in wenigen Minuten auf die Autobahn, und fast augenblicklich zeigte das Tachometer 80 Kilometer Stundengeschwindigkeit.

«Sie wohnen in Highdale?» fragte Selby den Fahrer.

«Ja. Dorthin kam ja auch der Anruf nach einem Taxi. Kommen Sie geschäftlich nach Highdale?»

Selby blinzelte Sylvia Martin zu. «Ja. Wissen Sie, wo in Highdale eine Mrs. Dawson wohnt?»

«Dawson?»

«Genau.»

Der Fahrer schüttelte bedächtig den Kopf. «Ich kenne niemand namens Dawson. Können Sie sie beschreiben?»

«Wahrscheinlich so um 45 bis 55. Mehr weiß ich auch nicht.»

«Lebt sie schon lange in Highdale?»

«Einige Jahre, möchte ich sagen.»

«Ich kenne sie nicht.»

Selby entnahm seiner Brieftasche ein Foto von Eve Dawson. «Sie kennen nicht zufällig dieses junge Mädchen?»

Der Fahrer verminderte das Tempo und ließ den Wagen am Straßenrand entlangrollen. «Lassen Sie mal sehen.»

Selby reichte ihm das Foto.

Der Mann betrachtete es, schüttelte aufs neue den Kopf und wollte das Bild schon zurückgeben, als er plötzlich stutzte und es dicht vor seine Augen hielt. «Hm, sie hat zwar eine andere Frisur, und ihre Augen sehen so komisch aus, aber sie sieht einem Mädchen von hier, das nach Hollywood ging, mächtig ähnlich. Eve Hollenberg hieß sie. Hm, warten Sie mal, ich hörte,

daß sie sich jetzt Eve Dawson nennt. Ist es das, was Sie wissen möchten?»
«Darauf können Sie sich verlassen», bestätigte ihm Selby. «Dieses Mädchen ist gestern nacht getötet worden.»
«Teufel noch mal! Ein Autounfall?»
«Nein, Mord.»
Abrupt brachte der Fahrer den Wagen zum Stehen. «Na, das ist aber die Höhe!»
Selby schwieg, und nach einer Weile ließ der Mann das Taxi weiterfahren. «Sie wollen also zu Mrs. Hollenberg?» fragte er.
«Ja, falls Sie wissen, wo sie anzutreffen ist.»
«Ermordet!» stöhnte der Mann. «Was für ein verdammter Jammer! Eve war ein liebes Mädchen, und ihre Mutter ist eine prima Frau.»
«Sie kennen sie?»
«Sicher kenne ich sie. Ich brachte Eve mit dem Wagen zur Bahn. Sie erzählte mir nichts, aber ich wußte, was sie im Sinn hatte. Sie war auf dem Weg nach Hollywood. Ich habe immer erwartet, sie mal in einem Film zu sehen. Um Ihnen die Wahrheit zu sagen: nachdem sie fortgegangen war, fing ich an, die Filmspalten in den Zeitungen zu lesen.»
Selby nickte.
Der Fahrer verlangsamte aufs neue die Fahrt, um besser mit Selby reden zu können. «Dieses Mädchen», sagte er, «hatte das gewisse Etwas. Sie war eine Augenweide. Ich werde nie vergessen, wie hübsch sie aussah, als ich sie zum Zug brachte.»
«Wie lange ist das her?»
«Etwa zwei Jahre. Sie trug ein blaues Jackenkleid, in dem ich sie noch nie gesehen hatte. Harriet Hollenberg – das ist ihre Mutter – fuhr mit zum Bahnhof. Zu Eve sagte sie, sie würde mit mir zurückfahren, aber mir erklärte sie, sie werde zu Fuß gehen. Geld sparen, wissen Sie. Nun, ich versicherte ihr, sie brauchte sich deswegen keine Sorgen machen, die Rückfahrt würde sie keinen Pfennig kosten. Die arme Frau. Man konnte ihr ansehen, wie stolz sie auf Eve war. Und einsam war sie, aber sie weinte nicht. Während der ganzen Fahrt nach Hause hielt sie den Kopf hoch. Sie wußte, daß Eve ihren Weg machen würde.»
«Eve Dawson spielte nie in einem Film, nicht wahr?» forschte Sylvia.

«Wie hätte sie das so schnell erreichen können?» meinte der Fahrer nachsichtig. «Das geht nicht von einem Tag zum andern. Ich nehme an, es gibt eine Menge hübscher Mädchen in Hollywood, die darauf warten. Wie ist es geschehen? Wie wurde sie getötet?»
«Ich kann Ihnen nicht alle Details erzählen», erwiderte Sylvia, «sie wurde erstochen, und ich glaube, man hat keine Ahnung, wer es getan hat.»
«Wer es auch immer getan haben mag — der Strick ist zu gut für ihn!» stellte der Fahrer mit Nachdruck fest. «Eve war eines der süßesten Mädchen, die je in unserer Stadt lebten.»
Einen Moment war Stille, dann erkundigte er sich: «Sie wollen direkt zu Harriet Hollenbergs Wohnung?»
«Ja.»
«Was haben Sie mit dieser Sache eigentlich zu tun? Was . . .»
«Wir stellen Nachforschungen an», unterbrach ihn Sylvia.
«Sind Sie von der Polizei?»
«Nicht direkt.»
«Ich glaube, wir alle stellen irgendwelche Nachforschungen an, auf diese oder jene Art», sagte der Fahrer bedeutungsvoll.
Das Schweigen auf dem Rücksitz des Wagens ließ ihn erkennen, daß mit einer weiteren Unterhaltung nicht zu rechnen war. Widerwillig wandte er seine Aufmerksamkeit wieder der Straße zu und gab Gas.
«Der wälzt jetzt wohl eine Menge Gedanken in seinem Gehirn», tuschelte Sylvia Selby zu.
Der Fahrer, der offensichtlich seine Fahrgäste nicht mehr besonders mitteilsam fand, machte seinem Ärger Luft, indem er die Geschwindigkeit des Wagens noch mehr erhöhte, als wolle er die Fahrt so schnell wie möglich hinter sich haben.
Erst als sie Highdale erreichten, wurde er wieder gesprächig.
«Dieses hier ist wahrscheinlich das beste Hotel», sagte er und zeigte mit der Hand nach links. «Ein paar Häuser weiter ist noch eins, das wohl ebenso gut ist. Aber wenn ich an Ihrer Stelle wäre und hier übernachten wollte, würde ich sicher im ‹Riverview› bleiben.»
«Danke», sagte Selby.
«Ich werde Sie jetzt direkt zu Mrs. Hollenberg fahren. Sie wohnt in ihrem eigenen Haus. Als ihr Mann starb, hinterließ er ihr nur eine kleine Versicherung, aber sie brachte es fertig,

das Haus zu behalten. Sie schneidert ein wenig und hilft auch manchmal da und dort im Haushalt aus. Sie ist nicht allzu kräftig, aber sie hält sich immerhin über Wasser.
In diesem Café arbeitete Eve», wieder deutete die Hand irgendwohin, «sie bediente die Eismaschine. Ich ließ mir manchen Eisbecher von ihr zurechtmachen. Sie gab auch immer ein bißchen mehr Schokolade zu, mehr als üblich war. Sie hatte so etwas Nettes an sich, daß ich mich immer gefreut habe, wenn ich sie sah. Jetzt biegen wir nach links ein. Wollen Sie, daß ich auf Sie warte, während Sie mit Mrs. Hollenberg sprechen?»
«Das können Sie tun», überlegte Sylvia, «und nachher fahren Sie uns zum Hotel.»
«Dort ist das Haus, dort auf der linken Seite, zwischen den großen Bäumen. Ich erinnere mich noch, wie Jim Hollenberg es gebaut hat.»
Er wendete seinen Wagen. «Wenn Sie wollen, gehe ich hinein und sage Mrs. Hollenberg Bescheid, daß Sie hier sind. Sie ...»
«Nein, danke», gab ihm Selby nachdrücklich zu verstehen, «das machen wir schon selbst.»
«Dann werde ich auf der Veranda warten. Es ist dort bequem und ...»
«Wissen Sie was?» Sylvia Martin wurde energisch. «Es ist überhaupt nicht nötig, daß Sie auf uns warten. Wir sind eine ganze Weile hier. Den Weg zum Hotel können wir auch zu Fuß gehen.»
Mit einem vorwurfsvollen Blick sah der Fahrer sei an.
«Ich werde ietzt zahlen», beschwichtigte ihn Sylvia, «wenn Sie mir bitte sagen, was es macht. Sie können unser Gepäck im Hotel abgeben.»
«Ich habe eine Hin- und eine Rückfahrt und ...»
«Das weiß ich. Was macht es?»
«Fünfzehn Dollar. Dann war da noch etwas Wartezeit und ...»
Sylvia Martin reichte ihm einen Zehndollarschein, einen Fünfer und zwei Eindollarscheine. «Der Rest», erklärte sie, «ist für Zigarren.»
Der Fahrer steckte das Geld ein und versicherte beflissen: «Ich habe jetzt nicht allzuviel zu tun, und wenn Sie vielleicht doch wollen, daß ich warte ...»
«Nein, es wird länger dauern», antwortete Selby kurz angebunden.

«Aber es könnte ja sein, daß sie nicht zu Haus ist», meinte der Fahrer. «Ich werde mich hier herumdrücken, bis ich sehe, daß Sie eingelassen werden. Und falls Sie wollen, daß ich . . .»
Seine beiden Fahrgäste hatten offenbar keine Lust, die Unterhaltung mit ihm fortzusetzen, denn ohne jedes weitere Wort öffnete Selby die Gartentür und ging mit Sylvia auf dem beschatteten Weg bis zu der Veranda des Hauses. Selby drückte auf die Klingel.
Der Fahrer stellte den Motor ab und kurbelte das rechte Seitenfenster herunter. Neugier schien seine schwache Seite zu sein.
Selby zwinkerte Sylvia zu, entnahm seiner Brieftasche eine Visitenkarte, und als eine ältere Frau die Tür öffnete, überreichte er ihr die Karte. «Mrs. Hollenberg? Können wir Sie einen Augenblick sprechen?»
«Aber sicher. Natürlich. Sie sind aus Madison City. Treten Sie ein! Treten Sie ein!»
«Und dies», sagte Selby, «ist Miss Martin.»
«Bitte, kommen Sie nur», lud Mrs. Hollenberg sie herzlich ein. Dann sah sie hinaus zum Wagen und erkundigte sich: «Wer brachte Sie her? — Ah, Gib Spencer. Wie geht's, Gib?»
Der Fahrer sprang aus seinem Wagen und eilte auf sie zu. «Harriet», begrüßte er sie teilnahmsvoll. «Ich möchte Ihnen sagen, wie leid es mir tat, als ich das über . . . über Eve hörte.»
«Ich weiß», antwortete Mrs. Hollenberg mit Würde. Sie gaben sich die Hand.
Gib Spencer stand etwas unbehaglich da, und mit einem Blick auf seine Fahrgäste sagte er zögernd: «Sie wollen Sie wegen Eve sprechen, Harriet», ging zu seinem Wagen zurück, stieg ein und fuhr davon.
«Kommen Sie doch jetzt bitte herein, und nehmen Sie Platz», bat Mrs. Hollenberg. «Ich möchte gern alle Einzelheiten über Eves Tod erfahren. Sie war mein einziges Kind. Das Einzige, was mir geblieben war. Aber man ist da machtlos, nicht wahr. Ich habe dem Coroner telefoniert, er soll sie hierher überführen. Ich bin überzeugt, daß Eve gern in ihrer Heimat begraben sein möchte.»
Sie führte ihre Besucher in das Wohnzimmer, das augenscheinlich nur bei besonderen Anlässen benutzt wurde. Ihren Augen sah man an, daß sie geweint hatte, aber sie war ruhig und ge-

faßt und fuhr fort: «Ich möchte nicht, daß meine Trauer Ihren Ermittlungen im Wege steht.»

«Ich habe nicht damit gerechnet», sagte Selby, «daß Sie es schon erfahren haben. Als ich Madison City verließ, versuchte der Sheriff gerade, die Angehörigen der Toten ausfindig zu machen.»

«Ich weiß, er erkundigte sich bei der hiesigen Polizei nach einer Eve Dawson. Der Sheriffgehilfe von hier kannte meine Tochter. Dawson war der Name, den sie für ihre Filmpläne wählte. Er klingt besser als Hollenberg. Der Sheriffgehilfe erzählte ihm, was er über Eve wußte. Ihr Sheriff ließ mich daraufhin benachrichtigen und ließ mir auch sagen, daß Sie auf dem Weg zu mir wären.»

«Wir möchten Sie vor allem unserer Teilnahme versichern, Mrs. Hollenberg», sagte Selby. «Und es ist uns äußerst unangenehm, hier einfach einzudringen.»

«Was geschehen ist, läßt sich nicht ändern. Es wird mir helfen, wenn ich mit jemand reden kann, und ich möchte auch alle Einzelheiten erfahren.»

«Noch wissen wir nicht alles. Aber es interessiert mich, ob Sie von Ihrer Tochter öfters Nachricht erhalten haben.»

«Sie hat mir regelmäßig geschrieben. In dieser Beziehung war sie sehr anhänglich. Ich wünschte, Sie könnten begreifen, welche Freude ich an meiner Tochter hatte. Das machte es mir auch um so schwerer, den Tatsachen ins Auge zu sehen. Eve war wirklich ein gutes Mädchen. Ja, sie schrieb mir regelmäßig. Einige Male kam sie zu Besuch und schickte mir auch immer Geld. Manchmal war es nicht viel, und ich vermutete, sie brauchte es nötiger als ich, aber sie tat es immer wieder. Und schließlich, als sie sich durchzusetzen begann, war es schon ein großer Betrag. Über 300 Dollar im Monat.»

Auf einen Wink von Selby erklärte Sylvia: «Ich möchte nicht, daß es Mißverständnisse gibt, Mrs. Hollenberg, ich bin von der Presse. Ich schreibe für den *Madison City Clarion*. Was ich auch immer an Informationen bekomme, werde ich veröffentlichen. Mr. Selby ist der District Attorney. Er stellt Nachforschungen über den Todesfall an. Wenn es irgend etwas gibt, was Sie ihm vertraulich mitteilen wollen, etwas, das nicht veröffentlicht werden soll — nun, ich möchte Sie oder die Situation nicht ausnützen.»

«Das ist wirklich nett von Ihnen», dankte ihr Mrs. Hollenberg. «Nein, es gibt wirklich nichts, was nicht auch in der Zeitung stehen dürfte. Lieber Himmel, ich fürchte, die Zeitungen werden sich darüber hermachen. Am Telefon habe ich von Ihrem Sheriff nicht allzuviel erfahren, aber soviel habe ich herausgehört, daß er vermutet, ein Einbrecher hätte sie getötet.»
«Ich glaube, Ihre Tochter muß einen Feind gehabt haben», meinte Sylvia Martin.
«Das kann ich mir nicht vorstellen. Eve war mit jedermann gut Freund.»
«Jemand hat sie vor zehn Tagen angeschossen», sagte Selby. «Hat sie davon etwas in ihren Briefen erwähnt?»
«Angeschossen!» rief Mrs. Hollenberg ungläubig.
«Ja», bestätigte Selby und sprach schnell weiter: «Natürlich, es konnte ein Unfall gewesen sein. Wir wissen bis jetzt noch nichts über die näheren Umstände.»
«Sie hatte einen Autounfall und wurde dabei verletzt», berichtete Mrs. Hollenberg. «Sie schrieb, sie sei in einem Privatkrankenhaus, aber es sei nichts Ernstes. Es war bestimmt ein Unfall. Vielleicht hat sich jemand geirrt und erzählt, es sei ein . . .»
«Das ist immerhin möglich», pflichtete Selby ihr bei. «Es sah einer Schußverletzung nur sehr ähnlich, und die Ärzte glaubten auch, daß es das war. Gab Ihre Tochter Ihnen je zu verstehen, sie hätte Selbstmordabsichten?»
«Selbstmord? Himmel, nein! Denken Sie bitte nie, daß Eve sich selbst getötet hat. Sie war glücklich und fing gerade an, Karriere zu machen.»
«Schrieb sie ihnen ausführlich, was sie tat?» forschte Selby.
«Nein, nicht direkt. Es hat aber etwas mit Fotos zu tun. Sie schrieb mir, ich würde sie noch eine Zeitlang nicht auf der Leinwand sehen, aber sie hätte jetzt andere Arbeit gefunden. Es hätte auch mit Fotografieren zu tun und sei irgend etwas Technisches. Ich vermute, sie fing wirklich an, Erfolg zu haben, als . . . als das passierte.»
Selby nickte.
«Eve», fuhr Mrs. Hollenberg fort, «war ein anständiges Mädchen.»
Abermals nickte Selby.
«Sie dachte immer an ihre Mutter, immer blieb sie in Verbindung mit mir.»

«Ich nehme an, Sie haben Ihre Briefe aufbewahrt?» fragte Selby.

Sie schüttelte den Kopf. «Nein, Mr. Selby, das habe ich nicht getan.»

«Keinen einzigen?»

«Nein. Natürlich, jetzt tut mir das leid. Aber gewöhnlich verwahre ich persönliche Briefe nur solange, bis ich sie beantwortet habe. Nachher verbrenne ich sie.»

«Wenn sie Ihnen Geld schickte, auf welche Art tat sie es dann — durch Überweisung oder mit Scheck?»

«Sie überwies es.»

«Was ist mit Fotos? Hat sie Ihnen je welche geschickt?»

«Ja, eins.»

«Haben Sie es auch verbrannt?»

«Nein, ich sandte es ihr zurück.»

«Wann?»

«Erst vor ein paar Tagen. Sie schrieb mir von diesem Autounfall und bat mich, ihr das Foto zurückzuschicken, an ihre Adresse in Los Angeles — die Freemantle Appartements in der Adams Street.»

«Sie haben es abgeschickt?»

«Ja.»

«Schrieb sie, warum sie es wollte?»

«Ja. Ein Mann aus ihrem Bekanntenkreis erbat es sich. Das Foto war an Bord einer Privatjacht geknipst. Es zeigte Eve und ein anderes Mädchen und vier oder fünf Männer, prominente Filmleute, glaube ich. Stellen Sie sich vor, Eve auf einer Jacht mit richtigen Berühmtheiten!»

«Erkannten Sie jemand davon?»

«Meine Güte, nein! Eve erzählte mir, die bekannten Leinwandstars stellen nur einen kleinen Teil der großen Leute von Hollywood dar. Da gibt es Drehbuchautoren, Produzenten, Regisseure und andere hochbezahlte Persönlichkeiten, die das Ganze in Schwung halten.»

«Also Sie haben weder Briefe noch Fotos?»

«Nur einige Privataufnahmen, die Eve vorige Weihnachten machen ließ. Ich kann Ihnen eins davon überlassen.»

Sie erhob sich von ihrem Stuhl, ging zum Tisch und kam zurück mit einer unterschriebenen und stark retuschierten Aufnahme.

Selby betrachtete aufmerksam das Bild und reichte es dann zurück. «Behalten Sie es nur», sagte er. «Es wird uns nicht weiterhelfen. Und jetzt wollen wir nicht länger stören, Mrs. Hollenberg, aber wir kommen vielleicht später wieder.»
Mit einem verstörten Ausdruck in ihrem farblosen Gesicht begleitete Mrs. Hollenberg sie zur Tür und sah ihnen nach, bis sie den baumbestandenen Gartenweg erreichten. Dann schloß sie behutsam die Tür.
«Hat dieses Foto irgendwelche Bedeutung?» fragte Sylvia.
«Ganz bestimmt, aber ich weiß nur nicht, welche. Ihre Tochter wollte es wiederhaben. Das bedeutet, jemand befahl ihr, es zurückzuverlangen.»
«Vielleicht forschst du mal unter den Besuchern von Melvins Party nach einem Jachtbesitzer . . . Ei, ei, wer kommt denn da!»
Ein Wagen stoppte am Straßenrand. Gib Spencer strahlte. «Immer herein, meine Herrschaften. Gerade komme ich hier vorbei. Darf ich Sie zum Hotel mitnehmen? Haben Sie erfahren, was Sie wollten?»
«Soweit ist alles in bester Ordnung», sagte Selby.
«Fragen Sie mich ruhig, wenn Sie etwas wissen wollen», bot sich Spencer an. «Durch meinen Beruf bin ich immer auf dem laufenden. Die Leute reden über alles mögliche, wenn sie mit mir fahren. Aber denken Sie nicht, daß ich gerne klatsche. Das mache ich nicht.»
«Das merke ich», meinte Selby trocken, indem er Sylvia die Tür öffnete.
«Ich brachte Ihr Gepäck zum Hotel und habe die Zimmer für Sie bestellt», fuhr Gib Spencer fort. «Dem Portier gab ich zu verstehen, Sie wären sehr bedeutende Leute, die den Mordfall Dawson untersuchen, um Ihnen die zwei besten Zimmer zu verschaffen.»
«Es geht nichts über einen guten Reklamechef, wenn man in aller Stille Nachforschungen anstellen will», seufzte Selby.
«So ähnlich dachte ich das auch», sagte Gib treuherzig. «Ich denke, wir passen prima zusammen. Wenn ich Ihnen einen Gefallen tun kann, sagen Sie es nur. Was haben Sie von Mrs. Hollenberg erfahren? Überhaupt etwas?»
«Sie bestätigte uns nur, was Sie uns schon gesagt haben.»
«Freut mich, daß Sie Harriet kennengelernt haben. Sie ist eine nette Frau, eine sehr nette Frau.»

Selby beugte sich vor. «Gib», fragte er, «was verlangen Sie pro Tag?»
«Ununterbrochene Fahrt?»
«Nein, Sie werden den Tag über wahrscheinlich nicht mehr als fünfzehn Kilometer zu fahren haben.»
«Zwei Dollar pro Stunde.»
«Sie sind engagiert», sagte Selby zu ihm.
«Für was denn?»
«Sie werden uns helfen.»
Spencer hielt den Wagen an, als sie zum Hotel kamen. «So ist's richtig!» schmunzelte er. «Schätze, in dieser Stadt passiert nichts, über das ich nicht Bescheid weiß oder das ich nicht auf irgendeine Art herausbekäme. Nicht daß ich neugierig wäre, verstehen Sie, ich komme nur viel herum.»
Selby instruierte ihn. «Ein Mann wird im Laufe des Abends oder vielleicht morgen früh Mrs. Hollenberg aufsuchen. Es ist ein großer, ziemlich elegant und würdig aussehender Herr. Über die besten Jahre hinaus und mit grauem Haar. Er trägt Stock und Lederhandschuhe und hat ein sehr eindrucksvolles Wesen. Seine Stimme ist tief und klangvoll. Er heißt Carr.»
«Gut. Was soll ich tun?»
«Sie werden vor Mrs. Hollenbergs Haus parken», fuhr Selby fort, «und dort warten. Wenn Carr Mrs. Hollenberg aufsucht, merken Sie sich die Zeit, wann er kommt und wie lange er bleibt. Dann folgen Sie ihm, bis er die Stadt verläßt. Sobald er aus der Stadt ist, brauchen Sie sich nicht mehr um ihn zu kümmern. Dann erstatten Sie mir Bericht.»
Fröhlich sagte Spencer: «Junge, Junge, ich zische gleich los.»
«Und dieser Auftrag ist natürlich vollkommen geheim.»
«Überlassen Sie das nur mir», versicherte Gib. «Ich bin verschwiegen wie ein Grab. Was Informationen betrifft, bin ich die reinste Einbahnstraße. Sie haben keinen Fehler gemacht, als Sie mich damit beauftragt haben. Nee, mein Lieber.»
«Dann», sagte Selby, «ist es ja gut.»
«Wie, sagten Sie, sei Ihr Name?»
«Selby. Aber passen Sie auf, daß Sie meinen Namen nie erwähnen, und ich möchte auch nicht, daß jemand davon weiß, daß Sie Mrs. Hollenbergs Haus beobachten, verstehen Sie?»
«Sicher. Habe kapiert. Von Anfang schon», grinste Spencer. «Wieviel Uhr haben Sie jetzt?»

«Es ist genau zwölf vor fünf.»
«Die zwölf Minuten schenke ich Ihnen. Darauf kommt's mir nicht an. Ich mache mich sofort an die Arbeit. Gegen sechs Uhr werde ich eine kleine Pause machen müssen, um mir etwas Eßbares zu holen, nur einen kleinen Happen, und . . .»
«Schon recht», Selby war einverstanden, «aber machen Sie es so kurz wie möglich, und seien Sie rasch wieder zurück.»
«Keine Angst», beruhigte ihn Spencer, «auf mich können Sie sich verlassen.»

## 11

Um acht Uhr früh saß Selby in der Halle des *Riverview Hotel* und las in der Tageszeitung den Bericht über den Mord.
Eve Dawson, so war aus dem Bericht ersichtlich, war eins der schönsten ortsansässigen Mädchen gewesen, die je nach Hollywood gezogen waren, um dort ihr Glück zu machen. Sie wollte gerade ihre Freunde mit ihrem Debüt in einer Hollywoodproduktion überraschen, aber ihr vorzeitiger Tod, von dem die Polizei annahm, daß er die Folge eines Überfalls durch einen vagabundierenden Einbrecher sei, bereitete dieser vielversprechenden Karriere ein Ende.
Die Zeitung tadelte die Sensationsgier der Presse vom südlichen Teil des Staates, die eine Narbe, die von einem etwa zehn Tage vorher erlittenen Autounfall herrührte, als Schußwunde bezeichnete. Das Lokalblatt brüstete sich, es habe «unwiderlegbare Beweise», daß die in Frage stehende Verletzung von einem geringfügigen Autounfall verursacht wurde.
Selby riß den Bericht aus der Zeitung und ging hinüber zum Empfangstisch. «Ich würde gerne mit Miss Martin telefonieren.»
Zuvorkommend stellte der Portier die Verbindung her und deutete dann zum Telefon auf dem Tisch.
Selby erkannte Sylvias Stimme.
«Was ist mit dir?» fragte er.
«Doug, ich habe verschlafen. Ich wollte eigentlich früher aufstehen. Habe ich etwas versäumt?»
«Bis jetzt noch nicht. Wann bist du fertig?»

«In zwei Minuten. Ich muß mich nur noch schönmachen.»
«Gut. Wir werden im Hotel frühstücken.»
Als Selby den Hörer auflegte, wurde er vom Portier angesprochen. «Wie kommen Sie voran, Mr. Selby?»
«So lala.»
«Was für ein nettes Kind! Es ist doch zu schrecklich, daß das passieren mußte.»
Selby nickte.
«Ich habe von berufener Seite erfahren, sie sollte neben einem der wirklich großen Stars spielen.»
«Tatsächlich?»
Der Portier nickte. «Es wurde mir im Vertrauen gesagt», erzählte er. «Ich nehme an, es ist ein schwerer Schlag für Mrs. Hollenberg.»
«Bestimmt.»
«Hoffentlich erfahren Sie, was Sie wissen müssen, Mr. Selby. Sie konnten sich keinen besseren Mann aussuchen, als den, der Ihnen jetzt hilft.»
Selby hob die Augenbrauen.
«Gib Spencer», bestätigte der Portier, «ist auf Draht und voller Energie. Sie brauchen nicht zu fürchten, daß irgendein Beweis in der Stadt außer acht gelassen wird. Gib wird aufpassen, daß Sie nichts übersehen.»
«Das beruhigt mich», sagte Selby mit ernster Miene.
Sylvia Martin kam die Treppe herunter in die Hotelhalle geeilt.
Selby geleitete sie in den kleinen Eßraum. Ein Serviermädchen beäugte sie mit der heimlichen Neugier, mit der Berühmtheiten, Detektive, Schauspielerinnen und berühmtberüchtigte Frauen in einer Kleinstadt angestaunt werden.
«Glaubst du, daß wir am Nachmittag von hier wegkönnen, Doug?» fragte Sylvia.
«Hoffentlich ist Carr bis dahin aufgetaucht. Ich möchte wissen, was er tut, wenn er zu Mrs. Hollenberg kommt und hört, daß wir schon vor ihm dort waren.»
«Meinst du, er wird seine Karten aufdecken?»
«Das ist schwer zu sagen. Er wird uns wahrscheinlich nachjagen. Er ... Oh, oh ... Sieh dich nicht um, Sylvia, er ist schon da. Er geht gerade zur Rezeption.»
«Allein?»

«Anscheinend. Was für eine Überraschung wird es für ihn sein, wenn er feststellt, daß bereits die ganze Stadt von dem *Mord* spricht. Ohne Zweifel wollte er hier den Selbstmordgedanken verbreiten.»
«Doug, ich frage mich, ob Carr der Mutter etwas mitteilen wird, etwas, das ihr die Illusion nimmt und ...»
«Das glaube ich nicht. Carr ist sehr vorsichtig. Ich habe das Gefühl, daß er jetzt Mrs. Hollenberg anruft. Na, er wird sich nicht lange mit ihr zu unterhalten brauchen, bis er herausfindet, daß wir gestern dort waren, daß sie Eves Briefe nicht aufbewahrt und das einzige Foto, das sie besaß, zurückgeschickt hat.
Dann hat der alte Fuchs zwei Möglichkeiten. Entweder wird er diese Reise als totalen Mißerfolg abschreiben, in sein Auto steigen und heimfahren, oder er sucht uns auf und will uns auf den Zahn fühlen. Wenn er das letztere tut, haben wir einen Beweis, daß wir etwas wissen, das äußerst wichtig ist — entweder für Carr oder einen seiner einflußreichen Klienten.
Carr wird nicht gerade wegen der landschaftlichen Reize diesen Ausflug hierher unternommen haben. Wenn er es derart eilig hat, kann man darauf wetten, er tut es für Geld, und sogar für viel Geld.»
«Glaubst du, daß jemand, der sehr reich ist, darin verwickelt ist, Doug?»
«Entweder ein reicher Mann oder er selber. Jetzt verläßt er das Hotel. Sieht aus, als wäre er nur hereingekommen, um wegen eines Zimmers nachzufragen. Beeil dich mit deinem Frühstück, Sylvia, damit wir losmarschieren können, um den Portier auszuholen.»
«Wenn du mich antreibst, vergeht mir der Appetit. Kannst du nicht inzwischen allein hingehen und ihm einige beiläufige Fragen stellen und ...»
«Gut, Sylvia», Selby stand auf und schob seinen Stuhl zurück. «Entschuldige mich einen Augenblick.»
Er näherte sich dem Portier, der ihm erwartungsvoll entgegensah.
«Um welche Zeit müssen wir Ihnen Bescheid geben, wenn wir die Zimmer aufgeben wollen?»
«Oh, irgendwann während des Nachmittags, spätestens bis fünf Uhr. In der Beziehung sind wir entgegenkommend. Ge-

rade war ein anderer Herr hier, Mr. Selby, der aus dem gleichen Grund nach Highdale gekommen ist wie Sie auch.»
«Tatsächlich?»
«Ja. Ein Mann von der Presse. Wollte wissen, wo Mrs. Hollenberg wohnt.»
«Sie sagten es ihm?»
«Ja.»
«Vermutlich werden sich jetzt dort eine Menge Leute herumtreiben. So etwas gefällt den Lesern. Etwas Mysteriöses, eine schöne junge Frau, ein Mord . . .»
«Es ist eine Schande, daß alles das auf die arme Mrs. Hollenberg zukommt. Sie hat wahrlich Kummer genug.»
«Der Reporter sagte nicht, von welcher Zeitung er sei, oder doch?» erkundigte sich Selby.
«Nein. Er sagte nur, er wäre von einer großen Tageszeitung, und ich habe nicht daran gedacht, ihn zu fragen. Ich erwähnte aber, daß es Dummheit sei, zu behaupten, Eve Dawson wäre durch einen Schuß verwundet worden. Sie hatte einen Autounfall. Ich weiß das bestimmt. Sie können es in der hiesigen Zeitung lesen. Dort steht es schwarz auf weiß.»
«Ja. Ich habe den Artikel gelesen», sagte Selby. «Also, vielen Dank. Ich wollte nur wissen, wann wir die Zimmer räumen müssen, damit ich meine Pläne danach richten kann. Vielen Dank.»
Selby gesellte sich wieder zu Sylvia Martin. «Du brauchst dich nicht zu beeilen, Sylvia. Er ist der Reporter einer großen Tageszeitung und möchte Mrs. Hollenberg interviewen.»
«Dieser alte Holzkopf! — Denk daran, Doug, ich möchte ihn für den *Clarion* interviewen, aber wir werden ihm erst einmal Zeit lassen.»
Der District Attorney rührte in seinem Kaffee. Seine Augen hingen nachdenklich an dem langsam kreisenden Löffel. «Verflixt, Sylvia! Etwas ist komisch an der Sache. Ich kann mir einfach nicht vorstellen, daß Carr so lange gewartet hat, wenn er hinter einem Foto oder Eves Briefen oder ähnlichem her ist.»
«Er fürchtet sich vor Luftreisen. Nie würde er sich in ein Flugzeug setzen. Und diese Arbeit mußte er selbst erledigen.»
«Ich verstehe», sagte Selby.
Er schaute auf die Uhr. «Wir werden hier noch ein Weilchen warten, falls unser Anwalt auftauchen sollte und Lust zu einer

Unterhaltung hätte. Es kann auch sein, daß er dem Portier noch ein paar Fragen stellen will.»
Sie beendeten gemächlich ihr Frühstück und setzten sich dann wartend in die geräumige Halle.
Aus dem Weilchen wurde eine halbe Stunde. Dann hielt ein Wagen quietschend vor dem Hotel, und Gib Spencer erschien im Eingang. Sein Gesicht glühte vor Eifer.
Nach einem kurzen Blick auf den Portier kam er auf die beiden zu.
«Gehen wir in die Nische dort», flüsterte er, «wo wir ungestört sprechen können. Der Portier beobachtet uns.»
Seine eine Hand ruhte auf Selbys Arm und die andere stützte Sylvias Ellbogen. Er geleitete sie mit geheimnisvoller Miene in die entfernteste Ecke der Halle. Dann senkte er seine Stimme zu einem heiseren Flüstern. «Er ist fort», hörten sie ihn sagen.
«Fort!» rief Sylvia bestürzt. «Oh, das kann nicht wahr sein. Ich möchte doch das Interview.»
«Er ist fort», beharrte Gib mit Überzeugung.
«Etwas muß ihn erschreckt haben», sagte Selby.
«Nee. Er benahm sich wie einer, der erreicht hat, was er wollte.»
«Und mein Interview!» seufzte Sylvia. «O Doug, dieses Fiasko wird man mir nicht verzeihen.»
«Vielleicht bekommen wir noch etwas Besseres als ein Interview», tröstete Selby sie und wandte sich dann an Spencer.
«Sie erkannten ihn genau?»
«Natürlich erkannte ich ihn. Ihre Beschreibung war richtig. Er ging zum Haus und klingelte. Harriet Hollenberg öffnete, und er lüpfte seinen Hut, wie es höflicher nicht geht.»
«War er allein im Wagen?»
«Nein. Eine junge Frau war bei ihm. Rothaarig, ein- oder zweiundzwanzig und selbstbewußt. Sie ist ausgestiegen und mit ihm hineingegangen. Nach zehn oder fünfzehn Minuten kamen beide wieder raus.»
«Er sprang in seinen Wagen und fuhr aus der Stadt?» fragte Selby.
«Nein, das tat er nicht. Sie fuhren langsam die Hauptstraße hinauf. Vor Tom Kittsons Metallwarenhandlung parkten sie, stiegen aus und betraten den Laden. Als sie nach fünf Minuten wieder herauskamen, trug er ein kleines Paket. Dann stiegen

sie in seinen Wagen und fuhren mit hoher Geschwindigkeit aus der Stadt und auf dem kürzesten Weg zur Autostraße Süd. Einen Kilometer weit folgte ich ihnen, um sicher zu sein, daß sie weiterfuhren, und kam dann zurück, um Ihnen Bericht zu erstatten, wie Sie mir sagten.»

«Kittsons Metallwarenhandlung?» wunderte sich Selby.

«Ganz recht.»

«Und er hat dort etwas gekauft?»

«Ich nehme es an. Er trug ein Paket, als er aus dem Laden herauskam.»

«Wie sah das Paket aus?»

«Lang, dünn, in braunes Packpapier gewickelt. Hm ... Mr. Selby, wir können doch gleich zu Kittsons Laden fahren und danach fragen. Der alte Tom wird uns alles sagen.»

«Kennen Sie ihn schon lange?»

«Schon mein ganzes Leben lang.»

«Dann wollen wir mal zu ihm gehen», sagte Selby.

Verfolgt von den Augen des neugierigen Portiers, verließen die drei das Hotel und gingen im Schatten der Häuser den Bürgersteig entlang, bis sie ein Schild über einer Ladentür verkünden sahen: TOM KITTSON. METALLWAREN – SPORTARTIKEL – KÜHLSCHRÄNKE – RADIOS.

Gib Spencer öffnete ihnen die Tür und wies sie mit einer schwungvollen Geste in den Laden.

Ein Mann saß über ein Hauptbuch gebeugt, so daß sie zuerst nur einen Schopf weißer Haare sahen. Dann, als das Geräusch ihrer Schritte seine Aufmerksamkeit erregte, blickte er auf; ein Mann über die Sechzig mit scharfen grauen Augen, die hinter einer Nickelbrille hervorguckten. Erst schätzte er Sylvia Martin und Selby ab und wandte sich dann Gib Spencer zu.

Auf seinem Gesicht machte sich ein Lächeln breit. «Wie geht's, Gib?»

Spencer führte die beiden zur Theke. «Wir beschäftigen uns mit etwas, Tom», sagte er. «Kann dir nicht sagen, was es ist, aber ich glaube, wenn du heute die Zeitung gelesen hast, fällt dir der Groschen. Es ist eine ganz große Sache. Diese Leute hier sind aus dem Süden. Wir hätten gerne eine Auskunft von dir. Vor etwa zehn oder fünfzehn Minuten war bei dir ein Mann mit einem rothaarigen Mädchen. Er hat etwas gekauft. Er ...»

«Der Name dieses Mannes», erklärte Kittson und sprach mit hoher, singender Stimme, als rezitiere er etwas auswendig und sei ängstlich darauf bedacht, die Worte richtig zu betonen, «ist Alfonse Baker Carr. Er wollte ein Vorlegemesser mit einer bestimmten Beschriftung. Mußte absolut ein besonderes Fabrikat und ein besonderes Modell sein.»
«Erinnern Sie sich, was Sie ihm verkauft haben?» forschte Selby.
«Natürlich erinnere ich mich daran, was ich ihm verkauft habe. Mein Gedächtnis ist in Ordnung, junger Mann. Es ist erst zehn Minuten her. So schnell vergesse ich nichts.»
«Woher wußten Sie, wie er heißt?»
«Nannte mir seinen Namen. Bat mich um eine Quittung, auf der sein Kauf verzeichnet ist und daß er ihn hier getätigt hat.»
Selby war sichtlich verwirrt. «Haben Sie», fragte er, «das gleiche Messer noch einmal vorrätig?»
«Nein, es war das letzte.»
«Ein Vorlegemesser?»
«Ganz recht. Imitierter Hirschhorngriff. Klinge aus rostfreiem Stahl. Wird für 7 Dollar und 65 Cent verkauft. Es war ein guter Artikel. Hätte ein halbes Gros verkaufen können, wenn ich es gehabt hätte. Dieser Mann wollte meinen ganzen Vorrat davon aufkaufen. War enttäuscht, als er hörte, ich hätte nur noch dies eine.»
Selby fühlte, wie sich Sylvia Martins Finger in seinen Arm gruben, und versuchte, seine Stimme weniger aufgeregt klingen zu lassen. «Ich möchte meine Nase zwar nicht in Ihre Geschäftsangelegenheiten stecken, aber war der Einkaufspreis dieses Messers ...»
«Einen Moment, junger Mann. Ich werde keinem meine Einkaufspreise verraten. Ich muß meinen Lebensunterhalt verdienen wie jeder andere auch.»
«Nicht den Einkaufspreis», beschwichtigte Selby, «nur was auf dem Messer stand Waren es die Buchstaben T-E-M?»
«Donnerwetter! Sie wissen anscheinend einiges über diese Messer. Sie verkaufen Sie doch nicht etwa, oder? Dann kann ich Ihnen ja gleich eine Bestellung ...»
«Nein, nein, mich interessiert nur Ihre Methode, wie Sie den Selbstkostenpreis kennzeichnen.»
«Die habe ich mir selbst ausgedacht. Ich verwende die Me-

thode schon seit fünfzig Jahren. Buchstaben bedeuten den Preis, den ich für den Artikel bezahle, und Zahlen kennzeichnen den Verkaufspreis. Ich möchte ja meine Einkaufspreise nicht an die große Glocke hängen, aber wenn Sie diesen Hollenberg-Fall untersuchen und etwas über meinen Preiskode erfahren wollen, habe ich nichts dagegen. Ich werde es Ihnen erzählen; aber ich werde es nicht Gib sagen. Gib ist in Ordnung, aber seine Zunge hat in der Mitte ein Scharnier und plappert mit beiden Enden. Er kann nichts länger für sich behalten als ein Kind einen Dauerlutscher.»

«He, Tom, was fällt dir ein, so was zu behaupten», protestierte Gib. «Ich bin eine Auster, wenn es sich um wichtige Dinge handelt. Nur unwichtige Sachen . . .»

«Geh du jetzt nur hinaus und setz dich in dein Auto», sagte Kittson, «und ich werde diesem Herrn von meinem Preiskode erzählen.»

«Das ist nicht fair. Dein Preiskode interessiert mich nicht die Bohne. Er ist mir vollkommen schnuppe. Der Himmel weiß, deine Preise sind wirklich hoch genug.»

«Du gehst jetzt schön zu deinem Wagen zurück. Wenn dich mein Preiskode nicht interessiert, versäumst du ja nichts.»

«Es wäre besser, wenn ich bleiben würde, vielleicht könnte ich Mr. Selby dann irgendwie helfen.»

«Er braucht keinen Dolmetscher», grinste Kittson, «sein Englisch ist gut genug, daß ich es verstehen kann.»

Mit ernster Miene wandte sich Selby an Spencer. «Gib, ich selber habe das größte Vertrauen in Ihre Verschwiegenheit. Aber selbstverständlich kann Mr. Kittson noch beliebige Vorsichtsmaßnahmen treffen, um seinen Preiskode vor dem Bekanntwerden zu schützen.»

«Vor dem Bekanntwerden zu schützen!» grollte Gib. «Das ist es ja, was mich so wütend macht. Wenn man behauptet, ich klatsche. Ich bin die reinste Einbahnstraße, was solche Informationen betrifft.»

«Schon recht, du bist also eine Einbahnstraße», sagte Kittson in seiner präzisen, singenden Ausdrucksweise, «aber du hast verflixt zuviel Verkehr für meinen Geschmack. Geh jetzt hinaus und setz dich in deinen Wagen.»

Widerwillig und vor sich hinmaulend verließ Spencer den Laden.

«Also», erklärte Kittson, «dieser Preiskode ist nicht kompliziert. Er ist nur dazu da, daß ich an den Waren sofort sehe, wie hoch der Einkaufspreis war. Wenn man sie so zeichnet, braucht man nicht lange in den Rechnungen nachzusehen.»
Selby nickte.
«Alles, was dazu gehört», erläuterte Kittson weiter, «kann man sich leicht merken. Eine Kombination von zehn Buchstaben, alle verschieden. Als ich vor fünfzig Jahren diesen Laden eröffnete, wählte ich die Worte PARTY WOMEN. Unter jeden dieser Buchstaben setzte ich eine Zahl. Fing bei eins an und von da an aufwärts. 1-2-3-4-5-6-7-8-9-0.
Nehmen Sie zum Beispiel dieses Messer. Da stehen oben die Buchstaben T-E-M und darunter 7.65. Dieses T-E-M bedeutet demnach, daß mich das Messer 4 Dollar 98 gekostet hat. Ich verkaufe es für 7 Dollar 65. Eigentlich könnte ich ein klein wenig mehr Gewinn dabei vertragen. Es ist aus gutem Stahl. Ein Schlager von einem Messer, nicht so ein altes gewöhnliches Vorlegemesser.»
«Haben Sie mehrere davon verkauft?»
«Das will ich meinen. Ich habe sie laufend verkauft. Sie gefielen den Leuten.»
«Wie lange führen Sie diesen Artikel schon?»
«Vor einem Monat habe ich drei Dutzend gekauft. Heute ging das letzte Stück weg.»
«Können Sie sich noch an die Leute erinnern, an die Sie die Messer verkauft haben?»
«An einige kann ich mich noch erinnern, andere waren, glaube ich, Fremde. Dann hab ich noch einen Gehilfen, der hat auch etliche verkauft. Verstehen Sie, wenn ich sage, ich habe sie verkauft, dann bedeutet das, das Geschäft hat sie verkauft.»
«Können wir jetzt Gib Spencer nicht wieder reinkommen lassen», fragte Selby.
Kittson kicherte. «Lassen wir ihn noch ein Weilchen schmoren. Er spitzt sowieso die Ohren, um zu erfahren, was vorgeht.»
«Ich habe einen Auftrag für ihn», sagte Selby.
Er ging aus dem Laden und trat zu Spencer, der auf dem Bürgersteig stand. Gib schäumte vor Entrüstung.
«Kittson», preßte er zwischen seinen zusammengebissenen Zähnen hervor, «ist ein verdammter Dummkopf! Ein altes Waschweib! Mir wird übel, wenn ich an ihn denke.»

«Sie könnten mir eine andere vertrauliche Information besorgen, während ich hier drin warte.»
«Und die wäre?»
«Sie könnten zu Mrs. Hollenberg fahren und nachforschen, wie Carr diese junge Frau vorstellte.»
Spencer war ganz eifrige Dienstbereitschaft. «Ich fahre sofort hin, Mr. Selby. Ich werde alles herausfinden und komme dann zum Hotel, um Ihnen zu berichten.»
«Und dann», sagte Selby, «können wir, glaube ich, zum Flugplatz zurückfahren.»
Spencer, der jetzt völlig besänftigt war, eilte zu seinem Wagen, und Selby begab sich wieder in die Metallwarenhandlung.
«Könnten Sie vielleicht mit Ihrem Gehilfen zusammen eine Liste anfertigen», fragte er Kittson, «auf der alle jene Käufer dieser Messer verzeichnet sind, an die Sie sich erinnern können?»
«Das könnte ich schon, aber zwei oder drei wurden an Fremde verkauft.»
«Trotzdem. Ich wäre Ihnen dankbar, wenn Sie mir diese Liste dann zusenden würden.»
Selby gab dem Mann eine seiner Visitenkarten.
«Und», fuhr er fort, «es ist besser, wenn Sie über alles Stillschweigen bewahren.»
«Geht in Ordnung. Ich kann meinen Mund halten. Ich bin wie Gib – die reinste Auster», beteuerte Kittson und lachte.
Selby und Sylvia Martin gingen zum Hotel zurück. Zwanzig Minuten später erschien Gib Spencer mit seinem Bericht.
«Ich habe die gewünschte Auskunft bekommen. Dieser Carr ist von einer Zeitung aus Los Angeles, und das Mädchen, das er bei sich hatte, war augenscheinlich das, was man eine Tränendrüsenreporterin nennt. Nur daß er das natürlich nicht zu Harriet Hollenberg sagte, aber ich wußte gleich, was sie war, ich bin ja nicht von gestern. Ich ahnte sofort, was mit ihr los ist, als Harriet mir von ihr berichtete und . . .»
«Wie hieß sie?»
«Das ist eine komische Sache. Wenn man es genau nimmt, so haben sie Harriet den Namen des Mädchens gar nicht genannt. Nur Carr stellte sich vor und sagte, er und das Mädchen seien Artikelschreiber, sie hätten sich auf romantische und ergreifende Geschichten spezialisiert. So hätte sich Carr ausgedrückt.

Harriet Hollenberg ist sehr klug. Sie hat ein gutes Gedächtnis und . . .»
«Was wollte er?»
«Er machte ihr ein Angebot von baren tausend Dollar für alle Briefe, die sie von Eve hätte und alle und jegliche Fotografien.»
«Und was sagte Mrs. Hollenberg dazu?»
«Sie sagte, sie würde erstens aus dem Andenken iher Tochter kein Kapital schlagen und zweitens hätte sie gar nichts.
Dieser feine Herr wollte sich erst nicht damit zufriedengeben, aber schließlich überzeugte sie ihn, daß sie nicht hatte, was er wollte. Merkwürdigerweise schien er darüber sehr beruhigt. Das machte Harriet argwöhnisch, es könnte etwas nicht in Ordnung sein.
Als sie sich verabschiedeten, schüttelte sie ihnen die Hand und fragte das Mädchen nach ihrem Namen. Aber das Mädchen lächelte sie nur an und sagte ‹Daisy›. Dann gingen sie schnell zu ihrem Wagen.»
«Ich glaube, das wäre alles», meinte Selby. «Carr scheint wieder mal nach Schema F gehandelt zu haben. Gut, Gib, verladen wir unser Gepäck, und dann geht's zum Flugplatz zurück.»
Sie meldeten sich beim Portier ab, bezahlten die Rechnung und fuhren los.
Gib Spencer, noch schwatzhafter als gewöhnlich, erkundigte sich: «Dieser Carr ist wohl irgendwie in diese Sache verwikkelt, wie?»
«Oh, ich weiß nicht, er wollte sicher nur die Fotos bekommen.»
«Wozu wollte er sie dann? Scheint mir eine Menge Geld für ein paar Briefe und Fotos zu sein.»
Selby machte es sich im Wagen bequem und schloß die Augen.
«Sie scheinen nicht sehr gesprächig zu sein», fuhr Spencer beharrlich fort.
«Nein», erwiderte ihm Sylvia, «wir sind wie Sie. Wir reden wohl über kleine Dinge, aber bei großen, wirklich wichtigen Sachen wissen wir zu schweigen.»
«Mir können Sie vertrauen», sagte Gib mit gekränkter Stimme.
«Natürlich können wir das», beruhigte ihn Sylvia, «aber wir haben uns angewöhnt, nichts auszuplaudern.»
«Hören Sie, ich wette, Sie sind beim F. B. I., nicht wahr?»
Sylvia lachte.

«Der alte Tom Kittson verdient eine Menge an seinen Waren», behauptete Spencer nach einer Weile aufs Geratewohl. «Er hat eine richtige Goldgrube dort, hat das Geschäft schon über vierzig Jahre, und ich wette, er hat den ersten Groschen, den er verdient hat, aufbewahrt. Er ist zugeknöpft wie ein Wintermantel – nicht, daß ich mich für seinen Preiskode interessiere, der ist mir piepegal. Lieber Himmel, manche Leute meinen, ich hätte nichts anderes zu tun, als mich in ihre Angelegenheiten zu mischen.»

Sylvia schwieg.

Nach einigen Kilometern fuhr Spencer vorsichtig fort: «Ich glaube, er muß ungefähr 25% damit machen, nicht wahr?»

«Das kommt darauf an, was Sie mit 25% meinen», erwiderte Selby.

«Wenn man etwas um einen Dollar verkauft, und es kostet einen selbst nur 75 Cent, dann hat man doch 25 Cent Verdienst. Das sind nach Adam Riese 25%, nicht wahr? Ich bin ja schließlich nicht bekloppt, Mr. Selby.»

«Ihr Selbstkostenpreis», bedeutete ihm Selby, «beträgt 75 Cent, gut. Wenn Sie darauf 25 Cent schlagen, so ist das ein Drittel davon, und Ihr Verdienst beträgt in Wirklichkeit 33⅓%, ohne Unkosten.»

Spencer grübelte darüber nach und nickte dann langsam.

Weitere fünfzehn Kilometer legten sie schweigend zurück. Selby und Sylvia Martin hielten die Augen geschlossen, und Spencer riskierte von Zeit zu Zeit einen kurzen Blick auf seine Fahrgäste.

Von hinten näherte sich ihnen ein Wagen und drängte sie wild hupend zur Seite. Er brauste mit solch raketengleicher Geschwindigkeit vorbei, daß Gib Spencers leichter Wagen durch den Luftdruck schwankte.

Erbost bedachte Gib den rücksichtslosen Fahrer mit einem auserlesenen Schimpfwort.

«Still!» befahl Selby und setzte sich kerzengerade auf. «War das nicht Carr, der uns da eben überholte?»

«Ich ... ja, es könnte sein. Ich ...»

«Holen Sie aus Ihrem Wagen raus, was nur irgend geht. Fahren Sie hinter ihm her. Schnell! Geben Sie Gas, Spencer!»

Spencer trat das Gaspedal bis zum Boden durch. «Hören Sie», warnte er, während der Motor des Taxis aufheulend und vi-

brierend auf Touren kam, «dieser Wagen hat keinen sehr starken Motor unter der Haube, und es ist nicht ungefährlich . . .»
«Da haben Sie recht», sagte Selby müde. «Ich bin mir immerhin ziemlich sicher, daß es Carr war, und er war allein im Wagen.»
«Es sah wie Carrs Auto aus, das stimmt», bestätigte Spencer, «aber ich habe es nicht allzugut sehen können.»
Nachdenklich überlegte Selby. «Er muß plötzlich wieder umgekehrt sein. Auf der Straße haben wir ihn nicht überholt und sind ihm auch nicht begegnet, und 15 bis 20 Minuten ist er vor uns losgefahren, vielleicht auch schon vor einer halben Stunde . . . Sie folgten ihm doch aus der Stadt, Gib, nicht wahr?»
«Ohne Zweifel fuhr er fort. Ich sah bestimmt, daß er die Stadt verließ.»
«Passen Sie mal auf, Gib. Carr setzte das Mädchen, das bei ihm war, irgendwo ab. Er brachte sie entweder zu einem anderen Auto und übergab sie einem anderen Fahrer, oder er wendete seinen Wagen und fuhr nach Highdale zurück. Oder er bog vielleicht in eine Seitenstraße ein. Welche Stadt ist hier in der Nähe, wohin Carr gefahren sein könnte . . .»
«Knapp zehn Kilometer von dieser Straße entfernt liegt Dunton Oaks.»
«Wie groß ist der Ort?»
«Ich würde sagen, ungefähr — na, sagen wir mal, 1000 bis 1500 Einwohner. Ich kann nicht allzugut schätzen. Es ist kein großer Ort. Wollen Sie einen Abstecher dort hinüber machen, um zu sehen, ob Sie . . .»
«Nein, fahren Sie weiter. Ich möchte zum Flugplatz.»
«Wie Sie wollen», sagte Gib zögernd. «Aber ich könnte Sie doch nach Dunton Oaks fahren und vorsichtig nachfragen. Ich kenne dort viele Leute.»
«Davon bin ich überzeugt. Aber es ist nicht leicht, in einer Stadt mit 1500 Einwohnern Fragen zu stellen, ohne daß die Leute merken, daß man Fragen stellt.»
«Ich wäre der richtige Mann dafür.»
«Daran zweifle ich nicht», stimmte Selby ihm bei, indem er Sylvia zuzwinkerte, «und ich nehme an, hinterher können Sie auch Stillschweigen darüber bewahren.»
«Jaja, in solchen Sachen bin ich eine Einbahnstraße», versicherte Gib Spencer ernsthaft, «und der alte Kittson kann mich mal . . .»

# 12

Auf dem Flugplatz von Madison City wartete Rex Brandon auf Selby. Sylvia Martin stieg mit Comstock in dessen Wagen, den er auf dem Flugplatz gelassen hatte, und Selby fuhr mit Brandon zurück. Während Brandon den Wagen zum Gerichtsgebäude lenkte, berichtete der District Attorney ausführlich über die Ergebnisse ihrer Reise.

«Gute Arbeit, mein Junge», lobte der Sheriff, als Selby von dem Kauf des Messers berichtet hatte. «Dies könnte die Wendung sein, auf die wir gewartet haben. Da fällt mir ein, ein Anruf kam für dich aus Highdale — ein Mann namens Spencer wollte mit dir sprechen und verlangte, daß du den Anruf zahlst. Sagte, er müsse mit dir persönlich reden.»

Selby warf den Kopf zurück und lachte.

«Wer ist dieser Spencer?» fragte Brandon.

«Eine Klatschbase. Der neugierigste Bursche, den ich je kennengelernt habe. Er fuhr den Wagen, der uns auf dem Flugplatz in Highdale erwartete.»

«Was mag er wollen, Doug?»

«Er könnte Informationen haben, die das Mädchen betreffen, das Carr bei sich hatte. Sobald ich im Gerichtsgebäude bin, werde ich den Anruf beantworten.»

Brandon vergrößerte die Geschwindigkeit des Wagens, und nach zehn Minuten lauschte Selby im Gerichtsgebäude Gib Spencers aufgeregter Stimme im Telefon.

«Mr. Selby! Hallo, hallo ... Ja, hier spricht Gib Spencer. Es tut mir leid, daß Sie für diesen Anruf zahlen müssen, aber ich habe alles über diese Rothaarige, die Carr bei sich hatte, erfahren, und ich dachte, Sie würden es gerne wissen wollen.»

«Das ist fein», sagte Selby. «Woher wissen Sie denn Bescheid über sie, Gib?»

«Nun, um die Wahrheit zu sagen: als Sie fort waren, hatte ich nicht sehr viel zu tun. Das heißt, ich dachte, ich könnte drüben in Dunton Oaks etwas erfahren, und es war ja kein großer Umweg. So machte ich eben einen Abstecher und fragte ein paar Leute, ob sie ein Auto gesehen hätten wie das des Mannes, den ich beschattete, und ob sie eine rothaarige Frau darin gesehen hätten. Ich konnte sie ja fehlerlos beschreiben, weil ich sie gesehen hatte und genau wußte, was sie trug und ...»

«Ja, ich verstehe. Was haben Sie über sie erfahren?»
«Es machte mir keine Mühe, herauszufinden, wo sie wohnt und wer sie ist. Sie heißt Eleanor Harlan. In Dunton Oaks nennt man sie Babe. Vor einiger Zeit wohnte sie dort und arbeitete in einem Kino als Kassiererin und Platzanweiserin. Ein Bruder von ihr lebt in Dunton Oaks, ein gewisser Roland Harlan. Vor zwei Wochen kam sie ihn besuchen und blieb zwei oder drei Tage bei ihm. Dann fuhr sie zurück. Als sie diesmal mit Carr herkam, besuchte sie wieder ihren Bruder. Hat nur einen kleinen Ausflug gemacht.»
«Das ist sehr interessant, Gib, aber ich fürchte, jedermann wird jetzt wissen, daß wir ihr nachspüren . . .»
«Machen Sie sich darüber nur keine Gedanken», sagte Spencer hastig. «Ich habe alles gründlich vertuscht. Ich sprach nur darüber, welch große Klasse sie sei und — na, Sie wissen schon, ich tratschte so dies und das. Meine Spuren habe ich so gut verwischt, daß niemand . . .»
«Das kann ich mir vorstellen», bemerkte Selby trocken.
«Aber», beeilte sich Gib weiterzusprechen, «das Wichtigste haben Sie noch gar nicht erfahren, Mr. Selby. Als ich wieder in Highdale war, ging ich Tom Kittson besuchen. Ich hatte nichts Besonderes im Sinn, wollte mich nur unterhalten. Natürlich sprachen wir über Sie. Na, und was meinen Sie? Auf der Liste mit den Vorlegemessern, die er für Sie zusammenstellt, stand der Name Roland Harlan. Das ist Eleanors Bruder. Kittson kennt Harlan ziemlich gut. Harlan kauft meistens in Highdale ein. Dann habe ich noch etwas anderes für Sie. Diese Eleanor Harlan hat ihrem Bruder nur einen kurzen Besuch abgestattet und fährt jetzt mit dem Bus nach Fresno. Sie steigt dort in das Flugzeug, das San Franzisko ungefähr um zehn Uhr verläßt, und kommt dann etwas nach Mitternacht in Los Angeles an. Sie können Sie dann am Flugzeug abpassen, wenn Sie wollen.»
«Großartig», sagte Selby. «Ich glaube, damit ist alles in Highdale erledigt. Ich bin Ihnen sehr dankbar, Gib, aber ich möchte den Fall auf meine Art untersuchen, und ich fürchte, wenn Sie sich dort weiter betätigen, wird bald die ganze Stadt darüber reden.»
«Nicht bei mir. Ich mache gern mal einen Schwatz mit den Leuten, wenn es sich um nichts Wichtiges handelt, aber wenn es etwas wirklich Wichtiges ist, kann ich schweigen.»

«Ich weiß», erwiderte Selby ergeben, «wie eine Auster.»
«Genau», pflichtete ihm Gib bei, «wie eine Auster.»
«Also vielen Dank für den Anruf.»
«Ich dachte mir, Sie würden es gerne wissen, Mr. Selby.»
«Ganz gewiß», versicherte Selby, legte den Hörer auf und wandte sich an Brandon. «Allmählich kommt Licht in den Fall, Rex. Carr ist bis über die Ohren darin verwickelt.»
«Was hast du denn erfahren?»
Bevor Selby antworten konnte, läutete das Telefon aufs neue. Dieses Mal war die klangvoll modulierte Stimme A. B. Carrs zu hören.
«Guten Tag, Mr. Selby, wie geht es Ihnen?»
«Danke, gut», antwortete Selby vorsichtig. Er deckte seine Hand über die Sprechmuschel und gab Brandon Bescheid. «Es ist Carr, Rex, geh zum Nebenanschluß.»
Vor Eifer warf der Sheriff fast seinen Stuhl um, als er in das nächste Zimmer stürzte.
«Ich glaube, ich könnte Ihnen etwas behilflich sein bei diesem Mordfall, den Sie im Augenblick untersuchen», fuhr Carr fort.
«Wirklich?»
«Ja», sagte Carr verbindlich. «Ich habe einiges Interesse an der Sache, über die ich mich nicht weiter auslassen kann. Mein Klient ist aber darum besorgt, daß der Name Eve Dawsons in den Zeitungen nicht beschmutzt wird. Intime Enthüllungen, Tagebücher, Fotos, all das.»
«Wer ist Ihr Klient?» fragte Selby und hörte zugleich ein leichtes Klicken, das anzeigte, daß Brandon jetzt in der Leitung war.
«Tut mir leid, das kann ich Ihnen nicht sagen. Aber ich kann Ihnen eine Mitteilung machen, von der ich glaube, daß sie von größter Bedeutung in diesem Fall ist.»
«Und die wäre?»
«Als ich heute in Highdale war», erzählte Carr, «brauchte ich einen Schraubenzieher. Die Schraube am Blendschutz über der Windschutzscheibe meines Wagens hatte sich gelockert, und ich ging in eine Metallwarenhandlung, um einen Schraubenzieher zu kaufen. Beiläufig sah ich mir die verschiedenen Sachen in der Auslage an, und stellen Sie sich meine Überraschung vor, als ich ein Vorlegemesser erblickte, augenscheinlich das gleiche wie das im Fall Dawson. Und ich will verdammt sein, wenn es nicht auch die gleiche Beschriftung trug.

Ich dachte sofort an Sie, Selby, und kaufte augenblicklich das Messer und ließ den Verkäufer eine Rechnung auf meinen Namen ausstellen, so daß ich, falls Sie es wünschen, später Zeuge sein kann. Ich überreiche Ihnen das Messer als kleine Aufmerksamkeit, es ist ein haargenaues Pendant der Mordwaffe, mit haargenau, den gleichen Wachsstiftzeichen für den Einkaufs- und den Verkaufspreis. Ich glaube, Sie haben an ihm ein sehr wertvolles Beweisstück. Jetzt habe ich zwar noch eine kleine Reise vor — hoffentlich komme ich noch heute nacht bis Fresno — aber morgen nachmittag werde ich mit dem Messer bei Ihnen im Büro erscheinen. Ich wollte Ihnen nur inzwischn Bescheid sagen, daß die Mordwaffe in Highdale in einem Geschäft, das von einem Mann namens Kittson geführt wird, gekauft sein muß. Der Laden nennt sich Kittsons Metallwarenhandlung.»

Es gab eine lange Pause am Telefon. «Hallo, sind Sie noch dort?» fragte Carr.

«Ja.»

«Haben Sie mich gehört?»

«Ja. Ich habe darüber nachgedacht. Woher wußten Sie, daß Eve Dawsons Mutter in Highdale wohnt?»

Carr lachte melodisch.

«Woher?» beharrte Selby.

«Tja, mein Bester. Ich sagte Ihnen doch, ich hätte einen Klienten.»

«Und woher wußten Sie, wie die Mordwaffe aussieht?»

«Na, na, Selby, denken Sie doch an die Veröffentlichungen. Heute früh war ein Funkfoto in der Zeitung.»

«Wieviel solche Messer hatte Kittson, Carr?»

«Dies war das letzte.»

«Und wann werden Sie hier sein?»

«Irgendwann morgen, kurz nach der Mittagszeit. Wenn ich heute nacht noch nach Fresno kommen will, muß ich mich aber jetzt beeilen. Auf Wiederhören, Mr. Selby, bis morgen.»

Und mit höflicher Endgültigkeit legte Carr an seinem Ende den Hörer auf.

Rex Brandon kam wieder zurück. «Das ist das letzte», sagte er. «A. B. Carr hat den Kopf in der Schlinge und reicht uns den Strick.»

# 13

«Das dort drüben scheint sie zu sein, Rex, die mit dem braunen Kostüm. Die zweitletzte», vermutete Selby.
«Scheint so. Donnerwetter, das ist aber eine Puppe, was?»
Selby zog sich ins Dunkle zurück. «Warten wir ab, ob sie von jemand abgeholt wird, bevor wir unsere nächsten Schritte tun.»
Nachdem das Mädchen aus dem Flugzeug gestiegen war, ging sie mit zurückgeworfenem Kopf und gestrafften Schultern zum Ausgang. Sie hatte eine enge Taille und lange, schlanke Beine, und ihr gleitender Gang trug sie rasch an den anderen Leuten vorbei.
Inspektor Ormond von der Stadtpolizei wälzte seine Zigarre in den anderen Mundwinkel und sagte: «Fällt auf wie ein bunter Hund. Kein Detektiv nötig, um die herauszufinden. Was wollt ihr Herrschaften, daß ich jetzt tun soll?»
«Stellen Sie einfach mal einen Kontakt her», bat Selby.
«Wollen Sie, daß ich ein paar Fragen stelle?»
«Fangen Sie nur an», erwiderte Brandon, «wenn uns dann etwas einfällt, werden wir Sie ablösen.»
«In Ordnung», sagte der Inspektor. «Anscheinend kommt niemand sie abholen.»
Seine breiten Schultern bahnten sich einen Weg durch die kleine Schar der Leute, die sich zur Begrüßung der Angekommenen hier eingefunden hatten. Seine Hand berührte die Schulter der Frau. «Sind Sie Eleanor Harlan?»
Sie fuhr herum. Einen Augenblick lang erschien sie nervös, als hätte die leichte Berührung eine Kettenreaktion ihrer Nerven ausgelöst.
Dann lächelte sie hinauf zu den zwei Metern Autorität des Inspektors. «Ja», bestätigte sie.
«Ich möchte Sie bitten, mit mir dort hinüberzugehen, um ein paar Leute kennenzulernen», forderte Inspektor Ormond sie auf.
«Ist es nicht schon ziemlich spät dafür?»
«Für diese Leute nicht.»
«Tut mir leid, aber ich kenne Sie nicht und . . .»
«Man beobachtet uns,» mahnte Ormond. «Wenn ich jetzt meinen Mantelaufschlag umklappe und Ihnen die Dienstmarke zeige, wird man nur auf Sie aufmerksam werden.»

Sie sah ihm in die Augen. «Vielleicht möchte ich das gerade.»

«Wenn Sie unbedingt wollen», sagte Inspektor Ormond, schlug den Revers zurück und zeigte ihr die goldene Marke.

«Augenblick, bitte», bat sie, als er das Abzeichen wieder verdeckte. «Ich möchte mir die Nummer merken ... Danke, ich habe sie schon gesehen. Also, was wollen Sie?»

«Ich möchte Ihnen den Sheriff und den District Attorney von Madison County vorstellen. Sie sind von Madison City hierhergekommen und möchten mit Ihnen reden.»

«Ich nehme an, das ist ein Befehl?»

«Es ist offiziell, falls Sie das meinen.»

«Schon gut, beeilen wir uns, daß wir es hinter uns haben.»

Die Zuschauer auf dem Flugplatz, die das Zwischenspiel gesehen hatten, den Griff nach der Schulter des Mädchens und das Aufblitzen der Polizeimarke, teilten ihre Beobachtungen sofort den Umstehenden mit. Das Ergebnis waren zwei Dutzend neugierige Augen, die Eleanor Harlan folgten, als Inspektor Ormond sie zu der Ecke des Warteraumes führte, von der aus Brandon und Selby die Szene beobachtet hatten.

«Setzen Sie sich, bitte», sagte Ormond.

«Danke, aber ich stehe lieber.»

«Dies ist Rex Brandon. Er ist der Sheriff. Und dies Doug Selby, der District Attorney.»

Sie neigte ihren Kopf in einer kühlen Geste des Verstehens.

«Sie kannten doch eine Eve Dawson, oder nicht?» fragte der Inspektor.

«Das stimmt. Wir wohnten zusammen in einem Appartement.»

«Warum kamen Sie dann nicht gleich und haben das gemeldet, als sie erfuhren, was mit ihr geschehen war?»

«Hätte ich das tun müssen?»

«Warum nicht? Warum wollten Sie es der Polizei nicht sagen?»

«Es war ein Schlag für mich. Ich hatte eine Freundin verloren und hatte nicht den Wunsch, zur Polizei zu gehen und zu sagen: ‹Ich kannte dieses Mädchen Sie wohnte bei mir. Bitte kommen Sie in meine Wohnung, blasen Sie Zigarrenrauch umher, trinken Sie mir das bißchen Alkohol weg, das ich habe, und versuchen Sie, mit mir anzubändeln.› Die Polizei hatte das Mädchen identifiziert. Sie kannte die Adresse der Mutter und ...»

«Und?» hakte Ormond sofort streitsüchtig ein.

Herausfordernd erwiderte sie seinen Blick. «Eve war in Schwierigkeiten geraten. Ich hatte damit nichts zu tun, und ich wollte nicht mit hineingezogen werden.»
«Schwierigkeiten welcher Art?»
«Das weiß ich nicht. Ich weiß jetzt, daß sie angeschossen wurde. Damals wußte ich es nicht.»
«Und was wußten Sie?»
«Ich wußte, daß Eve mich anrief und mir sagte, daß sie für eine Weile fortginge. Sie wäre ein wenig in Schwierigkeiten und fühle sich nicht wohl. Sie müsse das Bett hüten und ich sollte, bitte, zu niemand etwas sagen.»
«Sie war Ihre Freundin, und doch stellten Sie keine Fragen, als sie Ihnen sagte, sie wäre in Schwierigkeiten und müsse das Bett hüten?»
«Eve ist frei, geistig normal und einundzwanzig. Ich bin frei, geistig normal und einundzwanzig. In ähnlichen Umständen wie sie hätte ich mich dafür bedankt, wenn sie eine Menge Fragen an mich gestellt oder herumgeschnüffelt hätte. Ich sagte: ‹Okay, Eve, ich kümmere mich um die Wohnung. Die Miete ist am Ersten fällig›, und legte den Hörer auf.»
«Sogar dabei galt Ihr erster Gedanke der Miete.»
Sie musterte ihn kühl. «Ich weiß nicht, wie hoch Ihr Gehalt ist, aber ich weiß, wie hoch meins ist. Ich ließ Eve Dawson bei mir wohnen, weil das Appartement für einen allein zu teuer ist. Ich nehme an, Ihre Dienstmarke gibt Ihnen das Recht, zu dieser Morgenstunde so mit mir umzugehen, aber denken Sie nicht, es mache mir Spaß.»
Brandon räusperte sich und sagte gedehnt: «Ich möchte nur noch einige Dinge wissen, Miss Harlan. Und wenn Sie gehört haben, um was es sich handelt, werden Sie, glaube ich, mir zustimmen, daß dies die einzige Möglichkeit war, Auskunft zu bekommen.»
Sie wandte sich um und musterte ihn. Langsam verschwand der Trotz aus ihrem Gesicht. Ihre Mundwinkel entspannten sich zu einem kleinen Lächeln. «Also gut. Fangen Sie an.»
«Ich werde nichts durch die Blume sagen, Miss Harlan.»
«Nein, tun Sie das nicht.»
«Ich werde Ihnen Tatsachen berichten.»
Sie nickte.
Brandon fuhr fort: «Eve Dawson wurde mit einem Vorlege-

messer erstochen. Es besteht Grund zu der Annahme, daß das Messer in Highdale in Kittsons Metallwarenhandlung gekauft wurde.»

Ihre Augen weiteten sich, und Selby, der ihren Gesichtsausdruck beobachtete, konnte beim besten Willen nicht sagen, ob er einstudiert war oder eine natürliche Reaktion echten Erstaunens.

«Und», erklärte Brandon weiter, «Sie haben einen Bruder, Roland Harlan, der in Dunton Oaks wohnt. Er macht gelegentlich Einkäufe in Highdale. Vor ein paar Wochen kaufte er das Messer, mit dem Eve Dawson erstochen wurde, oder ein anderes, das diesem aufs Haar glich.»

«Roland? – Ich fürchte, das ist vollkommen unmöglich, Sheriff.»

«Das wollten wir ja gerade herausfinden.»

«Warum fragen Sie dann nicht Roland?»

«Das werden wir schon noch tun.»

Ihr Gesicht trug den Ausdruck der intensiven Konzentration eines Menschen, der sich an etwas zu erinnern sucht. «Einen Augenblick», sagte sie. «Als ich Roland das letztemal besuchte, schenkte er mir ein Messer. Das hätte ich fast vergessen. Ich habe es nie benützt. Meistens esse ich auswärts, oder wir öffneten eine Büchse. Den größten Teil unseres Essens bereiteten wir sowieso in der Pfanne zu.»

«Warum haben Sie dann das Messer behalten?» fragte Brandon.

Sie lachte, und als sie das tat, erstarrte ihr reizvolles Gesicht zu einer Maske. Es lag keine Fröhlichkeit und kein Klang in diesem Lachen. Es war nur ein mechanischer Reflex, der schonungslos den wahren Kern ihrer Persönlichkeit erkennen ließ.

«Hören Sie auf mit dem Theater», herrschte Ormond sie an, «und fahren Sie fort.»

«Ich glaube, Kittson hat meinen Bruder zu dem Kauf überredet. Es kann nicht anders gewesen sein. Roland hatte gar keinen Bedarf dafür. Als er es nach Hause brachte, sagte Fay, das ist seine Frau, sie brauche kein so großes Messer, und warum in aller Welt er eins gekauft habe. Mein Bruder erklärte ihr, es sei ein sehr gutes Messer aus erstklassigem Stahl. Die Klinge sei scharf wie ein Rasiermesser. Fay neigt manchmal zu Spott. Sie fragte ihn, ob er es gekauft habe, um sich damit zu rasieren. Da wandte sich Roland an mich: ‹Nein, ich habe es für Babe gekauft. Sie braucht ein Vorlegemesser, und ich dachte, das wäre ein feines Geschenk.› »

«Und was taten Sie dann?» forschte Brandon.

«Ich ging auf sein Spiel ein, denn ich kenne Rolands Schwäche. Er geht in einen Laden, sieht etwas und möchte es haben. Es macht keinen Unterschied, ob er es benötigt oder nicht. Er ist nicht das, was man einen klugen oder vorsichtigen Käufer nennen würde.»

«Sie gingen auf sein Spiel ein», wiederholte Selby. «Wie meinen Sie das?»

Eleanor Harlan faßte Selby ins Auge, um ihn recht gründlich abzuschätzen, und ihr Blick wurde zuversichtlicher. «Ich gab vor, daß ein Vorlegemesser das einzige sei, das ich zu meinem Glück noch brauchte. Er gab es mir. Ich wickelte es ein, legte es in meinen Kcffer und nahm es mit nach Hause, und um die Wahrheit zu sagen: seitdem habe ich nicht mehr daran gedacht.»

«Dann», meinte Ormond, «wird es noch im Koffer sein, oder nicht?»

«Ich nehme es an.»

«Das ist es, was diese Herren interessiert.»

«Wollen Sie, daß ich Ihnen telefonisch Bescheid gebe, sobald ich in mein Appartement komme?»

Ormond grinste, wälzte wieder einmal seine Zigarre in den anderen Mundwinkel und sagte: «Oh, wir möchten Ihnen nicht soviel Mühe machen, Kindchen. Wir werden Sie heimbegleiten.»

«In einem Streifenwagen?»

«Ja.»

«Das ist immerhin ein Silberstreifen am Horizont. Dann spare ich das Omnibusfahrgeld und weitere sechs Dollar fürs Taxi. Gehen wir.»

Sie lächelte Selby zu und blieb an seiner Seite, als der District Attorney den Weg zum Parkplatz einschlug, auf dem Ormond den Wagen gelassen hatte.

Der Inspektor trat neben Brandon. «Sehen Sie sich diesen Gang an, diese Hüften», sagte er. «Sie könnte ein Filmstar sein, wenn dieses Lachen nicht wäre. Aber wenn sie lacht, weiß man Bescheid, wie sie wirklich ist.»

«Wie ist sie denn?» fragte Brandon.
Erstaunt sah Ormond ihn an. «Wissen Sie das nicht?»
«Noch nicht.»
Der Inspektor spuckte den zerkauten Zigarrenstummel aus und sagte nachdenklich vor sich hin: «Wenn dieses Lachen nicht wäre . . .»
Selby öffnete Babe Harlan die Autotür und nahm neben ihr auf dem Rücksitz Platz. Brandon setzte sich vorn neben Ormond.
«Wie ist Ihre Adresse?» fragte Ormond.
«Die Freemantle-Appartements», antwortete Eleanor Harlan.
«Gut. Fahren wir los.»
«Können wir unseren Mitmenschen nicht die Sirene ersparen?»
«Wollen Sie denn nicht so schnell wie möglich nach Hause?»
«Nicht so schnell.»
«Aber wir», sagte Ormond und drückte auf den Knopf, der die Sirene in Tätigkeit setzte, dann ließ er das Blaulicht aufblitzen.
«Manche Leute machen sich eben wichtig und geben gerne an», meinte Eleanor Harlan und lehnte sich behaglich in die Ecke.
Der große Wagen schoß durch den stillgelegten Verkehr auf sein Ziel zu, und Babe Harlan wandte sich wieder an Selby.
«Es war eigentlich nur eine Zeitfrage.»
«Was denn?»
«Bis Eve in Schwierigkeiten kam.»
«Wie meinen Sie das?»
«Wissen Sie es denn nicht?»
«Nein.»
«Eve dachte immer nur an ihre Mutter und an ihre Zukunft.»
«Was hat das damit zu tun?»
«Sie wollte alles auf einmal bekommen.»
«Von wem?»
Da lachte Babe. «Wenn man sich einmal entschlossen hat, unter allen Umständen Geld zu machen, und zwar viel Geld», sagte sie, «ist es einem egal, woher es kommt, wenn es nur kommt. Denn wenn es ausbleibt, hat man nichts mehr, an das man sich halten kann — außer dem Vergessen.»
An einer Kreuzung schoß ein betrunkener Fahrer quer vor ihrem Wagen vorbei. Inspektor Ormond trat auf die Bremse, und für einen Augenblick wurden Selby und das Mädchen auf dem Rücksitz durchgeschüttelt, dann hatte der Inspektor den

Wagen wieder in seiner Gewalt.
«Was sagten Sie eben?» fragte Selby.
«Nichts», erwiderte Babe Harlan.
«Ich dachte.»
«Sie dachten, ich wollte gerade etwas sagen?»
«Ist das nicht dasselbe?»
Sie schüttelte lächelnd den Kopf.
«Woher wissen Sie denn von diesen Dingen?»
«Vielleicht habe ich ein Buch darüber gelesen oder einen Film gesehen», meinte sie zurückhaltend.
Selby beobachtete sie und versuchte verzweifelt, sich etwas einfallen zu lassen, das sie bewegen könnte, ihre finstere Schweigsamkeit aufzugeben, die ihre freundliche Plauderstimmung erstickt zu haben schien.
«Soviel ich weiß, hat Eve Dawson ziemlich regelmäßig Geld heimgeschickt.»
«Tat sie das?»
«Ich dachte.»
«Woraus schließen Sie das?»
«Jemand erzählte es mir. In einem Fall wie diesem trifft man so viele Leute und bekommt so viele Geschichten zu hören, daß es einem schwerfällt, sie auseinanderzuhalten.»
«Es ist doch nichts Schlimmes, wenn man seiner Mutter Geld schickt, oder?»
«Nein, natürlich nicht. Ich meine nur, das ließe Rückschlüsse auf ihren Charakter zu.»
«Möglich.»
Wieder verfiel sie in Schweigsamkeit.
Inspektor Ormond stellte die Sirene, aber noch nicht das Blaulicht ab und sagte über seine Schulter: «Es sind nur noch drei oder vier Häuserblocks», und verringerte die Geschwindigkeit des Wagens.
Auf einmal fing Babe Harlan wieder an zu sprechen. »In unserer Branche lernt man schnell, kein Spielverderber zu sein. Man nimmt die Dinge, wie sie kommen. Man macht Bekanntschaften. Meistens sind diese nichts weiter als ein momentanes Amüsement. Aber es ist immer ein Hasardspiel. Einmal könnte man doch auf eine Goldader treffen. Aber die einzige Möglichkeit, sie dann in bar zu bekommen, ist die, in dem Ruf zu stehen, daß man sich nicht die Hände schmutzig gemacht hat.»

«Sie arbeiten?» fragte Selby.
«Natürlich arbeite ich. Ich möchte mir einen Rückhalt schaffen, so daß ich, wenn ich die richtige Bekanntschaft mache, auch etwas damit anfangen kann. Hier hat Eve ihren Fehler gemacht. Sie . . .»
Inspektor Ormond ließ den Wagen halten. «Da wären wir.»
«Erzählen Sie weiter», forderte Selby Babe Harlan auf.
«Das ist alles. Ich habe alles gesagt. Es blieb ihr nur noch ein Ausweg, und den ist sie gegangen.»
Ormond öffnete die Tür.
«Hören Sie», bat Babe Harlan, «würden Sie bitte so anständig sein und Ihre Hüte abnehmen und nicht versuchen, sich in Szene zu setzen. Ich möchte nicht, daß die Nachbarn glauben, ich werde von der Polizei nach Hause gebracht.»
Sie wirbelte auf dem Sitz herum, ließ ein Paar Beine sehen, die jeden Wandkalender hätten zieren können, glitt dann durch die Autotür und ging eilig voran, um den Schlüssel in die Haustür des Appartementhauses zu stecken. Inspektor Ormond stieß die Tür auf, sobald der Riegel zurückschnappte. Sie traten ein und quetschten sich in den Fahrstuhl, der sie rasselnd bis zum vierten Stock fuhr.
Das Mädchen führte sie über einen mit dünnen Läufern bedeckten Flur zur Tür ihres Appartements, schloß sie auf und wurde dann an die Seite geschoben, als sich Inspektor Ormond ins Zimmer drängte und das Licht anknipste.
Das Appartement war ein Abbild dürftiger Mittelmäßigkeit. Die alten, abgenutzten Möbel waren weder solid noch bequem. Die Wohnung war zwar sauber, aber es war eine antiseptische, unbehagliche Sauberkeit. Der Teppich war abgetreten und verblaßt; die Bilder, billige Drucke in einfachen Fichtenholzrahmen, hingen offenbar schon jahrelang an den Wänden.
«Ihr Mädchen habt wohl keinen großen Wert auf Gemütlichkeit gelegt», stellte Inspektor Ormond fest.
«Wenn wir Besuch bekamen», erwiderte Babe Harlan, «gingen wir stets miteinander aus. Man braucht nur eine Wohnung zu haben, die nett und gemütlich ist, und kaum hat man sich's versehen, kocht man für eine Bande von Stromern, die einen betatschen und mit einem Berg schmutzigen Geschirrs zurücklassen. Jedesmal, wenn sie einen danach treffen, wollen sie wissen, wann man ihnen das nächste Essen kocht.»

Ormond lachte.
«Wissen Sie, wo das Messer ist?» fragte Brandon.
«Ich weiß, wo es sein sollte. Ich kann aber nicht garantieren, daß es noch dort ist. Ich bin nicht immer hier, und Sie können ja sehen, daß jeder, der einen Dietrich hat, hereinkommen könnte. Immerhin haben wir nichts Wertvolles hier.»
«Sehen wir uns mal um», sagte Ormond.
Sie öffnete die Schlafzimmertür, knipste das Licht an, ging an dem Doppelbett vorbei zu einem eingebauten Schrank und zog einen Koffer heraus.
«Reichen Sie mir doch bitte meine Handtasche», bat sie Selby.
Es war ein teurer Koffer mit ihrem Monogramm.
«Nettes Gepäck», bemerkte der Inspektor.
«Ein Geburtstagsgeschenk», erwiderte sie kurzangebunden.
Sie nahm den Schlüssel aus der Tasche, wählte einen aus und schloß den Koffer auf.
«Warum halten Sie ihn denn abgeschlossen?» fragte Ormond.
«Es ist ein guter Platz, um Dinge aufzubewahren, von denen man nicht will, daß jemand darin herumschnüffelt. Sehen Sie sich doch die Schreibtischschublade an, und dann sagen Sie mir, wie Sie die abschließen würden.»
Sie löste die Riemen auf dem Koffer. Inspektor Ormonds große Hand erschien über ihrer Schulter. «Ich werde danach suchen.»
«Nehmen Sie Ihre Pfoten weg!»
Ormond schleppte den Koffer in die Mitte des Zimmers, direkt unter das Licht.
«He, was denken Sie sich!»
Seelenruhig öffnete Ormond den Koffer.
Darin lagen Nylonstrümpfe, seidene Unterwäsche, Briefe, ein Adreßbuch, Fotos und Kosmetikartikel, sauber in Beutel gepackt.
Ormonds Hand fuhr unter die Wäsche.
Babe Harlan gab ihr einen Klaps. «Lassen Sie Ihre dreckigen Finger da weg. Ihre Nägel werden aus meinen Strümpfen Fäden ziehen.»
Mit geübtem Griff ließ sie ihre Hand unter die zusammengelegten Kleidungsstücke gleiten, suchte herum und sagte: «Ich hatte es eigentlich schon vollkommen vergessen . . . Hier ist es.»
Sie zog ein längliches, in Zeitungspapier gewickeltes Päckchen hervor, band die Schnur auf, rollte das Papier auf und brachte

ein Vorlegemesser zutage, das sie ihnen vor die Augen hielt. Auf der Klinge stand mit Wachsstift geschrieben: T—E—M 7.65.

«Ist es das?» fragte Inspektor Ormond Selby.

«Das ist es», erklärte Brandon und nahm das Messer an sich.

Selby hob das Zeitungspapier auf. Es war eine Ausgabe des *Highdale Register* vom 7. Oktober.

«Wollen Sie es mitnehmen?» fragte Ormond.

«He», begehrte Babe Harlan auf, «was denken Sie sich eigentlich? Das ist *mein* Messer.»

«Es könnte ein Beweisstück sein.»

«Ein Beweisstück von was?» rief sie wütend. «Sie sind wohl verrückt. Solange ich das Messer habe, können Sie meinem Bruder nichts anhängen, und mir auch nicht. Wenn Sie es an sich nehmen, was weiß ich, was dann passiert? Das Messer bleibt hier, meine Herren. Wenn Ihnen das nicht paßt, werde ich meinem Anwalt telefonieren.»

«Wer ist denn Ihr Anwalt?» fragte Selby.

Ihre Augen trafen sich. «A. B. Carr. Schon mal von ihm gehört?»

«Sie sind mit ihm fort gewesen, nicht wahr?»

«Ah, das wissen Sie also?»

«Ganz recht. Was war denn der Grund für diese Reise?»

«Er fuhr nach Highdale und fragte mich, ob ich mitkommen wolle. Er dachte, ich möchte vielleicht meinen Bruder besuchen.»

«Und das war alles?»

«Was haben Sie denn gedacht?»

«Ich frage ja nur.»

«Ich wollte auch mit ihm zurückfahren, aber ich bekam nicht lange genug Urlaub. Ein anderes Mädchen vertritt mich zwar, doch um sieben Uhr früh muß ich wieder bei der Arbeit sein.»

«Sie kennen Carr gut?» fragte Ormond.

Sie lächelte ihn an. «Ich würde ihn überall wiedererkennen, Inspektor. Machen Sie eine Gegenüberstellung und Sie werden es sehen.»

«Das ist es nicht, was ich meine.»

«Aber es ist das, was *ich* meine.»

«Kennen Sie Carr sehr gut?»

«Passen Sie auf. Carr ist ein langsamer, vorsichtiger Fahrer. Heute nacht ist er in Fresno. Ich weiß, wo ich ihn erreichen kann. Er mag es zwar nicht, wenn man ihn nachts stört, und ich tu es auch nicht gern, aber wenn es sein muß – bitte. Sie können ihm dann Fragen stellen, wenn Sie wollen.»

Inspektor Ormond warf Rex Brandon einen Blick zu.

«Ich glaube, es ist in Ordnung», sagte der Sheriff. «Sie kann das Messer behalten, wenn sie durchaus will. Wir wissen ja ohnehin, daß diese Messer in Kittsons Metallwarenhandlung in Highdale verkauft wurden. Ich finde, daß es reiner Zufall ist, daß Eve Dawsons Freundin ein Double des Messers hat, mit dem Eve Dawson ermordet worden ist.»

«Es ist eine Schande, daß Sie die Tatsachen nicht anerkennen wollen, Sheriff», warf Babe Harlan schnell dazwischen. «Eve hat es selbst getan. Es tut mir leid, aber so war es.»

«Wir glauben, daß sie ermordet worden ist», erklärte Selby.

«Sie glauben das», sagte sie zu ihm, klappte den Koffer zu und schloß ihn ab.

«Wollt ihr beide euch Eve Dawsons Sachen ansehen, solange ihr hier seid?» fragte Ormond.

Selby nickte.

«Haben Sie doch ein Herz», bat Babe Harlan. «Ich muß früh um sieben zur Arbeit und möchte dann nicht wie eine Schleiereule . . .»

«Wo sind Eves Sachen?»

«In den zwei unteren Schubladen in der Kommode. Die zwei oberen sind meine.»

Ormond ging hinüber und zog eine Schublade auf.

«Sie werden nichts finden», meinte sie. «Ich habe für Eve einen Koffer gepackt, der alles enthielt, um was sie mich gebeten hatte. Jetzt finden Sie nur noch Kleider und Wäsche.»

«Und was taten Sie mit dem Koffer?» fragte Brandon.

«Ich ließ ihn hier stehen, mitten im Zimmer, genau wie sie es verlangt hatte.»

«Was geschah dann damit?»

«Er verschwand. Natürlich bin ich kein Hellseher, aber ich würde sagen, daß Eve jemandem den Wohnungsschlüssel gab und dieser Jemand dann hergekommen ist, den von mir gepackten Koffer nahm und ihn dorthin brachte, wo sie sich auch immer aufgehalten haben mochte.»

«Und wer, denken Sie, ist dieser Jemand?» fragte Selby.

Sie machte große und runde Augen. Sie hob die Hand und

schnalzte mit den Fingern. «Ich weiß», gab sie bekannt. «Der Weihnachtsmann!»
Die Beamten sahen die Schubladen durch und fanden nichts als Unterwäsche. Sie inspizierten die Seite des Schrankes, die Eve gehört hatte, und fanden auch dort nur Kleider und Schuhe.
«Sind das alle ihre Sachen?» fragte Ormond.
«Das ist alles.»
«Merken Sie denn nicht, daß nicht das kleinste Stück Papier zu finden ist? Kein Brief, kein Foto, gar nichts.»
«Wenn Sie sagen, es ist nichts da, dann glaube ich es Ihnen. *Ich* bin für gewöhnlich nicht mißtrauisch.»
«Aber ist es nicht ungewöhnlich?»
«Ich weiß nicht», sagte Babe Harlan. «Ich habe nicht die Angewohnheit, in den Habseligkeiten toter Mädchen herumzukramen. Sie haben da mehr Erfahrung.»
«Es ist aber ungewöhnlich.»
«Also gut, dann ist es eben ungewöhnlich.»
«Sie haben nicht zufällig ihre Sachen durchgesehen und alles Verdächtige entfernt, oder?»
«Ich?»
«Ja, Sie.»
«Seien Sie nicht närrisch. Nehmen wir an, ein Freund von ihr kam, um ihren Koffer zu holen. Er könnte es getan haben, nicht wahr?»
«Angenommen, er kam wegen des Koffers.»
«Ja.»
«Sie wissen nicht, ob er das getan hat?»
«Ich weiß nicht, ob er das nicht getan hat.»
«Also?»
«Also frage ich Sie, ob nicht der Freund, dem Eve Dawson ihren Wohnungsschlüssel gegeben und den sie gebeten hatte, hier ihren Koffer zu holen, ob nicht er die Schubladen durchgesehen und irgend etwas herausgenommen haben könnte?»
«Sie wissen nicht, ob etwas fehlt?»
«Wenn Sie Eve gekannt hätten, wüßten Sie, daß die beste Art, eine gute Freundschaft in tausend Stücke zu schlagen, gewesen wäre, in eine der Schubladen hineinzusehen, die ihr gehörten. Ich lebte mein Leben. Eve lebte ihres. Wir teilten das Appartement. Wir teilten uns die Miete. Wir hatten einige Bekanntschaften zusammen. Eve spielte das Spiel auf ihre Art, ich auf

meine. Sie war mißtrauisch und, ich glaube, etwas eifersüchtig auf mich. Sie war schlau und hatte immer ein offenes Auge für Geld. Sie wollte Erfolg haben, und sie wollte ihrer Mutter Geld schicken. Und jetzt möchte ich ein Bad nehmen und darüber nachdenken, was ich mit der Miete machen soll, die am Ersten fällig ist.»

«Ich würde vorschlagen, Sie zahlen sie», sagte Ormond.

«Womit?»

«Mit Geld.»

«Was ist mit Eves Mietanteil?»

«Vielleicht zahlt das Ihr Freund A. B. Carr.»

«Sie sollten sich schämen! Als Polizeibeamter betrunken im Dienst!»

«Würde er es denn nicht tun?»

«Seien Sie nicht albern!»

«Er ist Ihr Anwalt. Fragen Sie ihn, was Sie tun sollen.»

Fast erbittert, erwiderte sie: «Ja, er ist mein Anwalt. Er übernachtet heute in Fresno. Es würde ihm nicht im Traum einfallen, die Nacht durchzufahren. Sonst könnte er schon hier sein. Old A. B. C. ist ein guter Bursche, aber er fährt Auto wie ein altes Weib Er mag nicht den Scheinwerfern entgegenfahren, und er will nicht vor acht Uhr morgens aufstehen. Deshalb mußte ich auch mit diesem goldigen Flugzeug herkommen.»

«Aber er hat doch Ihre Flugkarte bezahlt, oder nicht?» fragte Selby.

Sie blickte ihm in die Augen. «Er *hat* die Karte bezahlt, Mr. Selby. Verstößt das gegen irgendein Gesetz?»

Selby lächelte, warf Brandon und Ormond einen Blick zu und sagte: «Gehen wir. Lassen wir sie ihren Schönheitsschlaf halten.»

«Zuerst das Bad», meinte sie lächelnd. «Beehren Sie mich wieder, meine Herren.»

## 14

Sheriff Brandon streckte seine langen Beine aus, die von den vielen Jahren, die er im Sattel verbrachte, leicht gebogen waren, und besah sich nachdenklich die abgescheuerten Spitzen seiner Stiefel.

«Nun, Doug, das *Blade* hat uns ganz schön in die Pfanne gehauen.»
Selby nickte.
«Man kann nicht genau sagen, was einen dabei so verdammt wütend macht», fuhr Brandon fort. «Ich kenne mich in diesem Zeitungskauderwelsch nicht aus, aber ich glaube, es ist diese herablassende Art der Artikelschreiber, die so tun, als sei ihre Meinung das Evangelium und als regiere ihr Urteilsspruch das Universum.»
«Es ist schon ein harter Brocken, Rex», meinte Selby. «Du hast den Nagel auf den Kopf getroffen. Es ist eine anmaßende Überlegenheit. Man ist geneigt zu vergessen, daß man Worte liest, die ein bissiger Hohlkopf geschrieben hat, und denkt, dieser Bursche sei tatsächlich überlegen. Hör dir das mal an.»
Selby holte sich das *Blade*, das auf dem Schreibtisch des Sheriffs lag, und las einen Teil des Berichts vor:

«... Es war anzunehmen, daß die neuen Herren im Gerichtsgebäude — allen voran Sheriff Brandon und District Attorney Selby, die Anführer dieses sauberen Vereins — nicht viel Zeit verstreichen lassen würden, um, wieder mit genügend Macht versehen, ihre politischen Feinde zu verfolgen.
Wir erinnern uns in diesem Zusammenhang noch gut an die Anfangsstadien der vergangenen Wahlkampagne, als diese Möglichkeit erwähnt wurde. Damals begrüßten Selbys Anhänger diese Mahnung mit spöttischen Buhrufen und brandmarkten sie als verleumderische Wahlpropaganda.
Jetzt, nach kaum neunzigtägiger Amtszeit Selbys, bietet sich uns das Schauspiel, daß die Gerichtsbehörde bewußt die überwältigende Fülle von Tatsachen ignoriert, die uns beweisen, daß eine junge Frau, deren wunde Füße auf dem verlockenden Pfad des glanzvollen gesellschaftlichen Lebens ausgeglitten sind, verbittert und desillusioniert, endlich ‹den einzigen Ausweg› gesucht und gefunden hat. Wir stellen fest, daß der Sheriff und der District Attorney versuchen, diesen Selbstmord in einen Mordfall umzubiegen.
Der ganze Zweck dieser Sache ist, eine sogenannte Untersuchung mit dem Geld der Steuerzahler zu organisieren, die, infolge geschickter Andeutungen unseres District Attorney, mit Erfolg den Ruf einiger prominenter politischer Persönlichkeiten

beschmutzen kann, die unglücklich genug waren, zu verlangen, daß gewisse Personen nicht länger mit weitreichenden Vollmachten ausgestattet würden.
Die Abrechnung, liebe Mitbürger, wird kommen, wenn die Herren Beamten nach einem Ausweg aus der Sackgasse suchen werden, nachdem sie diesen Selbstmord für ihre Zwecke ausgenützt haben. Lassen wir kein Mißverständnis aufkommen, Mr. Sheriff und Mr. District Attorney! Wenn der Tod Eve Dawsons ein Mord und kein Selbstmord war, dann *ist es Ihre Pflicht und Schuldigkeit*, den Mörder zu fassen und seine Verhaftung vorzunehmen. Vergeuden Sie aber, bitte, nicht das Geld der Steuerzahler für Ihre schmutzigen Privatinteressen, um uns hinterher mit undurchsichtigen Erklärungen abzuspeisen. Wenn es Mord ist, dann nehmen Sie eine Verhaftung vor. Und wenn Sie jemand verhaftet haben, dann stellen Sie ihn vor Gericht. Wenn es aber Selbstmord ist, dann beenden Sie dieses unwürdige Schauspiel, und stellen Sie Ihre Bemühungen ein, Ihnen unbequeme Persönlichkeiten mit Steinen zu bewerfen. Mit anderen Worten: verehrte Herren, haben Sie keinen Fisch an der Angel, so ziehen Sie den Köder heraus. Wenn Sie so unfehlbare Könner sind, wie Ihre Anhänger die Wähler glauben machten, wird es Ihnen ja ein leichtes sein, diesen Fall zu klären. Wenn Sie korrupt genug sind, Ihr Amt zu mißbrauchen, um einen Selbstmord als Vorwand für politische Verfolgungen zu nehmen, haben die Wähler das Recht, zu erfahren, was vor sich geht.»

Selby zerknüllte die Zeitung und warf sie in den Papierkorb.
«Sie haben uns fast so weit», sagte Brandon, «daß wir auf einem Hochseil balancieren.»
Selby nickte.
«Ich glaube es nicht, daß Eve Dawson sich selbst getötet hat», fuhr Brandon fort, «und es war zuviel Hokuspokus um diese Schußwunde. Auch die hat sie sich nicht selbst beigebracht, egal, was dieser Doktor auch erzählt.»
Wieder nickte Selby.
«Aber», klagte der Sheriff, «sobald wir ein wenig tiefer graben wollen, kommen wir mit dem Gesetz in Konflikt. Ohne einwandfreien Schuldbeweis können wir niemand vor die Geschworenen bringen, denn wenn die begründete Zweifel haben, ob es nicht doch ein Selbstmord war — dann gut' Nacht, Doug.»

«Was ist mit den Alibis?» fragte Selby. «Hast du wegen ...»

«Für ein Uhr morgens hat man selten ein Alibi.»

«War es ein Uhr?»

«Der Gerichtsarzt nimmt es mit Sicherheit an. Er setzte eine Zeitspanne zwischen Mitternacht und zwei Uhr dreißig fest, aber er glaubt, daß es gegen ein Uhr geschah.»

«Wir können nicht nachweisen, daß jemand um diese Zeit in der Nähe war?»

«Jim Melvin», berichtete Brandon, «schlief im Doppelbett. Seine Frau behauptet, sie hätte keinen besonders tiefen Schlaf, und schwört, sie hätte es gehört, wenn er das Zimmer verlassen hätte. Aber, natürlich, Paula Melvin selbst war auch noch da und, wenn du ganz unparteiisch sein willst, auch Doris Kane.»

«Keine Anzeichen dafür, daß jemand von außerhalb das Zimmer betreten hat?»

Brandon schüttelte den Kopf. «Melvin sagte, er hätte die Türen verschlossen, ehe er zu Bett ging. An der Haustür ist ein automatisches Schloß, das einschnappt, sobald die Tür eingeklinkt wird. Aber es ist ein gutes Schloß und würde sich nicht so leicht aufbrechen lassen. Die richtige Art Dietrich würde es allerdings schaffen. Die Hintertür hat einen altmodischen Riegel und dann noch ein Schloß. Die Fenster im Erdgeschoß waren alle zu.»

«Was ist mit Granby? Wo war er?»

«Er sagt, zu Hause im Bett. Er ist Witwer und lebt allein. Eine Hausangestellte ist nur tagsüber da. Hudson Parlin, der so großes Interesse zeigte, fuhr in derselben Montagnacht nach Los Angeles.»

«Gibt es Beweise, daß er dort ankam?»

«Genug», sagte Brandon grimmig. «Um ein Uhr morgens beobachtete er in Los Angeles einen Autounfall, und zwar auf dem Rückweg von seiner Verabredung. Man lud ihn als Zeuge. Ich sprach mit dem Anwalt des Klägers. Er sagt, Parlin sei der einzige unbefangene Augenzeuge, und seine Aussage sei so präzis, daß die Versicherung einen Vergleich vorschlagen will. Er kann also nicht um ein Uhr in Los Angeles gewesen und hinterher nach Las Alidas gefahren sein, um diesen Mord zu begehen, und er konnte auch nicht in Las Alidas den Mord begangen haben und dann um ein Uhr in Los Angeles gewesen sein. Das wäre es also.»

«Was ist mit Morris Sheldon, Granbys Schwager?»

«Er gibt an, er sei zu Hause gewesen. Man kann nichts dafür und auch nichts dagegen sagen. Seine Frau war weg auf Besuch. Er hat keine Kinder und war allein im Haus.»

«Und Carr?» fragte Selby.

Brandon strich sich übers Kinn. «Über Carr möchte ich selbst gern Bescheid wissen. Wenn er heute nachmittag mit dem Messer herkommt, will ich ihn unter die Lupe nehmen.»

«Sei vorsichtig, Rex. Carr weiß auf alles eine Antwort.»

«Ich werde ihm schon allerlei Fragen stellen», versprach Brandon wütend.

«Was machen wir, wenn er an irgendeiner Frage Anstoß nimmt und weitere Aussagen verweigert?»

«Dann stellen wir ihn vor die Geschworenen. Er wird ...»

Unvermittelt schwieg der Sheriff.

Selby hob die Augenbrauen. «Was ist, Rex?»

«Sie haben die Geschworenen auf ihrer Seite, Doug.»

«Wer?»

«Ich weiß es nicht. Morris Sheldon, glaube ich. Und natürlich auch sein Adlatus, Milton Granby. Es gibt da Leute, denen wenig daran gelegen ist, daß Einzelheiten über Melvins Party an die Öffentlichkeit gelangen. Bei den Geschworenen wurde schon zuviel geflüstert.»

«Meinst du, Mrs. Kane könnte uns noch eine genauere Beschreibung dieser Person geben, die sie an der Badezimmertür sah?» fragte Selby.

«Nein. Ich habe mich nochmals mit ihr unterhalten. Sie sah nur eine dunkle Gestalt als Silhouette gegen das Licht. Das bedeutet zweifellos, daß jemand bei Eve Dawson im Zimmer war. Eve trug einen Morgenrock. Sie könnte also Besuch gehabt und hinterher Selbstmord begangen haben, oder ermordet worden sein, nachdem der Besucher sie verlassen hatte.»

«Wie kam dieser Besucher ins Haus?»

«Sie muß ihn selbst hereingelassen haben. Du erinnerst dich doch noch daran, daß Mrs. Kane sagte, Eve Dawson hätte ihr erzählt, sie müsse während der nächsten ein, zwei Stunden zu einem Entschluß kommen ...»

Das Telefon läutete.

Brandon nahm den Hörer auf und meldete sich. «Hallo, hier spricht Sheriff Brandon.»

Er hörte eine Weile schweigend zu, sagte dann lakonisch: «Gut, das wäre nett. Wir erwarten Sie», und legte den Hörer wieder zurück. «A. B. Carr», knurrte er zu Selby hinüber, «Ferngespräch. Sagt, es wäre ihm möglich, um ein Uhr dreißig hier zu sein, und er brächte Beweismaterial mit.»

## 15

Punkt ein Uhr dreißig nachmittags betrat Alfonse Baker Carr das Büro von Rex Brandon.
«Guten Tag, Sheriff», grüßte er und wandte sich dann Selby zu. «Und wie geht es Ihnen, Major Selby?»
«Doug Selby.»
«Jaja, Sie sind da sehr eigen, daß man Ihren Titel nicht erwähnt. Es ist zwar Ihre Sache, aber er steht Ihnen zu.»
Carr setzte sich, schlug die Beine übereinander, holte aus seiner Tasche ein Zigarettenetui, entnahm ihm eine Zigarette und tippte damit leicht auf den Deckel des Etuis.
«Ganz zufällig, meine Herren», sagte er, «kam ich darauf, daß das Messer, mit dem Eve Dawson sich getötet hat, in Highdale, einem interessanten kleinen Ort nahe den Bergen, etwa fünfzig bis sechzig Meilen von Fresno entfernt, gekauft worden sein mußte.
Sobald ich davon wußte, dachte ich mir, daß dieser Beweis für Sie einigen Wert haben könnte. Obwohl wir ja zeitweilig gegensätzlicher Meinung sind, nahm ich diese Gelegenheit, Ihnen helfen zu können, mit Freuden wahr.»
Selby nickte.
Carr brachte ein längliches Päckchen zum Vorschein. «Mit den besten Wünschen, meine Herren.»
Selby riß die braunen Klebestreifen durch, rollte das Papier auf und sah sich das Messer an. Ein Vorlegemesser, auf dessen Klinge mit Wachsstift T—E—M 7,65 geschrieben stand, zusammen mit einem Kassenzettel, ausgestellt für Alfonse Baker Carr, mit dem Datum des vergangenen Tages und von Tom Kittson unterschrieben.
«Wahrhaftig ein Zufall!» sagte Selby.
«Was?»

«Daß Sie auf den einzigen Laden in diesem Staat stoßen sollten, der diese Messer zu verkaufen hatte.»

«Gewiß», sagte Carr entwaffnend, «scheint hier der Zufall eine eigenartige Rolle zu spielen. Aber — wie es so oft in ähnlichen Fällen ist — wenn einem die Tatsachen bekannt sind, findet man die Situation kaum mehr ungewöhnlich.»

«Was für Tatsachen meinen Sie?» fragte Selby.

«Tatsache ist», antwortete Carr, «daß Eves Mutter in Highdale wohnt. Ich suchte sie auf, und während ich dort war ...»

«Weswegen suchten Sie Eves Mutter auf?»

«Um es kurz zu sagen, ich wollte einer gewissen billigen Sensationsgier vorbeugen. Und dann wollte ich meinen Klienten vor unmoralischen und sehr unerwünschten Veröffentlichungen schützen.»

«Sie besuchten also Mrs. Hollenberg?»

«Das stimmt.»

«Was hat sie denn mit den unmoralischen Veröffentlichungen zu tun?»

«Na, na», lächelte Carr. «Ich bin hier nicht auf der Zeugenbank, aber da Sie mich fragen, will ich Ihnen auch antworten. Mein Klient, der ungenannt bleiben will, besitzt eine Jacht. Mit einigen Freunden zusammen machte er damit einen Ausflug. Zwei Mädchen waren mit dabei. Mein Klient wußte nicht einmal, daß sie eingeladen waren. Unglücklicherweise hatte einer der Männer eine Kamera bei sich, und einige Fotos wurden geknipst. Mein Klient war darüber etwas beunruhigt. Solche Sachen werden so leicht falsch ausgelegt.»

«Eben!» meinte Brandon trocken.

«Und deshalb», fuhr Carr liebenswürdig fort, «dachte ich, ich könnte ja mit Miss Dawsons Mutter in Verbindung treten und sie fragen, ob ihre Tochter ihr vielleicht einige Fotos geschickt hatte.»

«Es ist eine ziemlich weite Reise.»

«Aber nicht allzu schlecht zu fahren. Ab und zu ist es ermüdend, das stimmt. Ich machte auf der Rückfahrt eine Abkürzung durch die Wüste.»

«Kannten Sie Eve Dawson, als sie noch lebte?» fragte Selby.

«Ja.»

«Und kennen Sie auch ihre Freundin, Eleanor Harlan?»

Nachdenklich schürzte Carr einen Moment die Lippen und

dachte über die Frage nach. Dann sagte er: «Ja, ich kenne Miss Harlan.»
«Sie hätten uns wahrscheinlich einige Arbeit ersparen können, wenn Sie uns unterrichtet hätten, daß Sie Eleanor Harlan kennen und daß Sie wußten, wo Eve Dawson lebte, und daß Sie die persönlichen Verhältnisse des Mädchens kannten», sagte Selby.
«Natürlich», bedeutete ihnen Carr mit einem Lächeln, «habe ich meine eigene Auffassung von meinem Beruf, meine Herren, und Verpflichtungen meinem Klienten gegenüber. Der Hauptzweck meiner Tätigkeit ist nicht, der Polizei Arbeit zu ersparen, sondern meine Klienten zu schützen.»
«Und ob!» sagte Brandon.
«Aber lieber Sheriff», erwiderte Carr vorwurfsvoll, «ich habe mir die größte Mühe gemacht, um Ihnen ein sehr wertvolles Beweisstück bringen zu können.»
«Und wie haben Sie doch gleich dieses Beweisstück ausfindig gemacht?» erkundigte sich Selby.
«Wie ich bereits sagte», fuhr Carr ruhig fort, «hatte ich in Highdale sowieso geschäftlich zu tun. Ich ging zufällig in diese Metallwarenhandlung, um einen Schraubenzieher zu kaufen. Da sah ich in der Auslage ein Messer und stellte fest, daß es dem bemerkenswert ähnlich war, das ich von der Fotografie her als das Messer kannte, mit dem Eve Dawson sich erstochen hatte. Zuerst zweifelte ich, daß es auf der Klinge dieselben Zeichen tragen würde, aber ich konnte der Versuchung, mich zu vergewissern, nicht widerstehen.
Stellen Sie sich meine Überraschung vor, meine Herren, als ich mich überzeugen konnte, daß es ein und dasselbe Messer war.»
«Bringen Sie mich nicht zum Lachen», brummte Brandon.
Vorwurfsvoll runzelte Alfonse Baker Carr die Stirn. «Ich brachte in Erfahrung, daß der Geschäftsinhaber etwa drei Dutzend dieser Messer auf Lager hatte. Dieses war das letzte, das er noch besaß. Ich dachte mir natürlich gleich, daß es Ihnen als Beweisstück nützlich sein könnte und daß Sie es auf alle Fälle gerne sichergestellt haben wollten. Desgleichen nahm ich an, daß Sie es bestimmt nicht gebilligt hätten, wenn ich dem Mann in der Metallwarenhandlung die notwendigen Informationen gegeben und ihn gebeten hätte, das Messer vorläufig für Sie zu verwahren.

Also», fuhr Carr fort, indem er sie wohlwollend anlächelte, das Timbre seiner Stimme schwang so melodiös wie die tiefen Töne einer Orgel, «trat ich als einfacher Kunde auf, erwarb das Messer, und damit es keinen Zweifel geben könne, woher es stammt, ließ ich den Mann einen Kassenzettel auf meinen Namen ausstellen.»

«Ihr geheimnisvoller Klient, dessen Interessen Sie vertreten, ist unserem Amt gegenüber offenbar sehr wohlwollend gesinnt», sagte Selby aufs Geratewohl.

«Oh, aber natürlich», beeilte sich Carr zu versichern. «Ich bin überzeugt, es ist in seinem Sinne, daß ich Sie unterstütze, soweit es mir möglich ist.»

«Dann könnten Sie damit beginnen, indem Sie uns sagen, wo Sie am 28. um ein Uhr früh waren.»

«Wo *ich* war?»

«Ja.»

«Lieber Himmel, was könnte mein eigenes Tun oder Lassen mit dem zur Diskussion stehenden Problem zu tun haben?»

«Das möchten wir gerne wissen.»

Carr runzelte die Stirn.«Lassen Sie mich nachdenken — der 27. war ein Montag — und ein Uhr morgens war Dienstag. Aber natürlich, meine Herren, ich war hier in Madison City in meinem Landhaus und habe in meinem Studierzimmer gelesen.»

«War das nicht sehr spät, um zu lesen?» fragte Brandon.

«Aber nicht im geringsten, Sheriff. Wissen Sie, ich bin ein Nachtschwärmer. Ich arbeite und lese und denke nach ... oh, einen Augenblick, mir geht ein Licht auf. Jetzt verstehe ich Ihre Frage.

Lassen Sie mich dazu etwas sagen, meine Herren. Nehmen wir an, Sie wären durch einen seltsamen Zufall imstande zu beweisen, daß die schöne, aber schwermütige und irregeleitete Miss Dawson um ungefähr ein Uhr früh einen, sagen wir, Besucher hatte. Damit wäre aber noch gar nichts bewiesen. Eine junge Frau in ihrer Lage könnte sehr wohl entweder eine geschäftliche oder eine private Verabredung gehabt haben, die sie vor ihren Gastgebern geheimhalten wollte.

Es wäre ihr ein leichtes gewesen, einfach die Treppen hinunterzuschleichen und die Haustür aufzuschließen. Dann hätte ihr nächtlicher Besucher hereinkommen können, wann immer er wollte. Er hätte in ihr Zimmer gehen und mit Miss Dawson

sprechen oder ihr sogar einen Koffer mit Sachen bringen können, die sie benötigte.
Aber, meine Herren, auch wenn Sie das beweisen könnten, hätten Sie damit noch keinen Mordfall. Eve Dawson kann sich gut selbst umgebracht haben, sobald dieser Mann sie verließ. Ihre Aufgabe, Mr. Selby, wenn ich so sagen darf, ist, einen Beweis zu finden, einen über jeden Zweifel erhabenen Beweis, daß dieses schwermütige, niedergeschlagene, unglückliche Geschöpf, das einen mißglückten Selbstmordversuch hinter sich hatte, ermordet wurde. Das, möchte ich sagen, ist praktisch unmöglich.»
«Fertig?» fragte Brandon.
«Fertig», sagte Carr lächelnd.
«Dann können Sie uns jetzt endlich sagen, wo Sie waren, als in Jim Melvins Haus ein Schuß abgegeben wurde.»
«Aber natürlich», erwiderte Carr. «Soweit ich mich entsinnen kann, unterhielt ich mich da gerade mit James L. Melvin, unserem Gastgeber, und einem seiner Gäste. Ich glaube, es war Milton Granby. Es waren noch mehrere Leute im Zimmer, aber wir waren zu dritt, soweit ich mich noch daran erinnere.
Ich persönlich, meine Herren, bin in dieser Frage befangen, da ich selber das Geräusch, das so viele Leute als Schuß bezeichnen, in Wirklichkeit für den Knall eines Sektkorkens hielt, oder vielleicht für eine Fehlzündung eines Lastwagens. Immerhin, ich plauderte gerade mit diesen beiden Herren, als ein lautes ‹Plopp› zu hören war. Danach sagte jemand, es hätte sich angehört wie ein Schuß. Ich hoffe, damit ist Ihre Frage beantwortet.»
«Es könnte also ein Schuß gewesen sein?» fragte Selby.
«Ich nehme es an, Mr. Selby, aber Sie müssen verstehen, das ist nur die Meinung eines Laien. Ich bin kein Experte in solchen Fragen, und damals dachte ich auch nicht, daß es das sei.»
«Und seitdem haben sich die Dinge so entwickelt, daß Sie glauben, daß es doch ein Schuß war?»
«Ich möchte es so nennen», meinte Carr. «Die spätere Entwicklung hat gezeigt, daß während des Abends ein Schuß abgegeben worden ist, aber natürlich . . .»
Carr brach ab und zuckte mit den Schultern.
«Danach», forschte Selby weiter, «bat Melvin Sie, hinaufzugehen und einem Mann zu helfen, der angeschossen worden war?»

Carr lächelte. «Danach, mein lieber Mr. Selby, ging ich mit Mr. Melvin und Mr. Granby nach oben. Dort sah ich einen Mann auf einem Bett liegen. Er sagte, daß er sich aus Versehen angeschossen hätte, aber sehen konnte ich die Wunde in Wirklichkeit nicht. Melvin hat mich gebeten, dem Mann zu seinem Wagen hinunterzuhelfen, und das tat ich.»
«Kennen Sie den Mann? Wissen Sie, wer er war?»
«Meinen Sie, ob ich ihn schon vorher gesehen hatte, oder ob ich seinen Namen wußte?»
«Beides.»
«Ich hatte ihn schon gesehen. Ich glaube, er ist auch auf der Party gewesen, aber ich kenne seinen Namen nicht.»
«Warum meldeten Sie diese Geschichte nicht der Polizei?»
«Es bestand kein Anlaß dazu.»
«Warum sagten Sie mir nichts darüber, als Sie mich trafen, wie ich Melvins Haus verließ?»
Carr schüttelte nur lächelnd den Kopf.
«Wenn Sie sagen, Sie hätten den Mann schon vorher gesehen, meinen Sie damit, Sie hätten ihn auf der Party gesehen?»
«Ja.»
«Hatten Sie ihn schon vor der Party gesehen?»
Carr runzelte die Stirn. «Also, meine Herren», sagte er, «das nenne ich eine unfaire Ausnutzung Ihrer amtlichen Befugnisse, und ich fürchte, ich kann Ihnen diese Frage nicht beantworten, ohne die Belange meines Klienten zu vernachlässigen.»
Ärgerlich hielt ihm Brandon vor: «Ist es denn nicht Tatsache, daß ein Schuß fiel, nämlich als Eve Dawson sich entweder selbst verletzte oder jemand auf sie schoß, daß Melvin zu Ihnen kam und Sie um einen schnellen Rat bat, da er auf alle Fälle für diesen Schuß eine Erklärung zur Hand haben mußte, und daß Sie dann Ihren Strohmann holten, und ...»
«Halt, halt, Sheriff», verwahrte sich Carr, «das sind recht extravagante Beschuldigungen, die erst noch zu beweisen wären.»
«Ich frage Sie, ob das nicht den Tatsachen entspricht.»
«Das Ganze ist zu absurd, um überhaupt ein Wort darüber zu verlieren, Sheriff. Und nebenbei möchte ich noch sagen, wie sehr erstaunt ich über Ihre Haltung bin angesichts der Tatsache, daß ich willens war, mit Ihnen zusammenzuarbeiten. Ganz bestimmt wäre es meinem Seelenfrieden dienlicher gewesen, wenn ich Ihrem Büro so weit wie möglich ferngeblieben wäre.

Kurz und gut, meine Herren, ich komme mit einem Palmzweig zu Ihnen. Aber Sie reißen ihn mir aus der Hand und schlagen ihn mir um die Ohren. Und nun, wenn Sie freundlichst gestatten, werde ich gehen.»
«Einen Augenblick», bremste ihn Brandon, «wir sind mit Ihnen noch nicht fertig.»
Mit einem frostigen Lächeln wandte sich Carr um. «O doch, das sind Sie, Sheriff», erklärte er mit Würde. «Angesichts der aggressiven, unhöflichen und unfreundlichen Art, in der Sie Ihre Fragen stellten, bin ich nicht gewillt, zu bleiben und mich weiter beleidigen zu lassen. Sie haben natürlich das Recht, mich vorzuladen und vor Gericht aussagen zu lassen. Aber das ist auch alles, was Sie tun können. Wenn Sie noch weitere Fragen an mich haben, fragen Sie mich vor Gericht. Guten Tag, meine Herren.»
Einige Sekunden lang saß Sheriff Brandon unbeweglich und schaute auf die Tür, durch die Carr eben gegangen war. «Wenn ich den sehe, bekomme ich Gänsehaut, Doug. Er ist gefährlich schlau, und er ist eine faszinierende Persönlichkeit. Aber auf mich hat er die gleiche Wirkung wie eine Klapperschlange.»
Selby nickte. «Er kennt die Trümpfe, und er scheint immer eine Handvoll davon zu haben.»
«Ich würde ihm doch zu gern seine Maske vom Gesicht reißen — verdammt nochmal, ich könnte ihn ohrfeigen!»
«Er wird immer ein gewinnendes Wesen an den Tag legen. Mag er zynisch oder mag er freundlich sein, stets wird er sich in der Gewalt haben. Aber diesmal geht er aufs Glatteis, und er weiß es.»
«Ich habe das Gefühl, daß er mich mit ausgesuchter Höflichkeit behandelt und sich dabei die ganze Zeit ins Fäustchen lacht.»
«Das ist so seine Art. Carr ist im Grunde ein Schauspieler. Immer setzt er sich für seine Zuhörer in Szene. Du dagegen kümmerst dich überhaupt nicht um dein Publikum. Du redest und handelst, wie du denkst, und du magst Leute, die genauso sind. Carrs vollendete Schauspielkunst weiß ich zu schätzen. Aber das hält mich nicht davon ab, daß ich es begrüßen würde, wenn ihm die Flügel gestutzt würden.»
«Seine Flügel stutzen! Ich werde ihm seinen verdammten Hals umdrehen!»
«Vielleicht wird es bald soweit sein, Rex. Wenn wir genügend

Beweise bekommen. Rufe uns jetzt mal Bob Terry herein. Er soll dieses Messer auf Fingerabdrücke untersuchen.»
Brandon sah ihn mit ungläubigen Augen an. «Dieses Messer auf Fingerabdrücke untersuchen?»
Selby nickte.
«Pah!» meinte Brandon. «Natürlich wird man Carrs Fingerabdrücke darauf finden. Er faßte ja das Messer an, als er es uns gab ... Nein, er tat es nicht, wenn ich es recht bedenke. Er gab es dir eingewickelt. Aber auch wenn du seine Abdrücke darauf finden würdest, hätte das gar keine Bedeutung, Doug, weil er es ja sicher in der Hand gehabt hatte, als er es in Highdale kaufte. Er könnte das immerhin behaupten.»
«Carrs Fingerabdrücke interessieren mich nicht.»
«Wessen denn?»
«Ehe ich nicht weiß, ob ich recht habe, möchte ich das nicht sagen.»
«Na, wir werden ja sehen, was damit ist.» Brandon schob seinen Stuhl zurück. «Ich geh' jetzt Bob Terry holen.»
Er griff nach dem Messer.
Aber Selby fuhr auf und packte Brandons Handgelenk. «Rühr es nicht an, Rex», bat er.
Brandon sah ihn an, als wäre Selby plötzlich geistesgestört. «Von was, um Himmels willen, redest du?»
«Ich möchte, daß dieses Messer auf Fingerabdrücke untersucht wird. Ich will, daß es bleibt, wie es ist.»
«Aber *du* hast es doch angefaßt, Doug.»
«Ich mußte es tun, um Carr nicht mißtrauisch zu machen.»
Brandon ging zur Tür. «He, Bob!» rief er hinaus. «Kannst du mal für einen Moment reinkommen mit deiner Ausrüstung?»
Bob Terry, der Gehilfe des Sheriffs, der sich durch eifriges Üben die Fähigkeit zur Behandlung von Fingerabdrücken angeeignet hatte, betrat den Raum.
Sheriff Brandon deutete auf das Messer. «Untersuche es sorgfältig, Bob, und zeige uns dann, was darauf ist.»
Terry warf einen erstaunten Blick auf die beiden, begann dann aber, ohne ein weiteres Wort zu verlieren, das Messer mit Puder einzustäuben.
«Hier sind eine Menge Fingerabdrücke darauf», erklärte er. «Das Messer ist ganz voll damit.»
«Sieh zu, daß du zwei, drei gute bekommen kannst», sagte Selby.

«Hier ist einer, Mr. Selby, hier noch einer — und hier auch. Es gibt eine Menge, die wir verwerten können, wenn es nötig sein sollte.»
«Gut. Hol jetzt bitte ein Stempelkissen und Papier, Bob.»
Terry verließ das Büro und kam sofort mit einer eingeschwärzten Platte und einem Bogen Papier zurück.
Selby musterte den Sheriff mit lustig zwinkernden Augen. «So, Rex», sagte er, «wenn du dir jetzt bitte deine Fingerabdrücke nehmen lassen würdest.»
«Zum Kuckuck!» grollte Brandon gereizt. «Was soll der Witz?»
«Laß ihn ganz einfach deine Fingerabdrücke nehmen.»
Brandon wollte etwas erwidern, besann sich dann anders und ließ, während er beleidigt schwieg, Terry von allen seinen Fingern Abdrücke machen.
«Gut, Bob», lobte Selby. «Sieh dir nun die Abdrücke auf dem Messer an, ob du welche findest, die mit denen des Sheriffs übereinstimmen.»
«*Meine* Fingerabdrücke!» rief Brandon.
Selby nickte.
«Verflixt, ich habe doch das Messer gar nicht berührt. Weißt du das nicht mehr? Du hast meine Hand gepackt und . . .»
«Ich weiß.»
«Wie sollen dann meine Fingerabdrücke auf dem Messer sein?»
Fragend sah Selby zu Bob Terry.
Bob, der die Abdrücke auf dem Messer untersuchte und sie mit denen des Sehriffs verglich, wurde plötzlich aufgeregt. Immer wieder schaute er vom Messer zum Papier.
«Tja», erklärte er dann, «mit hundertprozentiger Sicherheit kann ich es zwar nicht sagen, aber . . .»
«Was ist, Bob?» fragte Selby.
«Dieser hier», sagte Terry, indem er auf einen Fingerabdruck auf dem Messer wies, «ist genau derselbe wie der vom Mittelfinger von Sheriff Brandons rechter Hand. Das ist mir sonnenklar.»
«Ich habe es mir gedacht», meinte Selby. «Geht dir jetzt ein Licht auf, Rex?»

## 16

Doris Kane und ihre Tochter hatten sich zum Essen in das Wohnzimmer gesetzt.

Draußen war ein Sturm im Anzug, und der heiße Wüstenwind, der die Äste der Bäume peitschte, strich mit unheimlichem Geräusch um das Dach des Hauses.

Es war jetzt Donnerstagabend, und der Bann des tragischen Ereignisses vom vergangenen Montag lag noch immer über dem alten Haus.

Jim Melvin war zu einer Sitzung des Stadtrats von Las Alidas gerufen worden. Er würde, erklärte er, wahrscheinlich nicht vor Mitternacht wieder zu Hause sein, und versprach anzutelefonieren, sobald er genau wüßte, was los sei. Allem Anschein nach hatte sich der Stadtrat entschlossen, ernsthaft die Parkuhrfrage zu diskutieren.

Doris hatte das Essen mit größter Sorgfalt gekocht. Zitronencreme, für die Paula schon immer eine Vorliebe hatte, eine Lammkeule, sorgfältig mit winzigen Stückchen Knoblauch und delikaten Gewürzen gespickt, in einer Tunke mit gartenfrischen Minzeblättchen. Die Kartoffeln waren in Butter geröstet. Den Avocado und den Tomatensalat hatte Doris in einer pikanten Soße sorgfältig gemischt. Sie hoffte, daß dieses Essen auf Jims überreizte Nerven einen wohltuenden Einfluß haben würde — und jetzt war er davongeeilt.

Paula hatte die Cocktails gemixt, und die waren, wie Doris Kane feststellte, ziemlich stark. Nachdem sie das zweite Glas getrunken hatte, fiel es ihr schwer, ihre Gedanken auf das Thema zu konzentrieren, über das sie mit Paula sprechen wollte.

Paula hatte drei Gläser getrunken und spürte auch die Wirkung, zeigte aber nichts von ihrer üblichen sorglosen Gelassenheit. Paula war im Gegenteil so nervös wie ein Vollblutpferd, das sich gegen zu straffe Zügel wehrt. Erst nachdem die Zitronencreme aufgegessen war und die Zigaretten brannten, merkte Mrs. Kane, daß Paula verzweifelt versuchte, die Unterhaltung in eine Bahn zu lenken, die das, was sie zu sagen beabsichtigte, als zufällig erscheinen lassen würde. Mrs. Kane wollte ihr helfen — alles würde besser sein, denn diese schreckliche Spannung wurde unerträglich. Sie sprachen über die Wohnungsnot, über den Wind, darüber, wie jedes Geräusch während eines Sturmes verstärkt und verzerrt würde, und darüber, daß Paula manchmal einige Schwierigkeiten hatte, gewisse Geräusche zu unterscheiden.

Dann hob Paula die Augen und sagte: «Mutter, wenn nicht deine Aussage wäre, daß du jemand an der Badezimmertür stehen gesehen hättest, und deine Andeutung, daß diese Person ein Fremder gewesen sein könnte, würde die Polizei Eve Dawsons Tod als Selbstmord anerkennen, und die ganze Geschichte wäre zu Ende. Unter diesen Umständen ist es nur recht und billig, meine ich, wenn du darüber einmal ein wenig mehr nachdenken würdest.»

«Ich habe sehr viel darüber nachgedacht, Paula.»

«Vielleicht zuviel.»

«Vielleicht.»

«Mutter, Jim ist vollkommen sicher, daß die Gestalt, die du an der Tür gesehen hast, Eve Dawson war. Sie mußte gerade versucht haben, den Entschluß zu fassen, allem ein Ende zu setzen. Sie fühlte sich einsam und war schwermütig und neurotisch. Sie hat dich kurz zuvor belästigt, weil sie Gesellschaft suchte. Du warst müde, vollkommen erschöpft und hattest keine Lust zum Reden. Es ist schade, daß du nicht wach genug warst, um ein zweites Mal mit Eve zu sprechen, weil sie sich dann vielleicht auf dein Bett gesetzt, sich die ganze Sache von der Seele geredet und ihre Selbstmordabsichten ganz vergessen hätte.»

«Ich glaube nicht, daß es Eve Dawson war, die ich im Bad gesehen habe, Paula.»

«Wer könnte es denn sonst gewesen sein? Wer war es denn nach deiner Meinung?»

«Ich glaube, es war Eve Dawsons Mörder.»

«Mutter!»

«Du hast mich danach gefragt, Paula.»

«Aber Mutter, kannst du denn nicht einsehen, daß Eve gar nicht ermordet worden ist?»

«Warum meinst du das?»

«Es war doch Selbstmord.»

«Und wer war dann der, den ich an der Badezimmertür gesehen habe?»

«Es war Eve Dawson, Mutter.»

«Das glaube ich nicht.»

«Wenn du natürlich so darüber denkst, wäre damit alles gesagt.»

Doris Kane schaute auf ihre Armbanduhr und meinte: «Meine Aussage ist immerhin nicht ausschlaggebend. Ich war betäubt vom Schlaf. Ich richtete mich auf und sah jemand an der Tür stehen. Ich konnte nicht wach genug werden, um scharf zu sehen. Augenblicklich muß ich wieder in Schlaf gesunken sein.
Aber wenn ich daran zurückdenke, habe ich den bestimmten Eindruck, es sei etwas Bedrohliches von dieser Gestalt ausgegangen.»
«Natürlich könnte durch den Umstand, daß du nicht wach genug warst, dein Gedächtnis etwas gelitten haben.»
«Vielleicht. Immerhin werde ich mich jetzt aufmachen, Paula. Sage Jim von mir Adieu, und wenn ich das nächste Mal komme, werde ich mir Mühe geben, dich rechtzeitig zu benachrichtigen.»
«Mutter — es gibt da noch was, das ich dir gerne erklären würde.»
«Was denn?»
Einen Moment schwieg Paula, dann fuhr sie fort: «Warum du nichts von uns gehörst hast. Jetzt kann ich eine Menge Dinge verstehen, von denen ich damals keine Ahnung hatte. Diese Eve Dawson war schwermütig. Sie hatte schon einmal versucht, Selbstmord zu begehen. Damals, als wir die Party gaben, muß sie sich angeschossen haben.»
«Oder jemand hat auf sie gschossen.»
«Unsinn. Sie selbst tat es. Und Jim und ich mußten sie zu uns nehmen und sie pflegen.»
«Warum?»
«Ich kann dir jetzt nicht alle Gründe nennen, aber so wurde es eben ausgemacht. Wir kamen nach Las Alidas und zogen hier ein. Niemand sollte wissen, wo wir sind.»
«Ist denn Jim in Las Alidas nicht bekannt?»
«Doch. Aber niemand wußte, daß er hier war. Während der ersten Woche ließen wir uns überhaupt nicht sehen, dann gingen wir ab und zu aus, aber erst, als der Arzt uns versicherte, daß das Mädchen außer Gefahr sei. Da meinte Jim, man könnte jetzt ohne Sorge nach Madison City fahren, um die Post und einige Kleidungsstücke zu holen und einige geschäftliche Dinge zu erledigen. Außer zu einem Einkauf bei einem Lebensmittelhändler setzte ich zehn Tage lang keinen Fuß vors Haus.
Ich wollte dir das nur sagen, weil du aus diesem Grunde keine

Nachricht von mir bekommen hast. Auch deinen Brief habe ich nicht erhalten. Am Tag vor deinem Geburtstag bat ich Jim, dir ein Telegramm zu schicken und – nun, entweder hat er es vergessen, oder er wollte es vergessen.»
«Schon gut», sagte Doris Kane lächelnd. «Ich war übertrieben ängstlich, aber als ich so lange nichts von dir hörte, plagten mich allerlei Gedanken, was passiert sein könnte. – Jetzt gehen wir das Geschirr abwaschen, Paula, und dann werde ich mich auf den Weg machen.»
«Es gefällt mir nicht, daß du bei Nacht fahren willst, Mutter.»
«Ich fahre gern nachts.»
«Aber nicht heute, bei diesem Sturm.»
Mrs. Kane schüttelte den Kopf und lächelte.
«Mutter, du denkst, du wärst Jim im Wege, nicht wahr?»
«Nein, Paula. Ich wollte nur nach dir sehen, ob alles in Ordnung ist. Nur schnell reinschauen und guten Tag sagen. Das habe ich jetzt getan. Ich weiß, daß *dir* nichts fehlt. Es ist also kein Grund vorhanden, weshalb ich noch länger bleiben sollte.»
«Aber wir haben dich gerne hier.»
Doris lächelte. «Die Arbeit ruft, Paula, und ich muß wirklich fahren.»
«Aber warum willst du denn nicht wenigstens bis morgen früh warten? Du kannst ja schon ganz früh losfahren.»
«Ich fahre gern nachts. Man kommt schneller voran.»
Aber die beiden Frauen machten keine Anstalten, den Tisch zu verlassen.
Plötzlich fragte Doris Kane: «Paula, gefällt Jim seine augenblickliche Arbeit?»
«Ich glaube schon, Mutter.»
«Ich vermute, es ist eine Menge Aufwand nötig, um diese Geschäfte abzuschließen?»
«Augenscheinlich ja.»
Wieder entstand eine Pause. Endlich fing Paula wieder an zu sprechen.
«Glaube mir bitte, Mutter, wenn ich dir sage, daß mir nicht alle Einzelheiten bekannt sind, aber das weiß ich: diese Eve Dawson hat sich während unserer Party verletzt, und der ganze Vorfall sollte vertuscht werden. Die Nachbarn hatten den Schuß gehört.
Ein Anwalt, Mr. Carr, nahm sich der Sache an. Er arrangierte

es so, daß kein Skandal entstehen konnte. Sogar die Leute, die auf der Party waren, wußten nichts davon.»
«Wie hat er denn das fertiggebracht, Liebes?»
«Zuerst ließ er Eve Dawson aus dem Haus und in Sicherheit bringen. Er erledigte alles telefonisch. Dieses Haus hier wurde binnen einer Stunde geräumt, damit wir einziehen konnten. Wie er das gemacht hat, weiß ich nicht. Ich weiß nur, daß er eifrig herumtelefonierte. Das verwundete Mädchen wurde hierher transportiert. Ein Arzt kam, und nach zwei, drei Stunden war alles geregelt.
Dann besprach Carr mit einem seiner früheren Klienten, daß dieser auf dem Bett des Gästezimmers gefunden werden und daß er sagen solle, er habe sich versehentlich in den Arm geschossen. Er bekam ein blutbeflecktes Handtuch um den Arm gewickelt und — nun, das sollte eben den Schuß erklären.»
Mrs. Kane blieb stumm. Ihre Schweigsamkeit drückte Mißbilligung aus.
«Es war unbedingt erforderlich, daß niemand ahnte, was mit Eve Dawson passiert war, und daß niemand wußte, wo sie sich aufhielt», fuhr Paula fort. «Wir hielten in diesem Haus einen richtigen Winterschlaf. Nur der Doktor kam und sah nach Eve Dawson. Ich gebe zu, die ganze Geschichte gefiel mir nicht, Mutter, aber sie war mit einer geschäftlichen Absprache verbunden, von der Jims ganze Karriere abhing.
Wir hatten an so vieles zu denken, und wir vergaßen damals ganz die Post. Erst in der Nacht, bevor du kamst, fuhr Jim hinüber und leerte den Briefkasten. Am nächsten Morgen kam dann dieser Scheck von Mr. Carr. Eine Entschädigung für — nun, für das, was wir getan hatten.»
Einen Augenblick herrschte Stille, dann fragte Paula: «Bist du auf Jim — sehr böse, Mutter?»
«Ich fürchte, ich weiß zu wenig von dieser Sache. Ich bin nicht mehr für dich verantwortlich, Paula. Du mußt nur Jim — und dir selbst — treu bleiben.»
Nachdrücklich zustimmend nickte Paula.
«Das Schlimme bei solcher Geheimniskrämerei ist», fuhr Doris Kane fort, «daß man leicht der Gewohnheit des Betrügens verfällt. Und Betrug schien deinem Wesen immer so vollkommen fremd, daß ich an eine solche Situation, wie du sie soeben beschrieben hast, gar nicht gern denke, Paula, aber . . .»

«Aber was ist denn Schlimmes daran? Sie hatte sich angeschossen, und sicher wäre nichts gewonnen worden, wenn dies den Zeitungen bekanntgeworden wäre, die sich dann lang und breit darüber ausgelassen hätten . . .»
«Bist du sicher, daß sie sich selbst angeschossen hat?»
«Ja.»
«Woher weißt du das?»
«Sie hat es mir selbst gesagt.»
«Kann es nicht sein, daß sie das einfach nur sagte, weil man ihr es befahl?»
«Ich glaubte, sie sagte die Wahrheit.»
«Sagte sie, warum sie es getan hat?»
«Weil sie lebensmüde war.»
«Weshalb?»
«Das weiß ich nicht.»
«Sie tat es mit Jims Waffe?»
«Ja, sie fand sie im Handschuhfach des Wagens.»
«Jim hat doch nicht auf sie geschossen?»
«Sei nicht albern, Mutter, es war doch ganz anders. Daß wir sie pflegten, war lediglich eine Vereinbarung, die sich auf Jims Geschäfte bezog. Carr schickte uns für diese Dienste einen Scheck – 750 Dollar für die Woche. In dem Brief, den du im Briefkasten gesehen hast, war ein Scheck über 1500 Dollar, also für zwei Wochen. Carr würde uns das nicht gezahlt haben, wenn Jim irgendwie darin verwickelt gewesen wäre.»
«Und Mr. Carr stellte euch dieses Haus zur Verfügung?»
«Ja.»
«Hat dieser Carr nicht ziemlich viel mit der Sache zu tun?»
«Er ist Rechtsanwalt und handelt im Auftrag eines Klienten.»
«Und warum sollte sich Carrs Klient all die Mühe und diese Unkosten machen, nur um geheimzuhalten, daß Eve Dawson sich selbst angeschossen hatte?»
«Verstehst du denn nicht, Mutter, weil es auf einer von Jims Parties geschehen ist. Das wäre keine gute Reklame für ihn gewesen. Ich war wirklich wütend auf dieses Mädchen, als ich davon erfuhr – so eine Dummheit! Hinunter zur Garage zu gehen und Jims Revolver zu nehmen. Ich glaube aber, sie war betrunken.»
«Ich kann aber immer noch nicht verstehen, warum Mr. Carrs Klient eine solche Summe ausgegeben haben sollte, um . . .»

«Er konnte es sich einfach nicht leisten, daß sein Name mit dem Geschehnis in Verbindung gebracht würde. Du weißt ja, wie die Zeitungen sind. Sie würden aus diesem Schuß weiß Gott was machen, und die Namen der Leute, die auf der Party waren, verlangen.»

«Weißt du vielleicht, wer dieser Klient sein könnte?»

«Es könnten mehrere sein, Mutter. Es waren prominente Persönlichkeiten dabei, die ganz bestimmt nicht wünschten, daß ihre Namen mit irgend etwas in Verbindung gebracht würden, das sich zu einem Skandal auswachsen könnte.»

Doris Kane nickte.

«Also du siehst», fuhr Paula fort, indem sie jetzt sehr rasch sprach und besorgt ihrer Mutter zulächelte, «es war alles ganz logisch. Es war auch der Grund, weshalb wir deinen Brief nicht beantwortet haben und weshalb Jim nicht das Telegramm an dich abgeschickt hat. Du kannst dir vorstellen, daß wir uns einfach nicht aus dem Haus getraut haben. Wenn du Jims Arbeit nur besser verstehen würdest, Mutter. Er muß an so viele Dinge denken und hat so viel Sorgen und — nun, er ist von diesen Leuten eben abhängig und muß sich nach ihren Wünschen richten.»

«Kann man eine Erfindung, wie diese Parkuhr, nicht einfach ihrer Vorzüge wegen verkaufen?»

«Himmel, nein! Nicht, wenn man es mit Politikern zu tun hat. Jim versucht, weiterzukommen, verstehst du. Diese Erfindung ist allen ähnlichen Einrichtungen weit überlegen, weil damit das Abparken unbenützter Zeit nicht mehr möglich ist. Im Augenblick, da das Auto aus der Parklücke gefahren wird, geht die Uhr wieder auf Null zurück, und der nächste muß von neuem zahlen. Aber wir müssen erst einen Anfang finden und die Uhren in ein, zwei Orten einführen, damit wir eine Empfehlung haben.»

«Ich bin mir völlig sicher, daß Jim durchaus fähig ist, sein Geschäft zu führen, und weiß, was das Beste für dich und für ihn ist. Nur jede Art von Betrug war deinem Charakter immer so fremd. Du warst immer so aufrichtig und . . .»

Das Läuten des Telefons unterbrach sie.

Der Eifer, mit dem Paula von ihrem Stuhl aufsprang, um zum Apparat zu eilen, zeigte, wie willkommen ihr die Unterbrechung war.

Nach einem kurzen Gespräch kam sie zum Tisch zurück. «Es war Jim, Mutter. Er braucht bei seiner Besprechung mit dem Stadtrat einige Papiere. Er bat mich, ein Taxi zu nehmen und ihm die Unterlagen sofort zu bringen. Aber ich werde Mühe haben, um diese Zeit ein Taxi zu bekommen, und ich dachte, daß ich vielleicht . . .»

«Aber natürlich. Nimm meinen Wagen, Paula, hier sind die Schlüssel.»

«Ich bin im Handumdrehen wieder zurück. Um das Geschirr brauchst du dich nicht zu kümmern. Stell es einfach zusammen, und wenn du dann unbedingt fort willst, kannst du dich schon reisefertig machen, bis ich zurückkomme. Es wird nicht lange dauern.»

«Keine Sorge. Geh nur.»

Paula eilte in ihr Schlafzimmer, war binnen zwei Minuten wieder zurück und verließ das Haus. Doris Kane vernahm das Geräusch des angeworfenen Motors und hörte, wie der Wagen die Auffahrt hinunterfuhr. Dann umgab sie nur noch das große einsame Haus und das Heulen des Sturmes in den Bäumen.

Doris Kane räumte den Tisch ab, spülte das Geschirr und trocknete es ab. Von Paula war noch nichts zu hören.

Während sie sich setzte und auf ihre Tochter wartete, verstärkte sich das Toben des Sturmes, das ihr unheilvoll, fast drohend erschien.

## 17

Doris Kane spürte, wie ihre Untätigkeit sie mit einer seltsamen Unruhe erfüllte. Ihre Nerven waren gespannt und überreizt. Den Büchern in den Regalen zu beiden Seiten des Kamins, die ihr normalerweise sehr verlockend erschienen wären, schenkte sie keinen Blick.

Sie ging hinüber zum Fenster, zog die Vorhänge zur Seite und versuchte hinauszusehen. Aber das Lampenlicht im Zimmer ließ sie den mondbeschienenen Garten nur undeutlich erkennen. Sie knipste das Licht aus und kehrte wieder zum Fenster zurück. Der Mond warf lange Schatten über den Garten und besprenkelte die Bäume mit silbernen Tupfen.

Alles war in Bewegung. Der Sturm peitschte die Äste und verwandelte die Wedel einer hohen Palme in glitzerndes Silber.
Während sie dort in dem dunklen Zimmer stand und auf die wechselnden Streifen von Mondlicht und Schatten hinaussah, dachte Doris Kane über Eve Dawsons Tod nach.
Das Wohnzimmer befand sich genau unter dem Zimmer, in dem der Mord geschehen war. Der Mörder mußte sich sehr, sehr sicher gefühlt haben. Er – oder sie – mußte sich in dem Haus gut auskennen.
Er wußte wahrscheinlich nicht, daß sie zu Besuch gekommen war, daß sie in dem Zimmer schlief, das neben dem Raum lag, in dem Eve Dawson getötet wurde. Davon abgesehen, mußte der Mörder auch über die häuslichen Gewohnheiten der Melvins gut informiert gewesen sein. Allein die Tatsache, daß er erwartet hatte, im Nebenzimmer niemand zu finden, deutete auf eine genaue Kenntnis des Hauses und seiner Bewohner hin.
War es ein Mann gewesen? War vielleicht derjenige, der Eve Dawson angeschossen hatte, zurückgekehrt, um die Tat zu vollenden, die während der Party in Madison City mißlungen war?
Erschreckt zog Doris Kane mit einem leisen Keuchen den Atem ein – einer der Schatten im Garten hatte sich fortbewegt.
Sie stand am Fenster, reglos, erstarrt in ihrer eigenen Hilflosigkeit. Wieder bewegte sich der Schatten, und diesmal erkannte sie die Umrisse einer dunklen Gestalt, die verstohlen durch den Garten schlich.
Eine Sekunde verging, dann sah sie den hellen Lichtschein einer Taschenlampe. Ein Mann beugte sich tief über den Boden, und der Strahl der Lampe bewegte sich dicht über der Erde hin und her. Die gebeugte Gestalt näherte sich langsam dem Haus. Wer es auch immer war, er war vollständig in sein Suchen vertieft. Das Licht kam dem Haus näher und näher, von der darübergebeugten Gestalt fast vollkommen verdeckt.
Doris sah, daß das Licht irgendeinem vorgefaßten Plan folgte. Augenscheinlich hatte der Eindringling das Grundstück an der südwestlichen Ecke, an der Seite der Garage, betreten und war dann im Schatten der großen Hecke, die das Nachbargrundstück abgrenzte, näher gekommen. Jetzt steuerte er direkt auf die Haustür zu.
Doris Kane war in die Beobachtung des Mannes mit der Ta-

schenlampe so vertieft, daß sie im Moment nicht erkannte, was offenbar sein eigentliches Ziel war, wenn er in dieser Richtung weitergehen würde.
Als die Erkenntnis plötzlich in ihr Bewußtsein drang und sie die Tatsache wahrnahm, daß ihn nur noch wenige Meter von der Haustür trennten, war sie vor Schreck außerstande, irgend etwas zu unternehmen.
Plötzlich entschied sie sich; auf keinen Fall würde sie auf sein Klingeln antworten, sondern heimlich zum Telefon gehen und um Hilfe rufen. Aber wen könnte sie um Hilfe bitten? Bestimmt nicht die Polizei. Jim würde ihr das nie verzeihen. Außerdem wußte sie nicht, wie sie Jim oder Paula erreichen konnte.
Dann fiel ihr etwas Besseres ein. Sie würde einfach das Licht anmachen. Das würde dem Eindringling zeigen, daß jemand im Hause war. Sie würde das Stadthaus anrufen, sagen, wer sie sei, und sich mit Jim verbinden lassen.
Mit diesem Haus war sie immer noch nicht so vertraut, daß sie sich blindlings darin bewegen konnte. Aber durch das Fenster, von dem aus sie den Fremden beobachtet hatte, fiel genügend Mondlicht, und so würde sie den Weg zur Tür, ohne an den Möbeln anzustoßen, finden können. Unglücklicherweise stand das Telefon in der Halle. Sobald sie dort wäre, würde sie das Licht anknipsen, während sie den Hörer nehmen und ...
Sie erstarrte. Es waren nicht nur Geräusche auf den Stufen vor der Haustür zu hören, sondern auch ein Schaben von Metall auf Metall, als versuche der Mann das Schloß aufzubrechen.
Eine halbe Sekunde zögerte Doris Kane. Dann stürzte sie mutig zum Telefon. Egal, wie Jim darüber denken würde, *dies* war unerträglich. Sie würde schreien, falls es nötig wäre. Sie ...
Der Riegel des Schlosses schnappte zurück. Leise schwang die Haustür nach innen. Dort stand die Gestalt, vom Mondlicht scharf umrissen.
In diesem Augenblick glaubte Doris Kane innerlich zu bersten. Fast weigerten sich ihre Lungen zu atmen. Ihr Herz schlug so schnell, daß sich ihr Puls zu überschlagen schien.
Dann ging das Licht an.
Als Doris den zum Lachen reizenden Schrecken auf dem Gesicht des Mannes sah, atmete sie für einen Augenblick auf,

aber sie war sich noch immer nicht ganz sicher, ob ihre Stimme den richtigen Ton kalter Mißbilligung treffen würde.
Sie nahm allen Mut zusammen und sagte: «Aber — ich muß doch sehr bitten!»
Die Rechte des Mannes, die jetzt nicht mehr die Taschenlampe hielt, fuhr in einer raschen Bewegung zum Kopf und nahm den Hut ab. Nach dieser instinktiven Geste wurde Doris ruhiger.
«Würden Sie mir bitte erklären, was das zu bedeuten hat?»
Der Mann setzte ein entschuldigendes Lächeln auf; dann lachte er tief und herzhaft und sagte: «Natürlich, Sie müssen Mrs. Kane sein. Sie sind Paulas Mutter.»
«Das erklärt noch nicht den Grund, warum Sie in das Haus eingedrungen sind.»
Wieder lachte er aus vollem Hals. «Ich bin Hudson Parlin», sagte er, «Jims Chef.»
Er sagte «Jims Chef», als nehme er mit Sicherheit an, daß diese Worte Doris Kanes Reserviertheit auftauen würden, aber sie war noch nicht bereit, ihre Überlegenheit aufzugeben.
«Das erklärt mir immer noch nicht Ihre Art, in dieses Haus einzudringen.»
Sein Lachen verebbte. Er runzelte verdrießlich die Stirn. «Beruhigen Sie sich. Ich hatte Sie ganz vergessen, das heißt, ich wußte nicht, daß Sie hier sind. Jim ist bei einer Sitzung, und er hatte Paula telefoniert, daß sie kommen solle. Er dachte, Sie wären gleich nach dem Essen abgereist. Das hätten Sie vorgehabt, sagte er mir wenigstens. Und dann, zehn oder fünfzehn Minuten nachdem er Paula angerufen hatte, erinnerte sich Jim noch an einige weitere Unterlagen, die wir einfach haben müssen. Es wäre bei dem Stand der Verhandlung nicht ratsam gewesen, ihn auch nur für kurze Zeit fortzulassen. Sie versuchen uns auf Eis zu legen. Eine der Konkurrenzgesellschaften stellt die Gültigkeit unserer Patente in Frage und droht mit Prozessen und was weiß ich. Deshalb gab mir Jim seine Schlüssel, damit ich die Papiere holen kann. Das Haus war dunkel, und ich kam gar nicht auf den Gedanken, daß Sie noch hier sind. Ich glaube, ich habe Sie erschreckt. Es tut mir leid.»
«Ja, ich hatte mir vorgenommen, sofort nach dem Essen zu fahren, aber als Jim nach Paula telefonierte, bestand ich darauf, daß sie meinen Wagen nehme. Natürlich, Jim dachte, ich sei nicht mehr hier.»

Jetzt war alles so einfach, und es war dumm, daß sie sich geängstigt hatte. Es wurde ihr nun bewußt, daß sie diejenige war, die nach Entschuldigungen suchte. «Immerhin», hörte sie sich sagen, «wenn man bedenkt, was hier geschehen war ... Sie verstehen ...»
«Aber sicher!» rief er munter. «Dieser Selbstmord muß Sie ganz durcheinandergebracht haben. Selbstverständlich hätte ich erst klingeln müssen, ehe ich hereinkam. Es kam mir aber einfach nicht in den Sinn. Ich war sicher, daß das Haus leer sei, und diese Papiere, die wir brauchen, sind so wichtig, daß ich einfach hereinstürmte.»
«Lassen Sie sich durch mich nicht aufhalten. Gehen Sie nur und holen Sie sie.»
«Danke.»
Er ging an ihr vorbei ins Wohnzimmer und meinte: «Ich werde Licht machen müssen. Ich nehme an, das Haus war dunkel, weil Sie gerade nach oben gehen wollten.»
Sie beantwortete seine Frage nicht.
Im Wohnzimmer flammte das Licht auf. Einen Augenblick stand er verwundert am Lichtschalter und sah auf das Fenster, an dem die Vorhänge zurückgezogen waren.
Dann fragte er: «*Warum* war das Licht aus?»
«Der Wind machte mich nervös. Ich fühlte mich wie eine Katze, wenn's donnert. Ich knipste das Licht aus, stellte mich ans Fenster und dann ...»
Plötzlich verkrampfte sich ihre Kehle, so daß sie keinen Ton mehr herausbrachte.
Lähmende Angst befiel sie von neuem. Dies war der Mann, der den Boden so heimlich abgesucht hatte, der sich über das Licht seiner Taschenlampe bückte, um es zu verdecken, der ...
«Sie standen an diesem Fenster?» fragte er beiläufig, fast zu beiläufig.
Sie antwortete nicht. Sie konnte nicht antworten.
«Machen wir ein wenig mehr Licht», meinte er.
Sie sah, wie sich seine Hand zur Wand hob, hörte das Klicken des Schalters, da war das Zimmer auch schon in Dunkelheit gehüllt, nur aus der Halle drang der schwache Schein einer Lampe, die er angeknipst hatte, als er das Haus betrat.
«Meine Liebe, Sie sind ja ganz außer Fassung», sagte er und kam auf sie zu.

Sie schrie und rannte zur Haustür, während sie seine Schritte hinter sich hörte.
Sie kämpfte mit dem Griff – natürlich öffnete sich die Tür nach innen – die Schritte hatten sie fast erreicht.
Wieder schrie sie, es war ein wilder, von Angst erfüllter Schrei, der so gellend war, daß er ihren eigenen Ohren weh tat.

## 18

Doris Kanes Finger, ganz steif vor Furcht, mühten sich mit dem Türgriff ab.
Hände wie von Eisen packten sie von hinten an der Schulter und rissen sie von der Tür weg und zurück in die Halle.
Während die Hände sie zurückrissen, gelang es ihr im letzten Augenblick doch noch, den Türknauf zu drehen, so daß sich die Tür öffnete. Den Rest besorgte der Wind. Mit einem Stoß schlug er sie vollends auf.
Ein großer Wagen parkte genau vor dem Haus. Doug Selby und Rex Brandon gingen über den Gartenweg auf die Haustür zu. Sie waren etwa fünf Meter von Doris Kane entfernt, als der Wind die Tür aufstieß und sie die beiden Gestalten in der beleuchteten Halle sehen konnten.
«Bitte, beruhigen Sie sich doch, meine Dame», hörte sie Parlin sagen. «Lieber Himmel, was ist denn?»
«Lassen Sie mich los! Lassen Sie mich los!» schrie sie ihn an.
Selby und Brandon rannten auf sie zu.
«Sie sind hysterisch. Sie werden sich weh tun», wollte Parlin sie besänftigen. «Seien Sie bitte vernünftig. Können Sie mir nicht sagen, was Ihnen fehlt?»
«Hören Sie auf!» sagte Brandon und schob sich kriegerisch näher. «Was ist los?»
«Diese Frau», erklärte Parlin, «scheint verrückt geworden zu sein. Ich unterhielt mich mit ihr in aller Ruhe, als sie auf einmal zu schreien anfing und zur Tür rannte. Ich weiß nicht, ob es Hysterie war oder ob sie plötzlich wahnsinnig geworden ist. Ich versuchte sie zu beruhigen, aber sie bekam die Tür auf, und wenn ich sie nicht zurückgehalten hätte, glaube ich wirklich, daß sie schreiend in die Nacht hinausgerannt wäre. Viel-

leicht kann sie uns sagen, was mit ihr los ist. Irgend etwas muß sie furchtbar erschreckt haben.»
Doris Kane war dankbar, daß ihr Parlins Erklärung etwas Zeit gab, sich zu sammeln. Dieser Mann war immerhin Jims Chef. Er könnte ja den Beamten jetzt seine Geschichte erzählen, und dabei würde er sich vielleicht verraten. Falls er es tat, bestand für sie keine Veranlassung mehr, über den Vorfall zu berichten. Wenn er es nicht tat, konnte sie ihre Geschichte den Beamten privat erzählen.
Fragend wandte sich Selby ihr zu. «Was ist, Mrs. Kane?»
Sie lachte nervös und bemerkte beunruhigt den hysterischen Ton, der sich in ihr Lachen schlich, trotz ihrer Anstrengung, es durchaus normal klingen zu lassen. «Ich fürchte», sagte sie, «daß das, was Mr. Parlin sagte, nur zu wahr ist. Ich bin schrecklich nervös, besonders heute abend.»
«Das macht der Wind», meinte Brandon. «Diese heißen, trokkenen Winde machen sensiblen Leuten immer zu schaffen.»
Sie führte sie ins Wohnzimmer und lächelte Brandon dankbar an. «Der Wind, nehme ich an, ist schuld daran und die Ereignisse der vergangenen Tage. Ich war allein hier im Haus, und Mr. Parlin kam . . .»
«Ein äußerst unglücklicher Zufall», beeilte sich Parlin zu versichern. «Ich dachte natürlich, das Haus wäre leer. Jim Melvin und seine Frau sind fort und erledigen für mich etwas Geschäftliches. Ich benötigte einige Unterlagen und wollte Jim nicht danach schicken, weil er bis zum Hals in einer Konferenz steckt. Deshalb borgte ich mir seine Schlüssel und fuhr hierher, um die Papiere zu holen. Er sagte mir, wo sie zu finden seien. Ich benützte meine Taschenlampe, um den Weg zur Haustür zu finden. Das Haus war dunkel und . . .»
«Ich hatte das Licht ausgemacht, weil ich hinaus auf den Garten sehen wollte», erklärte Mrs. Kane.
Parlin lächelte nachsichtig. «Zuerst drückte ich auf den einen Lichtschalter», berichtete er, «und als ich beim zweiten das gleiche tun wollte, machte ich einen Fehler und erwischte wieder den, den ich schon betätigt hatte. Da ging das Licht aus, und Mrs. Kane schrie auf und rannte zur Tür.»
Brandon runzelte die Stirn. «Sie schlossen die Tür auf und öffneten sie, ohne anzuklopfen?»
«Ich gebe es zu», sagte Parlin. «Ich dachte nicht daran, daß

jemand hier sein könnte. Jim und ich nahmen an, daß Mrs. Kane schon weggefahren sei.»

«Das hatte ich vor», bestätigte Doris, «aber da Jim fort und Paula allein hier war, hatte ich es damit nicht so eilig.»

«Aha. Wir wollten uns hier noch ein wenig umsehen», sagte Brandon, «und ... nebenbei, Parlin, wo haben Sie Ihr Auto gelassen?»

Den Bruchteil einer Sekunde zögerte Parlin, ehe er antwortete: «An der nächsten Ecke. Ich kam durch das Seitengäßchen und ging quer über den Rasen.»

«Warum?» fragte Selby.

Parlin lachte. «Um die Wahrheit zu sagen: ich kenne mich hier nicht gut aus und bog in die falsche Straße ein und dachte, als ich meinen Fehler erkannte, daß ich auch durch das Seitengäßchen gehen und dadurch sogar noch Zeit sparen könnte. Wenn Sie mich jetzt aber entschuldigen wollen, dies erinnert mich wieder an die außerordentliche Dringlichkeit meines Besuches. Ich möchte diese Papiere holen und so schnell wie möglich zu der Konferenz zurückkehren. Es wird der Versuch unternommen, mein Unternehmen durch die Behauptung zu sabotieren, das Patent wäre nicht ordnungsgemäß eingetragen. Aber anhand einer Kopie der Patentschrift und eines Briefes von einem der besten Patentanwälte des Landes, die ich jetzt eben holen wollte, kann ich das Gegenteil beweisen. Vielleicht», fuhr Parlin zu Mrs. Kane gewandt fort, «können Sie mir Jims Schlafzimmer zeigen. Er sagte mir, die Papiere wären in der Kommodenschublade.»

«Wenn Sie mir bitte folgen wollen», sagte Doris Kane und schritt energisch voran, während sie betete, daß ihre Knie nicht nachgeben möchten. Sie fühlte, daß Selby von ihr irgendeine Unterstützung erhoffte.

Brandon sah Selby fragend an. «Was hast du vor, Doug?»

Mit leiser Stimme erwiderte Selby: «Sei vorsichtig, Rex. Irgend etwas stimmt hier nicht. Mrs. Kane ist nicht der Typ, um so nervös zu werden, wie sie behauptet, wenn nicht ein wirklicher Grund dazu vorhanden war. Bleiben wir einfach hier und warten wir ab.»

«Ich versteh' das nicht», brummte Brandon, ehrlich verwirrt.

«Bist du sicher, daß er in der Mordnacht in Los Angeles war?»

«Bestimmt, Doug. Ich habe nochmal mit dem Anwalt gesprochen, der mit dieser Unfallsache zu tun hat. Er ist ein Mann, dem wir vertrauen können. Er bestätigte mir, Parlin hätte etwa fünfzehn Meter vom Unfallort entfernt alles mitangesehen, beschreibt ihn haargenau und ist bereit, als Zeuge auszusagen. Der Unfall erfolgte genau zehn Minuten nach ein Uhr.»

«Dann», sagte Selby, «sucht Parlin irgendein Beweisstück, etwas, das der Mörder zurückgelassen oder verloren hat, oder — Rex, dieses Brillenetui!»

«Was ist damit?»

«Granby ließ es in deinem Büro liegen. Und zwar in der Nacht, als der Mord geschah. Aber Granby hat nie etwas darüber verlauten lassen. Nehmen wir an, er hat es bis Dienstag früh noch nicht vermißt, oder nehmen wir mal an, er denkt, er hätte es hier verloren. Und nehmen wir weiter an, Parlin weiß davon.»

Brandon pfiff durch die Zähne.

«Natürlich», fuhr Selby fort, «würde ihn das allein nicht des Mordes überführen. Wie Carr schon sagte, es könnte jemand Eve Dawson besucht haben und dann fortgegangen sein, aber ... verflixt, Rex, das muß es sein. Wo ist das Brillenetui?»

«Im Handschuhfach unseres Wagens.»

«Hol es, aber leise.»

Mit gespielter Selbstsicherheit geleitete Doris Kane Parlin den Korridor des ersten Stockwerkes entlang und sagte: «Dort ist das Zimmer, auf der rechten Seite.»

Parlin ging hinüber und hielt ihr die Tür auf. «Würden Sie bitte warten?» fragte er.

«Natürlich.»

Sie knipste das Licht an. Parlin ging zur Frisierkommode, zog die rechte obere Schublade heraus, durchsuchte einen Stoß Papiere, und nach einer Weile zeigte er ihr die Kopie einer Patentschrift und einen Brief, der auf dem gaufrierten Papier eines Anwaltbüros geschrieben war.

«Da sind sie», sagte er lächelnd.

«Ich bin froh, daß Sie sie gefunden haben.»

«Jim Melvin ist ein sehr netter Bursche. Ich habe allerhand Pläne mit ihm, Mrs. Kane, und glaube, man sollte Ihnen zu Ihrem Schwiegersohn gratulieren. Ich habe vor, ihm jede Aufstiegsmöglichkeit zu geben. Wie Sie ja sicher wissen, ist er an dieser Erfindung wesentlich beteiligt. Außerdem erhält er noch

eine zusätzliche Prämie. Eine sehr beachtliche Gewinnbeteiligung.»
«Das freut mich zu hören», sagte sie.
Er lächelte sie fragend an. «Wollen Sie mir nicht sagen, was an mir so schrecklich ist? Sollte ich zum Zahnarzt gehen, oder bin ich Ihnen einfach unsympathisch?»
«Nun, ich . . .»
«Ja, fahren Sie fort.»
«Ich weiß nicht, was Sie meinen.»
«O doch, das wissen Sie. Ich habe mich zwar nie Selbstäuschungen hingegeben, habe aber noch nie gedacht, daß ich ein solcher Kinderschreck wäre.»
Er war jetzt reizend und so witzig in seiner Selbsteinschätzung, daß sie fühlte, wie ihre Nervosität nachließ. Gegen ihren Willen mußte sie mit ihm lachen.
«Heute abend», sagte sie, «bin ich wirklich schrecklich aufgeregt, und ich fürchte, ich bin da einem Irrtum zum Opfer gefallen . . .»
«Einen Augenblick», unterbrach er sie und sah sie fragend an, «Sie wollen doch nicht sagen, daß Sie dachten, ich . . .»
Sie nickte.
Erst schien er entrüstet, dann warf er den Kopf in den Nacken und lachte dröhnend. «Wenn ich das Jim erzähle!»
Mit ausgestreckter Hand kam sie auf ihn zu und berührte bittend seinen Arm. «Nein, nein. Bitte, sagen Sie Jim nichts.»
«Wollen Sie dafür eine Buße tun?» Dann ließ er den neckenden Ton fallen, und seine Stimme bekam einen sachlichen Klang. «Mrs. Kane, würden Sie etwas für mich tun?»
Sie lachte nervös und strich über ihr Haar. «Das kommt darauf an.»
«Würden Sie sich hier umsehen und versuchen, etwas zu finden?»
«Das wird schlecht gehen. Ich werde gleich fahren.»
«Aber Sie sind doch eben erst gekommen. Sie können doch Paula nicht einfach so verlassen, und mich . . .»
Ihre Haltung und ihre Stimme zeigten Entschlossenheit. «Sobald Paula mit meinem Wagen zurückkommt, fahre ich.»
«Machen Sie mir doch die Freude, Mrs. Kane, bleiben Sie noch zwei Tage hier, gehen Sie morgen mit mir irgendwo essen, ich kenne ein Restaurant, wo . . .»

«Es geht nicht.»
Er sah sie an, sah ihre Entschlossenheit und fragte: «Könnte ich vielleicht Ihre Adresse bekommen?»
«Warum?»
«Nächsten Monat fahre ich nach dem Osten. Ich möchte dann wegen der Verabredung zum Essen bei Ihnen vorbeikommen.»
«Wir haben keine Verabredung.»
«O doch. Darum kommen Sie nicht herum.»
«Darüber können wir später noch sprechen. Nach was sollte ich denn suchen?»
Sie merkte, wie er sich straffte. «Nur eine Kleinigkeit – aber wenn Sie nicht hier sind, können Sie mir ja doch nicht helfen.»
«Warum bitten Sie denn nicht Paula oder Jim oder . . .»
«Das werde ich wohl tun müssen, aber ich hatte gehofft, Sie wären so liebenswürdig.»
«Bevor Sie hier hereinkamen, wußten Sie doch nicht, daß Sie mich antreffen würden.»
Er lachte. «Ja, Fräulein Staatsanwalt, aber ich hatte nicht damit gerechnet, eine Suchaktion veranstalten zu müssen, bis ich feststellte, daß es nicht auf dem Rasen lag – aber lassen wir das.»
«Was ist es denn? Was ist daran so wichtig?»
«Es gehört jemand, der Montag nacht hier war. Er muß es verloren haben, als – nun, ich denke, er hatte eine Verabredung mit Eve Dawson. Das hätte ich gern nachgeprüft. Wenn ich diesen bestimmten Gegenstand finden würde, könnte mir das viel helfen, meine ich.»
«Warum glauben Sie denn, daß er es hier verloren hat?»
«Weil ich weiß, daß er es irgendwo verloren hat und deshalb sehr aufgeregt ist und sich den Kopf darüber zerbricht, wo er es gelassen haben könnte.»
«Angenommen, ich finde es und gebe es Ihnen, was dann?»
Lachend erwiderte er ihr: «Das können Sie ja garnicht. Sie werden doch nicht mehr hier sein.»
«Meinen Sie, dieser Gegenstand hat etwas mit dem Mord an Eve Dawson zu tun?»
Er legte seinen Arm um ihre Schulter. «Es könnte sich vielleicht als Anhaltspunkt herausstellen. Aber nennen wir es doch nicht einen Mord, wenigstens jetzt noch nicht. Für Jim und für uns alle würde es viel besser sein, wenn es dabei bliebe, daß Eve Dawson Selbstmord begangen hat. Schließlich macht es sie

nicht wieder lebendig, wenn es einen Skandal deswegen gibt. Wenn wir aber einmal in Bezug auf den Täter Beweise in die Hand bekommen können, ein Geständnis zum Beispiel, dann bekäme die Sache ein anderes Aussehen. Gegen einen sauberen Mordprozeß hätten wir nichts einzuwenden. Es ist dies Umhertasten und Herumstochern im Dunkeln, das so gefährlich ist. Eve zählte einige Politiker zu ihren Bekannten, und die sind alle krank vor Furcht.»

«Vor was?»

«Vor Veröffentlichungen.»

«Und einer von ihnen hat Eve Dawson getötet?»

«Seien Sie doch nicht töricht. Ein Politiker würde niemanden töten. Er erhält sich sein Amt durch Reden. Er wird anklagen, und er wird beschuldigen, er wird seine Stimme in rechtschaffener Empörung erheben, aber er hat nicht das Zug zum Töten.»

«Wer hat sie dann getötet?»

«Jemand, der nicht zu unserem Kreis gehört.»

«Sind Sie dessen sicher?»

«Ja.»

«Dann müssen Sie wissen, wer es getan hat.»

Von unten hörten sie Selby rufen. «Haben Sie gefunden, was Sie suchten?»

«Ja», antwortete Parlin, «wir kommen gerade hinunter.» Beruhigend klopfte er Doris Kane auf die Schulter. «Also, meine Hübsche, Sie und ich haben eine Verabredung. Irgendwann während der nächsten drei Wochen werde ich Sie besuchen. Und denken Sie daran, unsere Interessen sind genau die gleichen. Ich werde mein möglichstes tun, die Selbstmordtheorie plausibel zu machen. Wenn es aber herauskommen sollte, daß es Mord war, versuche ich der Polizei Beweisstücke in die Hände zu spielen, die auf den Mörder hinweisen.»

Zusammen gingen sie die Treppe hinunter.

«Die Beamten werden auf die Geschichte mit dem Selbstmord nicht hereinfallen», meinte Doris Kane.

Sein Lachen vibrierte vor Selbstsicherheit. «Machen Sie sich keine Gedanken über diese Burschen. Die werden sich die Hörner schon noch abstoßen. Der Obmann der Geschworenen übt genug Druck auf sie aus, um jeden Ochsen in die Knie zu zwingen. Glauben Sie mir, die Geschworenen würden eine ge-

richtliche Untersuchung über Eve Dawsons Tod nicht mit Samthandschuhen angehen.»
«Aber könnte der District Attorney nicht private Nachforschungen anstellen, wenn er jemand für schuldig hält und ...»
Sachte legte Parlin seine Hand auf ihren Arm. «Nicht, wenn ihm die Geschworenen gesagt haben, er soll seine Finger davon lassen und keine Lorbeeren ernten wollen, indem er einen Selbstmord in einen Mordfall verfälscht.»
«Das kommt mir schrecklich ungerecht vor.»
«Sicher ist es ungerecht. Aber so wird nun mal Politik gemacht ... Also, vielen Dank, Mrs. Kane», Parlin erhob seine Stimme, als sie sich der Halle näherten. «Ohne Ihre Hilfe hätte ich sie nicht gefunden. – Wie steht's bei Ihnen, Sheriff, alles in Ordnung?»
«Alles in Ordnung», sagte Brandon.
«Wenn ich Ihnen irgendwie behilflich sein kann, lassen Sie es mich wissen.»
«Nur noch eine Kleinigkeit, Mrs. Kane», wandte sich Selby an Doris, «es wird nur ein paar Minuten dauern. Ich frage mich, ob Sie ...» Er warf einen Blick auf Parlin.
«Ich werde jetzt gehen», erklärte er, «ich habe schon zuviel Zeit verloren.»
Er drehte sich um, streckte Mrs. Kane die Hand entgegen und lächelte sie an. Seine etwas nachdenklichen Augen schienen jeden, außer Doris, auszuschließen.
«In drei Wochen», sagte er.
Nach einer angedeuteten Verbeugung vor Brandon und Selby öffnete er die Tür und verließ das Haus.
«Was hatte Sie denn so entsetzt?» fragte jetzt Selby Doris Kane.
«Oh, ich bin eine dumme Gans, Mr. Selby.»
«Davon bin ich nicht so sehr überzeugt.»
«Doch. Ich weiß jetzt, daß ich das bin.»
«Erzählen Sie mir davon.»
«Ich stand im Dunkeln und sah in den Garten hinaus; da sah ich ihn im Mondlicht – eine dunkle Gestalt – sie ging über den Rasen – mit einer Taschenlampe. Ich hatte keine Ahnung, wer es war. Ich stand da und überlegte krampfhaft, was ich tun sollte. Und plötzlich stand er in der Halle.»
«Das verstehe ich. Aber es muß noch etwas gewesen sein.»

«Mir war es genug. Natürlich dachte Jim, ich wäre fort. Deshalb überhaupt diese Aufregung. Wenn einem die Umstände bekannt sind, ist alles ganz einfach.»

«Ausgenommen zwei, drei Dinge», unterbrach Brandon sie. «Erst einmal, warum hatte Parlin sein Auto um die nächste Ecke geparkt und den Rasen überquert. Was hatte er gesucht?»

«Ich möchte Ihnen wirklich nichts verheimlichen, aber sehen Sie, mein Schwiegersohn arbeitet für Mr. Parlin und ich – ich gehöre immerhin zur Familie ... Würde es Ihnen helfen, wenn ich Ihnen erzähle, daß er sich mir anvertraut hat und ...»

«Wovor haben Sie sich so gefürchtet?» fragte Selby.

Jetzt lachte sie aus vollem Hals. «Der Mann machte einen Schritt auf mich zu, aber in meinem verwirrten, nervösen Zustand dachte ich, daß er ganz andere Absichten habe, und ich war nicht in der Stimmung, mich darauf einzulassen.»

Selby lächelte. «Sie hatten eine angeregte Unterhaltung, nachdem Sie hinaufgegangen waren.»

«Er erklärte mir aufs neue, wie das Mißverständnis aufkommen konnte und – er versuchte, in unsere Beziehungen eine pesönliche Note zu bringen!»

«Frontalangriff?»

«Er wurde zwar nicht handgreiflich, aber immerhin ...»

«Hat er Ihnen sonst noch was erzählt?»

Sie zögerte.

«Bis jetzt waren Sie uns gegenüber immer aufrichtig», erinnerte Selby sie.

«Bitte, fragen Sie mich nicht danach, Mr. Selby. Ich sprach mit ihm über etwas, von dem ich nicht weiß, ob er es gheimhalten möchte. Er sucht etwas.»

«Was?»

«Ich weiß es bestimmt nicht, Mr. Selby, es ist mir auch gleichgültig. Ich fahre sowieso weg.»

«Wann?»

«Sobald Paula mit meinem Wagen zurück ist. Ich habe schon alles gepackt.»

Selby schüttelte langsam den Kopf.

«Was haben Sie denn?»

«Das gefällt mir nicht.»

«Aber ich muß fort. Jim ist über meine Anwesenheit nicht sehr erbaut und ...»

«Früher oder später müssen Sie als Zeugin aussagen.»
«Wann?»
«Ich kann Ihnen nicht genau sagen, wann das sein wird. Wenn wir den Fall den Geschworenen übergeben, kann es bald sein.»
«Dann komme ich zurück. Darauf gebe ich Ihnen mein Wort. Aber es ist mir unmöglich, zu bleiben.»
«Bevor Sie gehen, möchte ich Sie noch um etwas bitten», sagte Brandon. «Wir möchten, daß Sie in Ihr Zimmer gehen, sich auf das Bett legen, sich so gut wie möglich entspannen, und wenn dann einer von uns durch die andere Tür hereinkommt und sich an die Tür stellt, die Ihr Schlafzimmer mit dem Bad verbindet, können Sie uns vielleicht einige Hinweise geben.»
«Inwiefern?»
«Sie können vielleicht sagen, ob es ein Mann oder eine Frau war, die dort stand.»
Zweifelnd schüttelte sie den Kopf. «Versuchen kann ich es ja, aber ob es einen Wert hat?»
«Wir werden es immerhin probieren», sagte Selby, «wenn Sie die paar Minuten noch für uns übrig haben.»
«Aber natürlich. Ich muß sowieso auf Paula warten und möchte Ihnen gerne helfen.»
Sie führte sie die Treppe hinauf.
«Können Sie sich genau erinnern, welche Lampen in der Nacht brannten, in der Sie die Gestalt gesehen haben?» fragte Selby.
«Ich glaube schon. Dieses Zimmer war dunkel, und im Bad war Licht ... nein, einen Moment. Ich glaube nicht, daß das Badezimmerlicht brannte. Ich denke, in Eve Dawsons Schlafzimmer war eine Lampe an, dann stand die Tür zwischen ihrem Zimmer und dem Bad offen, und ich sah den Umriß der Gestalt, die im Badezimmer stand, im Gegenlicht.»
«Versuchen Sie jetzt bitte die Türen so zu stellen, daß die Beleuchtung ungefähr die gleiche ist wie damals, als Sie aufblickten und diese Gestalt sahen.»
Zuerst ging sie hinüber zum Bett, änderte ein- oder zweimal die Stellung der Badezimmertür, ließ sie dann halb offen und beschäftigte sich mit der Tür des Zimmers, in dem Eve Dawson geschlafen hatte.
«Ich glaube, so stimmt es. Nun dürfte die Beleuchtung dieselbe sein wie in der Nacht, als ich aufwachte.»
«Die Tür zwischen dem Bad und Eve Dawsons Zimmer steht

ungefähr halb offen. Und auch die Tür zu Ihrem Schlafzimmer ist ungefähr zur Hälfte geöffnet.»
«Das stimmt.»
«Legen Sie sich jetzt hin, und entspannen Sie sich. Ich möchte sehen, ob Sie uns etwas über die Gestalt an der Badezimmertür sagen können.»
Doris Kane legte sich auf das Bett.
«Schließen Sie die Augen», bat Selby, «und öffnen Sie sie dann nur einen Spalt.»
«Ich bin bereit.»
«Gut. Ich werde jetzt durch das Schlafzimmer kommen und mich in die Badezimmertür stellen.»
Nur eine Lampe brannte in Eve Dawsons Schlafzimmer, die Leselampe über dem Bett. Nachdem Selby durch das Badezimmer geschlichen war, bewegte er sich langsam auf die Tür zu Doris Kanes Schlafzimmer zu.
«Wie ist es so?» fragte er.
«Nein. So kann ich ja Ihr Profil sehen. Die Gestalt stand mit dem Gesicht zu mir. Ich sah die Umrisse gegen das Licht und . . .»
«Trug sie einen Hut?»
«Nein, ich habe keinen Hut gesehen.»
«Stand sie so wie ich jetzt?»
«Ja, so ist es richtig.»
«Und dann drehte sie sich um?»
«Ja, aber so schnell, daß ich das Gesicht nicht erkennen konnte . . . Halt! Jetzt erinnere ich mich an etwas. Das ist aber seltsam. Es kam mir bis jetzt nie in den Sinn, aber jetzt erinnere ich mich ganz genau daran.»
«An was?»
«Die Stiefel», sagte sie. «Der Mann trug hochhackige Cowboystiefel, und als er so stand – gerade wie Sie jetzt dastehen, Mr. Selby – kam unter den Absätzen seiner Cowboystiefel Licht hindurch.»
«Kann es nicht auch eine Frau mich hochhackigen Schuhen gewesen sein?»
«Nein, nein, Mr. Selby, es waren Cowboystiefel.»
Von der Einfahrt her hörte man eine klangvolle Hupe.
«Oh, das ist Paula», sagte Doris Kane. «Sie ist mit dem Wagen zurück.»

«Sagen Sie zu niemand etwas darüber, Mrs. Kane», bat Selby sie. «Ihrer Tochter werden wir mitteilen, daß wir nur einen Routinebesuch gemacht hätten.»
Sie eilten die Treppe hinunter und kamen gerade in die Halle, als vor der Haustür Schritte zu hören waren. Paula Melvin rief: «Hallo, Mutter!» und steckte ihren Hausschlüssel ins Schloß.
Ein Windstoß fegte in den Korridor, als sie die Tür öffnete.
Paula trat ein und mit ihr der Schwager des Bürgermeisters von Las Alidas.
«Milton Granby», sagte sie, «kam mit mir und . . .»
Sie verstummte, als sie die Beamten sah.
«Guten Abend, Mrs. Melvin», grüßte Selby. «Wir haben nur noch etwas nachgeprüft.»
«Oh, hallo! Aber mein Mann ist nicht da.»
«Mrs. Kane hat uns hereingelassen.»
«Haben Sie – haben Sie alles, was Sie wollten?»
Selby nickte. «Ich glaube schon.»
«Ganz netter Wind draußen», meinte Granby, «gibt's was Neues?»
«Nicht viel», antwortete Brandon.
Paula war die Situation unbehaglich. Sie wandte sich an ihre Mutter und begann hastig draufloszureden: «Mr. Granby wollte nicht, daß ich allein zurückfahre, und bot mir seine Begleitung an. Wenn du dann tatsächlich fahren willst, Mutter, könntest du ihn bis zur Stadtmitte mitnehmen.»
«Wir haben den gleichen Weg», sagte Brandon. «Sie können mit uns kommen, Granby.»
Granby zögerte.
«Gehen wir erst mal rein und trinken wir eine Kleinigkeit», schlug Paula Melvin vor. «Was sollen wir hier herumstehen.»
Sie führte ihren Besuch ins Wohnzimmer und sprach über die Schulter, während sie das Licht anknipste. «Jim hat es drüben nicht leicht. Die Leute von der Konkurrenz versuchen mit allen Mitteln, den Abschluß zu hintertreiben. Sie bestreiten die Rechtsgültigkeit des Patents und drohen mit einem Prozeß.
Du hast dich sicher über den Wirbel um die benötigten Unterlagen gewundert, Mutter. Mr. Parlin ist dir aber, wie er mir sagte, für deine Hilfe sehr dankbar.»
«Waren es die richtigen Papiere?»
«Ja. Er kam gerade an, als wir abfuhren.»

Granby räusperte sich und sah erst alle der Reihe nach an, ehe er sprach. «Ich glaube nicht, daß die Konkurrenz mit ihren schmutzigen Tricks etwas erreicht. Natürlich habe ich offiziell nichts zu sagen, aber mein Schwager hat einigen Einfluß, und ich kenne ihn gut genug, um zu wissen, was er denkt.»
Paula warf ihm einen dankbaren Blick zu.
«Wir werden jetzt fahren», drängte Brandon, «wollen Sie mit uns kommen, Granby?»
Der Schwager des Bürgermeisters von Las Alidas zögerte, offenbar suchte er eine taktvolle Möglichkeit, die Einladung abzulehnen, dann erwiderte er: «Das ist nett. Danke. Ja, ich fahre mit.»
Paula lächelte freundlich. «Vielen Dank für alles, Milton.»
«Bitte, bitte, nicht der Rede wert.»
Die drei Männer sagten gute Nacht und erkämpften sich draußen ihren Weg gegen den Wind. Granby schien das nicht zu stören. Im Gegenteil, er fand noch Zeit für eine wichtigtuerische Bemerkung. «Ich habe Jim Melvin den Weg geebnet», sagte er. «Er hat jetzt freie Fahrt.»
«Das ist ja fein», meinte Brandon trocken. «Wo wollen Sie hin?»
«Zum Stadthaus. Sie haben dort eine geheime Sitzung.»
«Wer?»
«Keine *geheime* Sitzung», beeilte sich Granby zu verbessern, «eine nichtöffentliche. Lediglich für eine zwanglose Diskussion gedacht.»
«Steigen Sie ein», sagte Brandon.
Der große Polizeiwagen schaukelte um die Ecke und nahm dann mit erhöhter Geschwindigkeit Kurs auf die Innenstadt.
Granby wollte etwas sagen, hielt dann aber an sich und verfiel in Schweigen.
Ohne ein Wort fuhr der Sheriff den Wagen bis zum Stadthaus von Las Alidas.
«Scheint, als hätten sie eine große Versammlung hier», meinte er. «Hier parken ja eine Menge Wagen.»
«Mehr ein vertrauliches Gespräch, möchte ich sagen», erklärte Granby, «aber es ist alles in Ordnung. Bei meinen Beziehungen», fügte er selbstbewußt hinzu, «muß ich das ja wissen.»
«Das müßten Sie», pflichtete ihm Brandon bei.
«Also, gute Nacht und vielen Dank.»

«Gute Nacht.»
Brandon schaltete das Blaulicht ein und ließ die Nadel des Tachometers nach oben schnellen.
Nachdenklich grübelte er: «Cowboystiefel?»
«Das bedeutet wahrscheinlich, daß es jemand aus Madison City war», sagte Selby.
«Verflixt, ich muß immerzu an Old A. B. C. denken, Doug.»
«Und ich seltsamerweise immer an das Messer. In diese Geschichte ist Carr verwickelt, Rex, da gibt es keinen Zweifel. Eleanor Harlan hatte ein Messer in ihrem Besitz. Und das mußte das Messer gewesen sein, das als Mordwaffe benützt wurde. Carr wollte verhindern, daß wir das herausfinden. Es war ihm bekannt, daß der Preis und der Einkaufscode noch auf der Klinge standen. Daß wir schließlich die Herkunft des Messers feststellen würden, war ihm klar, und dem wollte er zuvorkommen.
Hals über Kopf fuhr er nach Highdale, kaufte das einzige Messer, das Kittson noch übrig hatte, rief uns dann von Fresno aus an, es befände sich in seinem Besitz und er würde es uns irgendwann am nächsten Tag aushändigen. Aber Carr blieb nicht in Fresno. Er mußte nach Los Angeles geeilt sein und das Messer in den Koffer in Eleanors Appartement gelegt haben.
Als wir mit Inspektor Ormond bei ihr waren, holte sie das Messer hervor, und du hast es angefaßt. Sie weigerte sich, es uns mitzugeben. Am nächsten Tag brachte uns dann Carr ein Messer, von dem er behauptete, es in der Metallwarenhandlung von Kittson gekauft zu haben, und hatte einen Kassenzettel als Beleg. Aber das Messer war haargenau das gleiche, das wir einige Stunden vorher in Eleanors Wohnung gesehen hatten. Das beweisen uns deine Fingerabdrücke.»
Brandons Gesicht verzog sich zu einem Grinsen. «Ich habe Sylvia Martin einen Tip gegeben», sagte er. «Sie wird jetzt bei Eleanor Harlan aufkreuzen und versuchen, ein Interview zu bekommen.»
«Das *Blade* wird ein schönes Geschrei machen, wenn sie dort merken, daß wir sie übergehen.»
«Laß sie schreien. Sylvia und der *Clarion* haben ein Recht auf unsere Unterstützung ... He, was ist mit dem Wagen vor uns los? Er blendet uns mit Absicht. Aufpassen, Doug! Man kann nicht wissen ... Warte, man gibt uns ein Zeichen.»

«Es ist Sylvia Martin!» rief Selby, während der Sheriff an den Straßenrand auswich und sich an seinem Revolver zu schaffen machte.
«Tatsächlich! Ich dachte schon, jemand wolle uns in den Straßengraben drängen.»
Brandon brachte den Wagen zum Halten.
Sylvia Martin sprang aus ihrem Wagen und kam zu ihnen herüber. Ihr Haar wehte unter dem Hut hervor, den sie krampfhaft mit der Rechten hielt, während sie mit der Linken ihre windgepeitschten Röcke zu bändigen suchte.
«Dem Himmel sei Dank, daß ich euch gefunden habe!» sagte sie. «Niemand schien genau zu wissen, wo ihr euch aufhieltet. Dann gab mir jemand den Hinweis, daß ihr nach Las Alidas hinübergefahren sein könntet.»
«Was ist denn los?» fragte Selby.
«Eleanor Harlan! – Sie hat eine Überdosis Schlaftabletten genommen.»
«Wer fand sie?»
«Ich, Doug. Sheriff Brandon gab mir den Tip, daß ich dort etwas Neues erfahren könnte. Da ich telefonisch keine Antwort bekam, beobachtete ich den Eingang des Hauses. Nach einer Weile schlenderte ich umher und entdeckte das Fenster ihres Appartements. Es war beleuchtet. Durch eine List kam ich durch die Haustür, ging hinauf zu ihrer Wohnung und klopfte. Niemand öffnete; aber ich konnte sehen, daß das Licht brannte, da es unter der Tür durchschien. Mir schwante nichts Gutes, und ich wollte unbedingt in die Wohnung hineinsehen. Da ging ich zum Hausmeister und bat ihn, mit mir zu kommen und mir die Tür zu öffnen.
Sie lag auf ihrem Bett. Ein Röhrchen mit Schlaftabletten, das nur noch halb voll war, und einige Tabletten lagen auf dem Fußboden verstreut.»
«Kein Brief?» fragte Selby.
«Nichts. Nur die Schlaftabletten und das Mädchen, das halb entkleidet auf dem Bett lag, mit dunklem Gesicht und sehr flachem Atem.»
«Gute Arbeit, Sylvia», lobte Brandon. «Was noch? Lebt sie?»
«Ja, sie lebt. Aber ihr könnt mir glauben, daß mir nicht wohl bei dieser Geschichte ist. Ich zitterte noch am ganzen Körper, denn ich riskierte allerhand. Aber ich wollte unbedingt das

Mädchen sprechen. Zum Glück erinnerte ich mich an Dr. Deming. Er ist wohl der einzige Arzt, den ich in der Stadt kenne, und es ist ein guter Arzt. Ich stürzte ans Telefon, erwischte ihn glücklicherweise zu Hause und bat ihn, sofort zu kommen.
Der Hausmeister dachte sicher, ich wäre eine Freundin oder Verwandte von ihr. Sobald ich den Arzt verständigt hatte, ließ er mich mit ihr allein.
Dr. Deming stellte augenblicklich fest, daß man für ihre Rettung keine Minute mehr verlieren dürfe. Er pumpte ihr den Magen aus und flößte ihr ein Anregungsmittel ein. Etwa eine Stunde, denke ich, waren wir um sie bemüht.
«Das Tollste ist aber», fuhr Sylvia Martin fort, «sie redet jetzt wie ein Wasserfall.
Dr. Deming erklärte mir, es wäre eine Reaktion auf das kräftige Reizmittel, das er ihr gab. Wenn ein solches auf ein Barbiturat, mit dem sich Eleanor Harlan offenbar den Magen füllte, verabfolgt würde, wirke es in besonderem Maße enthemmend auf das Mitteilungsbedürfnis.
Es ist wirklich schandbar, wie ich die Lage dieses Mädchens ausgenützt habe. Ohne weiteres fing ich an, ihr Fragen zu stellen. Warum sie versucht hätte, Selbstmord zu begehen. Sie schien sehr überrascht, daß jemand auf den Einfall kommen könnte, sie hätte das selbst getan. Sie sagte, sie wüßte nicht, wie sie zu dem Zeug gekommen sei.»
«Dann weiß sie auch nicht, wer ihr das Schlafmittel eingegeben haben könnte?» fragte Selby.
«Nicht, wenn es nicht in den Pralinen war. Allem Anschein nach besuchte Milton Granby sie am späten Nachmittag. Er brachte ihr eine Schachtel Konfekt mit und gab ihr zu verstehen, daß sie diese Gegend hier verlassen sollte. Wahrscheinlich weiß sie etwas, von dem er nicht will, daß es bekannt wird.
Himmel, sie redete und redete, und ich mache mir Sorgen, ob wir noch rechtzeitig genug hinkommen, ehe der Strom versiegt.»
«Meint sie, Granby hätte sie vergiften wollen?»
«Eine Schachtel mit Pralinen stand da, und ein paar davon hat sie gegessen.»
«Wo ist sie jetzt?»
«In meiner Wohnung. Mein Gott, Doug, was habe ich da angerichtet! Aber ich wußte einfach nicht, was ich tun sollte.

Dr. Deming sagt, sie sei außer Gefahr. Und darum», fuhr sie nervös lachend fort, «sollten wir keine Zeit verlieren.»
«Als du abfuhrst, redete sie noch?» fragte Selby.
«Wie aufgezogen.»
«Und wenn sie wieder normal ist», sagte Selby, «wird sie alles widerrufen. Aber immerhin bekommen wir einen Überblick.»
«Du meinst, wir können nichts verwenden, was sie uns sagen wird?» fragte Brandon.
«Kein Wort. Old A. B. C. wird beweisen, daß sie unter dem Einfluß von Drogen stand.»
«Gehen wir das Gras mähen, solange Heuwetter ist», schlug Brandon vor. «Wenden Sie Ihren Wagen, Sylvia, und fahren Sie hinter uns her. Mit der Sirene kommen wir schnell voran.»

## 19

«Ich wünschte, du würdest deine Absicht, heute nacht zu fahren, doch noch ändern, Mutter», sagte Paula Melvin. «Der Sturm wird die Straßen ganz voll Sand wehen.»
«Nach den ersten fünfzig Kilometern werde ich aus dem Sturm raus sein. Ich möchte tatsächlich aufbrechen, Paula.»
«Du wirst nirgends unterkommen können. Um diese Zeit sind alle Motels überfüllt.»
«Ich fahre gern nachts.»
«Warte wenigstens noch auf Jim, Mutter. Er muß jeden Augenblick kommen.»
«Nein, ich möchte allein sein, und ich bringe jetzt mein Gepäck zum Wagen.»
Ohne ein weiteres Wort zu verlieren, stieg sie die Treppe hinauf.
Paula folgte ihr und half das Gepäck verstauen.
«Mach dir meinetwegen keine Sorgen, Paula», beruhigte Doris ihre Tochter. «Ich kann ja morgen ausschlafen.»
«Hoffentlich. Laß wieder von dir hören!»
«Natürlich.»
Paula lächelte. «Das nächste Mal wird so etwas nicht passieren. Aber du weißt ja, wie alles gekommen ist, Mutter. Wie

wär's mit einem Glas Milch und einem Käsebrot, ehe du fährst?»
Mrs. Kane zögerte.
«Komm doch», drängte Paula. «Nur eine Kleinigkeit. Ich habe auch Hunger.»
Sie gingen in die Küche, und Paula machte ein paar überbakkene Käseschnitten zurecht. Schweigend aßen sie.
Auf dem Rückweg verhielt Mrs. Kane an der Konfektdose im Wohnzimmer, nahm eine Praline heraus und sagte: «Ich nehme an, meine Figur kann das noch vertragen.»
Sie aß die Praline und lächelte Paula zu. «Du lädst mich wieder mal ein, nicht wahr?»
Paula lachte. «Ich wünschte, du wärst nicht so fürchterlich empfindlich, Mutter.»
«Das bin ich gar nicht. Ich denke, meine ganze Reise stand unter einem Unglücksstern.»
Jetzt nahm sich Paula auch eine Praline. «Du bist ein Angsthase», sagte sie.
«Nein, durchaus nicht. Aber ich habe nur Ungelegenheiten gemacht und Jim in eine heikle Lage gebracht und ... Ach, was hat es für einen Sinn, Paula? Du warst wirklich ein Engel, aber ich gehe jetzt. Sicher wird die lange Nachtfahrt meine Nerven etwas beruhigen.»
«Fahr vorsichtig, Mutter. Wenn du die Wüste erreichst, wird dich wahrscheinlich ein furchtbarer Sturm anfallen.»
«Ein bißchen Wind macht mir nichts aus.»
«Für gewöhnlich legt er sich ja vor Mitternacht.»
Sie küßten einander.
Mrs. Kane rückte ihren Hut zurecht, lächelte und sagte: «Nur noch eine Praline, Paula. Woher hast du sie?»
«Ich weiß es nicht. Jim muß sie gekauft haben.»
«Sie sind ausgezeichnet. Nimmst du dir auch noch eine?»
«Das könnte ich, ja.»
«Bleiben also noch zwei. Teilen wir uns in die Versuchung, Paula.»
Jede aß noch eine Praline, so daß keine mehr übrigblieb.
Dann setzte sich Doris Kane in ihren Wagen und winkte mit ihrer behandschuhten Hand. Paula winkte zurück, sah zu, wie Mrs. Kane die Auffahrt hinunterfuhr, und wartete dann, bis die Rücklichter nur noch zwei kleine Pünktchen waren.

Paula ging ins Haus zurück und begann die Lampen auszuknipsen. Sie schaute auf die Uhr, streckte sich, gähnte und holte sich ein Buch, machte es sich in einem Sessel bequem und fing an zu lesen.
Langsam, fast unmerklich schlossen sich ihre Augen. Mühsam hob sie wieder die Lider, konzentrierte sich für einige Zeit auf ihr Buch, dann, als sie das Kapitel fertiggelesen hatte, lehnte sie ihren Kopf an die Rücklehne des Sessels und schloß aufs neue die Augen: «. . . nur für ein Viertelstündchen.»
Dann herrschte Stille in dem großen Haus. Nichts war zu hören, außer dem Sturm, der um die Ecken heulte und dem leichten, rhythmischen Atem Paula Melvins, als sie in einen Schlummer sank, der allmählich tiefer wurde.

## 20

«Natürlich kann ich dafür keine Verantwortung übernehmen, meine Herren», erklärte Dr. Deming. «Es war verteufelt irregulär, das kann ich Ihnen sagen, und ich bin froh, daß Ihre Anwesenheit der Sache einen gewissen offiziellen Anstrich gibt.»
«Von höchst irregulärer Art», erwiderte Selby grinsend.
«Wie geht es ihr?» fragte Sylvia.
«Ungefähr wie vorher. Wenn Sie wollen, können Sie reingehen.»
Sylvia nickte und verschwand hinter der Schlafzimmertür.
«Ist sie außer Gefahr?» fragte Brandon.
«Vollkommen – vorausgesetzt natürlich, es tritt keine Komplikation ein. Ihr Zustand ist wieder völlig normal, außer ihrem Redezwang. Sie erinnern sich der Versuche mit dem sogenannten Wahrheitsserum. In demselben Zustand, der damals absichtlich herbeigeführt wurde, befindet sich unsere Patientin. Die auf diese Weise gemachten Aussagen sind natürlich auf keinen Fall beweiskräftig. Das Mädchen hier hat eine sehr große Dosis eines der Barbiturate eingenommen. Ich würde sagen *Sodium Amytal*. Dann bekam sie von mir ein sehr starkes Reizmittel. Ihr Nervensystem ist daher hin- und hergerissen zwischen der von der Droge herbeigeführten Lethargie und der wachen Rastlosigkeit, die das Reizmittel bewirkt.

Unter dem Einfluß der Droge ist es einfach nicht möglich, zu lügen, und zwar deshalb, weil die beruhigende Wirkung des Schlafmittels das Nervenzentrum den Weg des geringsten Widerstands gehen läßt. Andererseits besteht das ausgesprochene Verlangen, pausenlos zu reden.»

«Hat das, was sie sagt, irgendeinen Sinn?» fragte Selby.

«Was sie redet, ist durchaus zusammenhängend, aber es besteht, wie gesagt, ein synthetischer Redezwang. Ihre Hemmungen sind abgestumpft.»

«Wie weit können wir dem, was sie sagt, Glauben schenken?»

«Augenscheinlich ist alles Wahrheit. Aber vor Gericht können Sie keinen Gebrauch davon machen, weil ich dann bezeugen müßte, daß ihr Bewußtsein noch vollkommen unter der Wirkung der Droge stand.»

«Sie glauben nicht, daß sie lügen könnte?»

«Ich kann Ihnen versichern, daß sie nicht im eigentlichen Sinn des Wortes lügt. Aber es besteht natürlich die Möglichkeit gewisser Halluzinationen. Möchten Sie zu ihr hineingehen?»

Brandon und Selby nickten.

«Lassen Sie mich zuerst mal nach ihr sehen», sagte Dr. Deming. Er warf einen Blick durch den Türspalt und winkte dann die beiden zu sich.

Eleanor Harlan saß vollständig angekleidet auf Sylvia Martins Bett, im Rücken durch Kissen gestützt, hatte glänzende Augen und ließ einen Schwall von Worten über Sylvia Martin ergehen.

«Oh, hallo!» rief sie, als sie aufblickte. «Was gibt es diesmal, Doktor? Noch mehr Medizin oder ... Oh, diese beiden Herren kenne ich doch! Der Sheriff und der District Attorney! Sie waren es doch, die das Messer gefunden haben, nicht wahr?»

Sie warf den Kopf zurück und lachte, und wieder verlor ihr Gesicht bei diesem Lachen jegliche Schönheit.

«Wie fühlen Sie sich jetzt?» fragte Selby.

«Tadellos. Fidel wie eine Fiedel. Warum die Leute das wohl sagen? Was ist denn schon fidel an einer Fiedel? Nimmt man sie aus ihrem Kasten, muß man erst daran herumfingern, die Wirbel drehen und die Saiten stimmen. Warum die Leute dann wohl meinen, dies sei fidel? Der Gedanke, daß man an mir herumfingern müßte, um *meine* Saiten zu stimmen, gefällt mir gar nicht.»

Sie kicherte.
«Wer gab Ihnen das Schlafmittel?» fragte Selby.
«Ach, ich weiß nicht. Ich kann nur Vermutungen anstellen.»
«Dann stellen Sie doch mal eine Vermutung an.»
«Das wäre nicht fair. Sehen Sie, ich weiß es nicht, das ist eben das Dumme, Mr.... Wie war doch Ihr Name? Selby, nicht wahr?»
«Ganz recht.»
«Und der andere Herr, der mit dem Cowboyhut? Wie heißt der?»
«Sheriff Brandon.»
«Ach ja. Hier in Madison City stiefeln ja lauter Cowboys rum. Ich dachte, ich wäre im Wilden Westen, als mich Miss Martin hierherbrachte, und glaubte zuerst, ich wäre total verrückt geworden. Ich saß im Wagen und sah, wie die Leute in Cowboystiefeln und Schnurrbärten herumspazierten. Jetzt rede ich wieder zu schnell, Mr. Selby. Natürlich meinte ich nicht, daß sie in den Schnurrbärten gehen.»
Aufs neue warf sie den Kopf in den Nacken und lachte.
»Und weil Sie gerade dabei sind, Vermutungen anzustellen», sagte Selby, «wie, denken Sie wohl, ist das Messer in Ihre Wohnung gekommen?»
«Meiner Treu, Mr. Selby! Sind Sie naiv. Das ist etwas, über das ich nicht einmal im Traume nachzudenken wünschte. Es könnte gesundheitsschädlich sein.»
«Warum könnte es denn gesundheitsschädlich sein?»
«Ich weiß nicht. Ich möchte aber genauso wenig darüber nachdenken, wie das Messer *in* meine Wohnung gekommen ist, wie darüber, wie es *aus* meiner Wohnung gekommen ist.»
«Sie meinen jedesmal dàsselbe Messer?»
«Nein, nicht jedesmal dasselbe Messer, Mr. Selby», erwiderte sie mit quälendem Spott.
«Wollen Sie damit sagen, daß es zwei gab?»
«Natürlich gab es zwei.»
«Unterhalten wir uns erst mal über das erste Messer.»
«Welch ein weiser Spruch! Das erste Messer zuerst. Das Erste zuerst. Das Erste kommt zuerst und das Letzte zuletzt.»
«Haben Sie es dazu benützt, um Eve Dawson zu töten?»
«Ich habe Eve Dawson nicht getötet. Um alles in der Welt hätte ich es nicht getan, nachdem mein erster Versuch fehlgeschlagen war.»

«Welch erster Versuch?»
«In der Nacht, in der ich auf sie geschossen habe. Ich sollte Ihnen ja das alles nicht erzählen, aber ich bin heute abend zum Schwatzen aufgelegt, und wir können genauso gut diese ganze Sache jetzt bereinigen. Während der Party bei Melvins habe ich auf sie geschossen. Aber warum erzähle ich Ihnen denn das alles?»
Selby merkte, daß, wenn er sie in dieser Stimmung halten könnte, sie ungeachtet ihrer Vorsicht, doch noch jemanden beschuldigen würde.
Aber die Wirkung der Droge war im Abklingen. Obwohl sie noch immer das Bedürfnis zu reden hatte und den kleinsten Vorwand dazu benützte, um über ihre persönlichen Angelegenheiten zu plappern, erkannte sie allmählich doch, wie töricht es für sie war, sich dem District Attorney anzuvertrauen.
Während Selby auf Mittel und Wege sann, wie er noch mehr von ihr erfahren könnte, hörte er aus dem anderen Zimmer der Wohnung ärgerliche Stimmen.
Dr. Demings Stimme erhob sich protestierend. Dann hörte Selby Sylvia Martin sagen: «Ohne Haussuchungsbefehl können Sie meine Wohnung nicht durchsuchen!»
A. B. Carrs Stimme, wohlklingend und Autorität ausstrahlend, ließ sich vernehmen: «Binnen fünf Minuten werden wir einen Haussuchungsbefehl haben. Außerdem liegt ein Habeaskorpus-Antrag vor, und wenn das nicht ausreicht, werden wir den F. B. I. zuziehen.»
Eleanor Harlan kicherte. «Das ist Old A. B. C.», sagte sie zu Selby. «Er ist gerissen, nicht wahr? Er hat die ganze Geschichte arrangiert, aber Sie konnten ihm nichts nachweisen. Er hinterläßt nie eine Spur. Sie müssen sich vor ihm in acht nehmen. Lassen Sie sich von ihm nie zum Trinken einladen, wenn Sie bei ihm zu Hause sind. Er hat eine transportable Bar. Wenn er die öffnet, überträgt ein verstecktes Mikrophon alles, was Sie sprechen, auf eine Wachsschallplatte. Und dann hat Old A. B. C. Sie am Schlafittchen.»
«Hat er Ihnen heute nachmittag Konfekt gebracht?» fragte Selby.
«Himmel, nein. Nicht Carr. Der hat mir kein Konfekt gebracht. Milton Granby kam mich besuchen und brachte die Pralinen mit.»

Eine Stimme, die sich laut schreiend bemerkbar zu machen suchte, geiferte: «Ich bin Ellery Fairbanks, der Obmann der Geschworenen. Ich nehme an, ich habe etwas darüber zu sagen, was in diesem Ort vor sich geht! Der Polizeichef von Madison City befindet sich auf dem Weg hierher mit einem Haussuchungsbefehl, und ich werde hierbleiben, bis er kommt.»

Brandon und Selby sahen sich an.

«Nanu», rief Eleanor Harlan munter, «hört sich an wie ein netter kleiner Aufruhr, nicht wahr? Geben wir eine Party?»

Brandon steuerte auf die Wohnzimmertür zu. Selby zögerte einen Augenblick, dann folgte er ihm, aber er achtete auf die Tür und hielt sie so, daß es für die anderen unmöglich war, Eleanor Harlan auf dem Bett zu sehen.

In der Mitte des Zimmers stand Ellery Fairbanks und schlug mit der Faust auf den Tisch.

Dr. Deming, der auf der Lehne eines dickgepolsterten Sessels saß, rauchte unbekümmert eine Zigarette.

Carr, groß und würdevoll, hatte seine Cowboymaskerade abgelegt und trug jetzt einen tadellos geschnittenen grauen Zweireiher. Seine ruhige Autorität und sichere Überlegenheit zogen immer wieder Sylvia Martins besorgte Blicke auf sich.

«Sieh da», sagte Carr. «Welch eine Überraschung! Der Sheriff und der District Attorney! Weshalb sind denn die Herren hier?»

Fairbanks hörte auf, den Tisch mit den Fäusten zu bearbeiten. Er starrte mit offenem Mund die beiden Beamten an. «Also so ist das», sagte er dann.

Sylvia Martin benützte die Ablenkung, die durch das Erscheinen Selbys und Rex Brandons entstanden war, um leise durch die Tür ins Schlafzimmer zu schlüpfen.

«Aus welchem Grund haben Sie einen Haussuchungsbefehl, Carr?» fragte Selby.

«Der Haussuchungsbefehl», erklärte Carr mit kaltem Zorn, «wird im Interesse meiner Klientin Eleanor Harlan vollstreckt, die, wie ich gehört habe, von dieser Reporterin mit voller Absicht unter den Einfluß einer Droge gesetzt wurde, um ein Interview von ihr zu bekommen. Selby, ich brauche Ihnen ja wohl nicht zu sagen, daß ich jetzt keine Rücksicht mehr nehmen kann. Eine Habeaskorpus-Verfügung ist beantragt, und zudem fällt, wie Sie ja wissen dürften, Entführung und Freiheitsberaubung in den Zuständigkeitsbereich des F. B. I.»

«Eine schöne Reklame, die Sie für diesen Bezirk da machen!» brüllte Fairbanks. «Gewissenlose Politiker, die eine alte Rechnung begleichen wollen! Sie sind beide ja völlig verrückt auf Publicity. Einen simplen Selbstmord wollen Sie in einen Mord verdrehen und Staub aufwirbeln!»

«Sie reden viel», sagte Brandon.

«Ja, ich rede viel», schrie Fairbanks ihn an, «und Sie werden mich noch kennenlernen. Die Mehrheit der Geschworenen steht hinter mir, und wir werden . . .»

Carr schien seine Stimme nicht zu erheben und doch ließen seine Worte den Tobenden mit Leichtigkeit verstummen.

«Ich warne Sie, Selby, ich bringe diese Sache vors Gericht.»

«Was denn?»

«Sie haben Ihre Befugnisse überschritten. Sie sind in die Wohnung meiner Klientin eingedrungen. Sie haben ihr heimtükkisch ein Mittel eingegeben, um sie zum Reden zu bringen. Sie haben sie aus ihrem Bezirk, in dem sie wohnt, hierher gelockt. Außerdem haben Sie vor, die Aussagen eines unter dem Einfluß von Drogen stehenden Mädchens in der Presse zu veröffentlichen, um einen perfekten Mord zu konstruieren, den Sie in Ihrer Phantasie erfunden haben.»

«Sie beschuldigen mich also, Miss Harlan irgendein Mittel beigebracht zu haben?» fragte Selby.

«Es geschah mit Ihrer Duldung. Ich bin mir dessen sicher.»

«Und Ihre Klientin entführt zu haben?»

«Sie haben sie entweder selbst entführt oder haben sich mitschuldig gemacht. Auf jeden Fall ziehen Sie Nutzen aus dieser Entführung.»

Dr. Deming wollte protestieren. «Aber, meine Herren, meine Patientin ist . . .»

«Augenblick», unterbrach ihn Selby. «Wenn es Ihnen nichts ausmacht, Doktor, werden wir keinerlei Erklärungen abgeben.»

«Keinerlei Erklärungen abgeben!» donnerte Fairbanks. «Das werden wir ja sehen. Otto Larkin ist für Madison City zuständig, und daß ausgerechnet Sie die Polizeigewalt des Bezirks repräsentieren, bedeutet noch lange nicht, daß Sie sich über alles . . .»

Vor der Tür waren schwere Tritte zu hören. Die Klinke wurde hinuntergedrückt, und Otto Larkin, der Polizeichef von Madison City, schob seine große, dickbäuchige Gestalt durch die

Tür. Sein Gesicht verzog sich zu einem gekünstelten Lächeln. Seine Augen, die über den Speckfalten seines Gesichtes glitzerten, beobachteten aufmerksam jede Bewegung im Raum.
«Was ist denn hier los?» fragte er und gab sich Mühe, seiner Stimme einen jovialen Klang zu geben.
«Sie bringen den Haussuchungsbefehl!» kreischte Fairbanks. «Fangen Sie an und vollstrecken Sie ihn!»
Larkin fragte den Sheriff: «Halten Sie eine gewisse Eleanor Harlan hier gefangen?»
«Gefangen?»
«Genau das ist es, was ich sagte.»
Brandon schüttelte den Kopf.
«Ich habe eine an Sie gerichtete Habeaskorpus-Order.»
Brandon streckte seine Hand aus. «Also stellen Sie sie zu.»
«Schon geschehen», sagte Larkin, indem er ein zusammengefaltetes Papier in Brandons Hand legte.
«Diese Verfügung ordnet an, Eleanor Harlan dem Gerichtshof dieses Bezirks morgen nachmittag um zwei Uhr vorzuführen», sagte A. B. Carr, «und sie ordnet an, daß Eleanor Harlan gegen eine Kaution von eintausend Dollar auf freien Fuß gesetzt wird. Die Kaution steht mir in bar zur Verfügung. Ich möchte, daß sie freigelassen wird.»
«Ich verstehe», sagte Brandon.
«Hier ist außerdem ein Haussuchungsbefehl für die Wohnung von Sylvia Martin», erklärte Larkin. «Ich will keinen Ärger haben, und ich bitte jeden der Anwesenden mich bei der Durchführung dieses Befehls zu unterstützen. Wo ist Sylvia Martin?»
«Vor einer Minute war sie noch hier. Ich glaube, sie verschwand ins Schlafzimmer», sagte Fairbanks und begann wieder mit seiner Faust zu trommeln. «Wenn Eleanor Harlan irgendein Mittel verabreicht wurde, um sie zur Aussage zu zwingen, mit anderen Worten: wenn ihr von irgend jemand irgendwelche Mittel ohne ihre Zustimmung eingegeben wurden, gibt das eine Untersuchung durch die Geschworenen.»
Larkin wedelte mit dem Haussuchungsbefehl in seiner Hand. «Wir werden sehr bald herausfinden, ob ihr ein Mittel verabreicht wurde oder nicht.»
Er ging auf die Tür des Schlafzimmers zu, wollte gerade seine Hand auf die Klinke legen, besann sich dann anders und klopfte gebieterisch an die Tür.

Keine Antwort.
Otto Larkin sagte: «Ich bin der Polizeichef von Madison City. Ich habe einen Haussuchungsbefehl für diese Wohnung, um eine Person namens Eleanor Harlan zu finden, die unrechtmäßig festgehalten wird. Im Namen des Gesetzes, öffnen Sie die Tür!»
Nicht das kleinste Geräusch war zu hören.
Larkin drückte die Klinke nieder und öffnete die Tür. Selby und Brandon kamen langsam näher und stellten sich hinter ihn, als er ins Schlafzimmer trat.
Das Zimmer war leer.

## 21

Als Brandon und Selby das Vorzimmer des Sheriffs betraten, sah der Wachtmeister von seinen Schreibarbeiten auf und meldete: «Ich habe überall versucht, Sie zu erreichen, Sheriff; ein Anruf kam von der Verkehrsabteilung.»
«Was ist denn passiert?»
«Sie sahen eine Frau am Steuer eines Personenwagens, der im Zickzack durch die Straßen fuhr. Ehe die Streife sie einholen konnte, kollidierte sie mit einem anderen Wagen. Nichts Ernstes. Aber nur, weil die Frau die Bremse erwischt hat. Sie ist völlig benebelt. Aber kein Alkohol.»
«Was weiter?»
«Das wäre alles. Bevor sie das Bewußtsein ganz verlor, bat sie den Polizisten, sich mit Ihnen in Verbindung zu setzen. Sie sagte: ‹Pralinen – sagen Sie es Sheriff Brandon› und ‹Ich bin Paula Melvins Mutter›. Dann wurde sie bewußtlos.»
Brandon hatte es jetzt eilig. «Rufen Sie sofort Dr. Deming an. Sie können ihn in der Wohnung von Sylvia Martin erreichen. Sagen Sie ihm, er soll mit seiner Instrumententasche so schnell wie möglich nach Las Alidas in das Haus von Jim Melvin kommen. Die Frau von dem Autounfall lassen Sie ebenfalls dorthin bringen.»
«Komm!» rief Selby und ging zur Tür. «Jede Minute ist kostbar.»
Hastig sprangen sie die Stufen des Gerichtsgebäudes hinunter.

Als Brandon die Autotür zuknallte, sagte Selby: «Rex, wir brauchen etwas Konfekt.»
«Warum?»
«Der Mörder würde nie auch nur ein Stück der vergifteten Pralinen in Eleanor Harlans Wohnung gelassen haben. Und doch war Konfekt da, und zwar einwandfreies Konfekt.»
«Das verstehe ich nicht.»
«Das einwandfreie Konfekt ist Granbys Alibi für den Fall, daß jemand die Pralinen mit seinem Besuch in Verbindung bringt.»
«Aber wozu brauchst *du* dann Konfekt?»
«Vielleicht will ich ein wenig damit zaubern, Rex.»
Brandon hielt den Wagen vor einem Süßwarengeschäft an und folgte Selby in den Laden.
«Ein halbes Pfund von Ihren besten Pralinen», bat Selby, «von der gemischten Sorte. Schnell!»
Ungeduldig warteten sie, während das Mädchen hinter dem Ladentisch, das ihre Eile mit schlecht verhehlter Neugier bemerkte, eine Packung ergriff, sie Selby aushändigte und die Ladenkasse in Betrieb setzte.
Die beiden Beamten eilten aus dem Laden, ohne sich um die neugierigen Blicke der Passanten zu kümmern. Sie liefen über den Bürgersteig, rissen die Tür des großen Wagens auf und sprangen hinein.
Brandon spürte eine Bewegung hinter sich, als sich das Verlagern eines Körpers auf die Federung des Wagens auswirkte. Augenblicklich wirbelte er herum, und seine Hand fuhr blitzschnell ans Schulterhalfter.
«Nicht schießen!» hörten sie Sylvias vor Lachen erstickte Stimme. «Gut Freund!»
«Sylvia! Was, zum Kuckuck, machst du hier?» fragte Selby.
«Ich bin auf der Flucht vor dem Gesetz und zusammengekrümmt wie ein Schlangenmensch. Wäre es vielleicht zuviel verlangt, Sheriff, wenn ich Sie bitten würde, den Motor anzulassen und aus dieser beleuchteten Gegend wegzufahren? Ich sehe meinen Steckbrief schon an allen Litfaßsäulen kleben, und meine Muskeln schmerzen.»
«Was ist geschehen?» fragte Selby, während Brandon den Wagen in Bewegung setzte.
«Ich habe so das Gefühl, daß Otto Larkin mich gerne kaltstellen möchte.»

«Wie bist du ihm entkommen, Sylvia?»
«Eleanor Harlan war vollständig angekleidet. Von meinem Schlafzimmer führt eine Tür zum Korridor und ...»
«Das meine ich nicht, darüber wissen wir Bescheid, aber Larkin hat Großalarm gegeben. Alle Polizisten der Stadt sind auf den Beinen.»
Sylvia lachte. «Ich wußte, daß man mich fassen würde, sobald ich mich zeigte. Also sauste ich mit Eleanor Harlan zum nächsten Autohof und schnappte mir die letzte freie Kabine. Ich wette, keine drei Minuten, nachdem wir meine Wohnung verlassen hatten, waren wir drin.»
«Larkin wird die Autohöfe kontrollieren», meinte Selby, während der Sheriff den Gashebel durchtrat.
«Natürlich wird er das tun», stimmte Sylvia ihm bei. «Aber nur die Eintragungen, und ich trug mich ein als Anita Smith und Schwester aus San Diego.»
«Larkin wird nach der Zeit sehen und ...»
«Du würdest nach der Zeit sehen, aber nicht Larkin. Himmel, ist das ein Stoff für den *Clarion*, aber so explosiv, daß ich nicht den Mut habe, davon zu berichten, solange keine offiziellen Schritte unternommen werden. Du mußt dieses Mädchen vor die Geschworenen bringen.»
«Du kennst doch die Meinung der Geschworenen, Sylvia.»
«Ich glaube nicht, daß Fairbanks die Sache auch nur halb so gut eingefädelt hat, wie er denkt. Ihr habt gute Freunde unter den Geschworenen, Doug, und wenn die erst Eleanor Harlans Geschichte gehört haben ...»
«Wird sie ihre Geschichte auch erzählen, wenn die Wirkung der Droge erloschen ist?»
«Sie muß es einfach!»
«Sie gab zu, daß sie auf Eve Dawson geschossen hat. Das wird sie auf keinen Fall vor Gericht ...»
«Ich glaube, sie wird doch, Doug. Ich glaube, sie ist gezwungen dazu.»
«Wieso?»
«Ich werde dir erzählen, warum — aber erst möchte ich wissen, wohin wir fahren.»
«Mrs. Kane, Paulas Mutter, hat einen Unfall gehabt.»
«Doug, meinst du, daß sie ... daß jemand versucht hat, sie ...»

«Nicht so, wie du denkst. Aber es kommt ungefähr auf das gleiche heraus. Man hat ihr augenscheinlich eine große Dosis eines Schlafmittels beibringen können, genau auf die gleiche Art wie bei Eleanor Harlan.»
«Im Konfekt?»
«Ganz recht.»
«Darum also — und warum hast du Pralinen gekauft?»
«Das ist der Köder für eine Falle. — Jetzt fahren wir nach Las Alidas, um Paula Melvin zu besuchen.»
«Meinst du, daß sie etwas darüber weiß?»
«Ich würde nicht erstaunt sein, wenn wir sie in tiefem Schlaf vorfänden.»
«Oh! Oh!»
«Sag uns jetzt, was du von Eleanor Harlan weißt, Sylvia.»
«Diese Herren, mit denen du es jetzt zu tun hast, Doug, veranstalten eine Menge Gesellschaften. Und dabei brauchen sie Mädchen, um die männlichen Gäste bei guter Laune zu halten. Eleanor Harlan und Eve Dawson waren keine Spielverderber, und sie wurden sehr oft eingeladen.
Eleanor machte daraus kein Geheimnis. Sie liebte dieses Leben, und es gefiel ihr, Ausflüge auf Jachten zu machen, in Nachtclubs zu gehen und die große Dame zu spielen. Aber sie war immer auf ihre finanzielle Unabhängigkeit bedacht. Sie hatte einen Beruf und ging ihrer Arbeit nach, wenn diese auch nicht viel von ihrer Zeit in Anspruch nahm und wahrscheinlich durch Protektion vermittelt wurde.»
«Und was ist mit Eve Dawson?»
«Eve Dawson neigte dazu, sich treiben zu lassen und die Dinge mehr auf die leichte Schulter zu nehmen.»
«Was geschah dann?»
«Im Laufe der Zeit wurde Eleanor Harlan Hudson Parlins Privatbesitz. Sie wurde seine anerkannte Freundin, fungierte auf dessen Parties als eine Art Gastgeberin und wußte allmählich gut in seinen Geschäften Bescheid.
Parlin hatte von einer ziemlich heißen Sache Wind bekommen, die Morris Sheldon, den Bürgermeister von Las Alidas, betraf. Es ist ihm gelungen, sich gewisse Papiere zu verschaffen, und er wollte damit seine Suppe kochen. Morris Sheldon sollte die Unterlagen unter solchen Umständen zurückbekommen, daß er sehr wohl merkte, daß er Parlin ausgeliefert war.

Die Papiere, was sie auch immer waren, hat Parlin Eleanor Harlan in Verwahrung gegeben, und das hat Eve Dawson auf irgendeine Art erfahren. Eve wurde allmählich verbittert und redete dauernd davon, daß sie mit ihrem jetzigen Leben Schluß machen wollte, wenn sie nur noch vorher einen großen Coup landen könnte.
Wahrscheinlich dachte sie, daß die Sache mit Sheldon eine günstige Gelegenheit für sie wäre. In der Nacht, als Jim Melvin die Party gab, stahl sie die Papiere und wollte damit zu Morris Sheldon und den Finderlohn kassieren. Eleanor Harlan merkte, was geschehen war, und folgte ihr. In der Garage trafen sie sich, und es gab eine heftige Streiterei. Eve Dawson zog einen Revolver, und Eleanor Harlan, die mutig genug dazu ist, ging einfach darauf zu und versuchte den Revolver zu packen. Sie kämpften um ihn und – nun, es ist die gleiche Geschichte. Während des Handgemenges entlud sich der Revolver. Morris Sheldon war nicht auf der Party, aber Milton Granby. Und Granby hatte wahrscheinlich am Telefon mit Eve Dawson über diese Papiere gesprochen, die sein Schwager unter allen Umständen wieder in seinen Besitz bringen wollte.»
«Was geschah mit den Papieren?»
«Babe Harlan nahm sie wieder an sich und machte, daß sie fortkam.
Milton Granby fand Eve Dawson in der Garage liegen. Er hatte sich sicher irgendwo in der Nähe aufgehalten und kam angerannt, sobald er den Schuß gehört hatte.»
«Besteht nicht die Möglichkeit, daß es gelogen ist und daß Granby derjenige war, der auf sie geschossen hat?»
«Ich glaube das nicht, Doug. Was die Harlan mir sagte, schien glaubhaft.»
«Gut, und weiter?»
«Granby beriet sich mit Melvin, und die beiden zogen Carr zu Rate. Sie verabredeten, daß einer dem anderen ein Alibi geben würde. Carr dachte sich eine Geschichte aus, nach der alle beieinander gewesen sein sollten, als der Schuß fiel, und daß sie dann später einen betrunkenen Gast entdeckt hätten, der sich aus Versehen in den Arm geschossen hatte. Er studierte ihre Rollen ein und lieferte dabei ein Meisterstück.»
«Und ob», brummte Brandon, «ich will verdammt sein, wenn mich Granby nicht zum Narren gehalten hat mit seinem Mär-

chen von dem Burschen mit dem verbundenen Arm auf dem Bett.»
«Und wer hat Eve Dawson getötet?» fragte Selby.
«Das weiß Eleanor Harlan nicht, aber irgend jemand hat die Mordwaffe aus ihrer Wohnung gestohlen. Sie sagt, sie hätte nicht die leiseste Ahnung, wer es war. Und Carr war irgendeiner unbekannten Ursache wegen äußerst besorgt, daß man herausfinden könnte, daß das Messer ihr gehörte. Er wollte sicher sein, daß sie ein zweites Messer habe, das sie als das bezeichnen könnte, das sich schon seit eh und je in ihrem Besitz befand.»
«Glaubst du wirklich, daß Eleanor Harlan den Schuß abgegeben hat, durch den Eve Dawson verletzt wurde?»
«Sie sagt, daß sie es getan hat.»
«Sie hat dir auch gesagt, daß die Geschichte, wie sie uns Milton Granby zum besten gab und wonach Carr und Melvin zu der Zeit, als der Schuß fiel, mit ihm zusammen waren, sich Carr ausgedacht hat?»
«Ganz recht.»
«Dann waren die drei also nicht beisammen, als der Schuß abgegeben wurde?»
«Nein.»
«Niemand weiß, wo Melvin war?»
«Niemand weiß, wo Melvin war. Niemand weiß, wo Carr war. Niemand weiß, wo Granby war.»
«Wenn wir in Las Alidas fertig sind», sagte Brandon, «werden wir auf jeden Fall mit Eleanor Harlan reden müssen.»

## 22

Vor Melvins Haus hielt der Sheriff den Wagen an.
«Das Licht brennt», sagte er.
«Das hat nichts zu bedeuten», meinte Selby.
Sie rannten die Treppe zur Haustür hinauf und klingelten. Niemand antwortete, kein Geräusch kam aus dem stillen Haus. Noch zweimal drückten sie auf die Klingel, klopften und wetterten mit Fäusten und Füßen an die Tür und vollführten einen Krawall, der durch das ganze Hausinnere hallte.

Keine Antwort. Das Haus blieb vollkommen still.
Selby stellte sich auf die Schultern des Sheriffs, und so gelang es ihm, das Fenster der Speisekammer zu öffnen und hindurchzuklettern.
Paula lag in tiefem Schlaf, vollkommen der Welt entrückt, im Sessel zusammengesunken, während die Leselampe sie in ein mildes Licht hüllte, das ihr Haar zu einer schimmernden Wolke machte. Ihr Buch lag auf dem Boden, wie es aus ihren leblosen Händen gefallen war.
Selby wandte nur einen kurzen Blick auf sie, dann lief er zur Tür und ließ Brandon und Sylvia herein. Zu dritt versuchten sie jetzt, Paula aufzuwecken, aber ihre Bemühungen waren erfolglos. Paula reagierte überhaupt nicht, und ihre Muskeln waren völlig schlaff.
Sie wollten es eben mit kaltem Wasser versuchen, als sie eine Polizeisirene hörten, und einige Sekunden später betraten der Wachtmeister und Dr. Deming das Haus.
«Was gibt es denn?» fragte der Arzt.
«Noch eine», erwiderte Brandon grimmig, «und die dritte kommt gleich. Da haben Sie genügend Beschäftigung.»
Dr. Deming fühlte Paula den Puls, hob eines ihrer Augenlider, besah sich die Pupille und nickte dann.
«Sind wir noch zur rechten Zeit gekommen?» fragte Selby.
«Ich hoffe es. Aber sie muß sofort ins Bett.»
Sie trugen Paula die Treppe hinauf ins Schlafzimmer. Dr. Deming öffnete seine Instrumententasche und machte sich an die Arbeit.
Er nickte Sylvia Martin zu und sagte: «Also, Sylvia, das weitere ist Ihre Sache. Ich möchte, daß sie ganz entkleidet wird. Dann gießen Sie kaltes Wasser in die Waschschüssel im Bad und heißes Wasser in die Badewanne. Holen Sie alle Handtücher, die Sie finden können; mir bringen Sie einen Krug mit lauwarmem Wasser, und dann sage ich Ihnen, was weiter zu tun ist.»
Der Arzt machte mit dem Kopf eine schnelle Bewegung zur Tür, warf dem Sheriff und dem District Attorney einen Blick zu und fuhr fort: «Ich werde Sie rufen, sobald wir wissen, woran wir sind.»
Die Sirene eines Krankenwagens verwandelte ihr Heulen in ein klagendes Stöhnen. Vor der Haustür waren Schritte zu hö-

ren, und zwei Sanitäter brachten die ohnmächtige Doris Kane auf einer Tragbahre herein.
«Bringen Sie sie nach oben», befahl Brandon. «Dort ist der Arzt schon an der Arbeit.»
Er wartete, bis Mrs. Kane zu Bett gebracht und die Sanitäter gegangen waren, dann meinte er zu Selby: «Wollen wir uns nicht ein wenig umsehen, Doug? Die Gelegenheit ist günstig.»
Sie fanden die offene Bonbondose auf dem Tisch im Wohnzimmer. Es waren einige kleine Geleebonbons darin und Fruchtbonbons, aber kein Konfekt.
«Waren diese Bonbons vergiftet?» fragte Brandon.
«Das bezweifle ich», erwiderte Selby, öffnete die Pralinenpakkung, die er in Madison City gekauft hatte, und legte zwei Pralinen einladend oben auf die Bonbons.
«Nur zwei?» fragte der Sheriff.
«Ich wünschte, ich wüßte darauf eine Antwort, Rex. Zwei sollten genug sein. Ich werde es aber immerhin noch mit einer weiteren versuchen.»
«Macht es denn was aus, wenn du zuviel hinlegst?»
«Es macht sehr viel aus. Der Mann, der das präparierte Konfekt verteilte, wird wissen, wieviel er verteilt hat. Um sich in unserer Falle zu fangen, muß er zunächst erfahren, daß Paula und ihre Mutter seinem Anschlag zum Opfer fielen. Daher müssen wenigstens zwei oder drei Pralinen weniger in der Dose sein, als er hineingelegt hat. Wenn es dieselbe Anzahl ist, oder wenn es mehr sind, haben wir unsere eigene Absicht zunichte gemacht.»
Brandon nickte. «Das ist dein Spiel, Doug. Mach, was du willst.»
Selby zögerte einen Augenblick, legte dann eine vierte Praline dazu, trat einen Schritt zurück, sah auf die Dose, schüttelte den Kopf, nahm die vierte Praline wieder weg und tat sie zurück in seine Packung, so daß noch drei blieben.
«Wenn man es so bedenkt», meinte Brandon, «dann muß es einfach Jim Melvin sein.»
Vor dem Haus hielt ein Wagen, Schritte waren zu vernehmen, ein Schlüssel drehte sich im Schloß, und mit triumphierendem Lachen sprach Jim Melvins Stimme: «Na, das war vielleicht ein Kampf!»
Der Wind war jetzt abgeflaut und hatte eine Ruhe hinterlas-

sen, in der sich die trockene Kälte höchst unangenehm bemerkbar machte.
Hudson Parlins unbekümmertes Lachen zeigte lautstark seine Zufriedenheit. «Jim, mein Junge. Sie waren fabelhaft. Sie haben ganze Arbeit geleistet.»
«Ich glaube, ich habe Granby einiges zu verdanken.»
«Granby!» schnaubte Parlin, «dieser . . .»
Er verstummte.
«Was ist los?» fragte Melvin.
«Sie scheinen Besuch zu haben.»
Melvin ging voraus ins Zimmer, sah die beiden Beamten und fing an zu schimpfen: «Was machen Sie hier? Wer hat Sie reingelassen?»
«Wir müssen mit Ihnen reden», sagte der Sheriff.
«Mir scheint, das ist alles, was Sie bis jetzt getan haben – mit mir zu reden! Wie kamen Sie überhaupt rein? Wo ist Paula? Was hat das alles zu bedeuten?»
«Setzen Sie sich», beruhigte ihn Selby, «und spielen Sie nicht verrückt.»
«Ich wunderte mich schon über diese vielen Wagen vor dem Haus. Hören Sie, wer ist oben?»
«Ihre Frau hat Besuch. Aber setzen Sie sich doch einen Moment, ich möchte Sie etwas fragen.»
«Fangen Sie an, damit wir es hinter uns bringen.»
«Meine Herren», mischte sich Parlin ein, «es scheint mir, als ob . . .»
«Ja, fahren Sie fort», forderte Selby ihn auf.
«Ach, nichts.»
Melvin nahm sich eine Praline aus der Dose. «Lassen Sie hören.»
Prompt holte sich Parlin die übrigen Pralinen heraus und etwa ein Dutzend der kleinen Geleebonbons, lehnte sich in den Sessel zurück, in dem Paula gesessen hatte, lutschte an einem Bonbon und hörte zu.
«Ihre Frau ist oben», sagte Selby. «Ein Arzt ist um sie bemüht.»
«Paula! Was ist geschehen?»
«Offenbar hat sie eine große Dosis eines Schlafmittels eingenommen.»
«Welcher Arzt?»

«Ein Arzt, den ich gerufen habe.»
Melvin glitt von der Tischkante herunter und stürmte die Treppe hinauf.
«Du lieber Himmel», meinte Parlin, «Paula hatte doch keinen Grund, ihrem Leben ein Ende zu setzen. Sie . . . Ach, es ist absurd!»
«Ich sagte nicht, daß sie versucht hätte, ihrem Leben ein Ende zu setzen.»
«Was meinen Sie dann? Sie können doch sicher nicht annehmen, daß sie . . . daß ihr jemand das Mittel heimlich beigebracht hat.»
«Es wäre möglich.»
«Ich verstehe nicht, wie.»
Melvins aufgeregte Stimme kam von oben: «Parlin, kommen Sie doch mal rauf, ich brauche einen Zeugen.»
Parlin war schon am Fuß der Treppe, als die Klingel schrillte.
«Soll ich die Tür öffnen?» rief er hinauf.
«Es wird Granby sein. Lassen Sie ihn herein.»
Bedeutungsvoll blinzelte Selby Brandon zu, erhob sich dann und legte wieder zwei Pralinen in die Dose.
Parlin öffnete die Tür. «Hallo, Granby!» sagte er und fügte dann schnell in warnendem Ton hinzu: «Wir haben amtlichen Besuch.»
«Oh, guten Tag!» grüßte Granby ins Zimmer hinein. «Wie geht's, meine Herren? Alles in Ordnung?»
«Leider nein», erwiderte Selby. «Mrs. Melvin hat anscheinend zuviel Schlaftabletten genommen.»
Granby schnalzte mit der Zunge.
«Ist das nicht eine ziemlich vorschnelle Behauptung, Mr. Selby?» fragte Parlin.
«Vielleicht», gab Selby lakonisch zu.
Von oben hörten sie wieder Jim Melvin rufen: «Parlin, würde es Ihnen was ausmachen, wenn Sie jetzt heraufkämen?»
«Aber nein!» erwiderte der und stieg schwerfällig die Treppe empor.
Selby fing einen Blick von Rex Brandon auf, holte das braune Brillenetui aus seiner Tasche und legte es auf den Aschenbecher, der in der Nähe des Tisches auf einer Konsole stand.
Granby trat näher, legte sein Gesicht in düstere Falten und sprach mit salbungsvoller Stimme: «Das tut mir aber wirklich

leid. Wie konnte es denn geschehen? Ich sah den Streifenwagen durch die Stadt rasen und . . .»

«und Sie vermuteten, daß er hierher fahre?» fragte Selby.

Granby bewegte sich auf die Dose zu. «Der arme Jim hat wirklich genug Unglück. Aber immerhin konnte ich ihm bei seinen Verhandlungen mit der Stadt unter die Arme greifen.»

«Gibt's was Neues in dieser Sache?»

«Nichts. Außer, daß ihm der Weg jetzt offensteht.»

Selby warf Brandon einen Blick zu. «Ich dachte nur, daß sich vielleicht Neuigkeiten ergeben hätten, weil Sie ihn sehen wollten.»

Granby räusperte sich. «Tja», meinte er, «ich wollte mit ihm ein wenig über die Einzelheiten reden.»

Er streckte seine Hand in Richtung der Dose aus, besann sich dann aber anders, wandte sich dem Fenster zu und sagte gleichgültig: «Ich kann genausogut eine Weile hier bleiben.» Dann setzte er sich in den Sessel nahe dem Aschenbecher.

Selby blickte zum Sheriff. «Ich würde gerne wissen, was droben los ist.»

«Wir können ja den Arzt fragen», sagte Brandon. «Es interessiert mich auch.»

Granby zündete sich eine Zigarette an, warf das Streichholz in den Aschenbecher, und als er das tat, legte sich seine Hand auf das braune Brillenetui. Er nahm es auf und begann damit herumzuspielen. «Tja, eine sehr fatale Geschichte», murmelte er.

Überraschend und heftig fuhr Brandon ihn an: «Los, Granby, stecken Sie es schon ein.»

Erstaunt blickte ihn dieser an. «Was soll ich einstecken?»

«Ihr Brillenetui.»

«Es gehört nicht mir.»

«Doch. Sie haben es wiedererkannt. Sie nahmen es in die Hand und wollten es gerade in die Tasche stecken, als Ihnen plötzlich einfiel, daß, wenn Ihr Brillenetui irgend jemand hier gefunden und auf diesen Aschenbecher gelegt hatte, Sie es in der Nacht, als Eve Dawson ermordet wurde, verloren haben mußten.»

«Sind Sie verrückt?»

«Warum haben Sie vorhin das Konfekt nicht genommen?»

«Tja, eigentlich mag ich ja Pralinen sehr gern. Aber ich erinnerte mich rechtzeitig an einen schadhaften Zahn. Als ich das

letztemal eine Praline aß, bekam ich ziemlich heftige Zahnschmerzen, und deshalb entschied ich mich, nichts Süßes mehr zu essen, bis ich beim Zahnarzt gewesen wäre.»
«Wann hatten Sie diese Zahnschmerzen?»
«Heute nachmittag.»
«Wo?»
«Hier in der Stadt.»
«Sind Sie sicher, daß es nicht in Los Angeles gewesen ist?»
«Ich war heute nachmittag nicht in Los Angeles.»
«Sie lügen. Sie fuhren nach Los Angeles, besuchten Eleanor Harlan und brachten ihr eine Schachtel Konfekt.»
Granbys Gesicht verzog sich sarkastisch. «Darüber brauche ich Ihnen keine Rechenschaft zu geben.»
«Sie kauften Pralinen für Eleanor Harlan. Einige davon präparierten Sie mit einem starken Schlafmittel. Nachdem Babe eingeschlafen war, steckten Sie den Rest der vergifteten Pralinen in die Tasche, legten als Beweis, daß sie Selbstmord begangen hatte, ein Röhrchen Schlaftabletten neben sie und machten sich davon.»
«Und ich sage Ihnen: Sie sind wahnsinnig!»
«Dann kamen Sie hierher und trafen auf Selby und mich. Sie hatten noch immer das Konfekt in der Tasche. Da Sie noch keine Möglichkeit hatten, es loszuwerden, oder, weil Sie vielleicht Paula und ihre Mutter vorsätzlich töten wollten, legten Sie die vergifteten Pralinen hier in diese Dose.»
«Beschuldigen Sie mich des Mordes an Eve Dawson?»
«Da haben Sie verdammt recht.»
Selby gab Brandon einen Rippenstoß. «Wir meinen es nicht ganz so drastisch, Granby», sagte er. «Aber wir möchten gern mehr darüber wissen, warum Sie Eleanor Harlan besuchten, warum Sie ihr Konfekt brachten und . . .»
Granby funkelte sie an. «Ich habe es satt, mich von Ihnen herumkommandieren zu lassen», schnaubte er. «Ich glaube, Sie haben vergessen, mit wem Sie es zu tun haben. Ich bin nicht ohne Einfluß in diesem Bezirk hier und außerdem der Schwager des Bürgermeisters von Las Alidas.»
Brandon nahm das Brillenetui an sich. «Also gut», meinte er, «aber auf jeden Fall werden wir das Etui als Beweisstück sicherstellen, ehe es Ihnen gelingt, es irgendwie verschwinden zu lassen.»

Sie hörten jemand die Treppe herunterkommen.
Jim Melvin und Hudson Parlin betraten das Zimmer, fühlten die Spannung in dem Gebaren der drei, und Melvin fragte: «Was ist los? Was geht hier vor sich?»
«Sie versuchen mir einen Mord anzudrehen», sagte Granby.
Melvin lachte. «Herzlich willkommen, mein lieber Leidensgenosse! Das gleiche haben sie bei mir versucht.»
Mit einer unbeabsichtigt wirkenden Bewegung streifte Selby Hudson Parlins Mantel. Er konnte zwei rundliche Gegenstände in dessen rechter Seitentasche fühlen.
«Einen Moment, Rex», sagte er.
Aber jetzt durchschaute Parlin Selbys Absicht.
«He!» schrie er. «Was tun Sie da?» und drehte sich mit einem schnellen Schritt von ihm weg.
Selbys Hand griff nach dem Mantel und zerquetschte dabei die Pralinen zu einem klebrigen Brei.
«Wie kommen Sie dazu, einzelne Pralinen in Ihrer Manteltasche herumzutragen?» fragte Selby.
«Ich mag Pralinen und sah zwei in der Dose liegen, verspürte Appetit auf etwas Süßes, nahm sie heraus und noch eine Handvoll Bonbons. Aber die Bonbons waren so sauer, daß ich mir den Geschmack der Schokolade nicht verderben wollte, und deshalb steckte ich die Pralinen einstweilen in die Tasche. Dann bat mich Melvin hinaufzukommen, und ich . . .»
Er brach ab und betrachtete die zwei Pralinen, die in der Dose lagen, mit großen erstaunten Augen.
«So!»rief er plötzlich, «ein abgekartetes Spiel!»
«Ja, eine Falle, und Sie sind hineingestolpert, Parlin. Die präparierten Pralinen befinden sich in Ihrer Tasche. Sie hatten sie in die Dose gelegt, als wir sie überraschten, wie Sie gerade Mrs. Kane erwürgen wollten. Und es ist Ihr Brillenetui, das wir sichergestellt haben. Sie dachten, Sie hätten es verloren, als Sie Eve Dawson ermordeten.»
Parlins Augen verengten sich zu einem schmalen Spalt, während er scharf nachdachte. Dann warf er plötzlich den Kopf zurück und lachte. «Also gut, Mr. District Attorney», sagte er. «Sie haben offenbar eine hohe Meinung von Ihrem Scharfsinn. Sie bluffen. Aber ich bluffe mit. Beweisen Sie, daß dieses Konfekt vergiftet ist.»
Selby gab Brandon einen Wink. «Leg ihm Handschellen an!»

Der Sheriff holte ein Paar Handschellen hervor und ging auf Granby zu.
«Nein, nein, nicht Granby», sagte Selby. «Hudson Parlin.»
«Das ist eine Schande!» rief Jim Melvin. «Verrückte Narren!»
Hudson Parlin hielt seine Handgelenke hin. «Los, ihr Burschen», spottete er. «Ihr habt ein Ei gelegt, jetzt brütet es auch aus, und seht nach, was ausschlüpft. Es wird eine Überraschung für euch sein!»

## 23

Selby und Sylvia Martin setzten sich in den Fond des Polizeiwagens. Sheriff Brandon stieß seinen Gefangenen auf den Vordersitz und mahnte: «Versuchen Sie ja nicht, unterwegs irgendwelche Sachen zu drehen!» Dann ging er um den Wagen herum und kletterte hinter das Steuer.
«Ich möchte meinen Anwalt verständigen», protestierte Parlin, «und ich möchte zum nächst erreichbaren Friedensrichter gebracht werden.»
«Über Ihre Rechte sind Sie gut im Bilde, das muß man sagen», höhnte Brandon. «Haben Sie noch mehr Verhaltungsmaßregeln bekommen?»
«Werden Sie nicht komisch. Melvin weiß, was er zu tun hat. Er wird Rechtsanwalt Carr anrufen, und der wird schon auf uns warten, wenn wir zum Gefängnis kommen.»
«Dann wird er lange warten müssen. Sie kommen nicht ins Gefängnis — wenigstens jetzt noch nicht.»
«Wohin bringen Sie mich dann?»
«Sie werden Eleanor Harlan gegenübergestellt. Zum Glück hatte sie heute ihren redseligen Tag und hat uns alles erzählt, was sie weiß. Wir kennen jetzt die ganze Geschichte. Von da an, wo Eleanor Harlan Eve Dawson angeschossen hatte, bis da, wo Sie, Parlin, das Messer aus Eleanors Wohnung holten und weggingen, um einen Mord zu begehen.»
«Erstens», erklärte Parlin, «hat Ihnen Babe nie etwas Derartiges gesagt. Zweitens hat Babe Eve nicht angeschossen, und drittens habe ich Eve nicht getötet. Wenn es Ihnen Spaß macht, Luftschlösser zu bauen, dann machen Sie nur weiter damit,

aber mich bringen Sie auf dem schnellsten Wege zum nächsten Friedensrichter.»

«Ich habe Sie schon das erstemal verstanden. Aber bevor ich Ihren Wunsch erfüllen kann, werden wir noch eine Verhaftung vornehmen.»

«Wen wollen Sie noch verhaften?»

«Eleanor Harlan.»

«Sie haben wirklich Unternehmungsgeist!»

Brandon wandte sich an Sylvia Martin und fragte: «Wie heißt dieser Autohof, Sylvia?»

«Es ist der ‹Columbian›.»

«Welche Kabine?»

«Nummer zwölf.»

Brandon legte Tempo zu und ließ den großen Wagen an langsameren Fahrzeugen vorbeizischen, während er von Zeit zu Zeit sich mit dem Blaulicht und der Sirene freie Fahrt verschaffte.

«War Paula Melvin bei Bewußtsein, als du gingst?» fragte Selby Sylvia Martin leise.

«Ja.»

«Hast du etwas erfahren können?»

«Sie sagte, es waren . . .» Sylvia lehnte sich hinüber und brachte ihren Mund an Selbys Ohr, so daß es für Parlin unmöglich war, etwas zu verstehen, «sie sagte, es lagen Pralinen in der Dose. Sie wußte aber nicht, wer sie da reingelegt hat. Sie hätte es sich in einem Sessel gemütlich gemacht, um zu lesen, und wäre fürchtbar schläfrig geworden. Sie hätte einfach ihre Augen nicht mehr offenhalten können. Und das ist das letzte, an das sie sich erinnert.»

«Ihre Mutter hat auch von den Pralinen genommen?»

«Sie haben sie sich wahrscheinlich geteilt.»

«Glücklicherweise hatte Mrs. Kane so eine große Dosis intus, daß sich die Wirkung bereits zeigte, bevor sie aus diesem Bezirk heraus war.»

«Ich bekomme eine Gänsehaut, wenn ich nur daran denke.»

«Hoffen wir, daß Eleanor Harlan noch in redseliger Stimmung ist.»

«Doug, es war etwas in ihrem Benehmen, das ich mir nicht erklären kann.»

«Was?»

«Als ich den Autohof verließ, machte sie einen sehr schläfrigen Eindruck. Sie gähnte und gähnte, dann nickte sie ein paarmal mit dem Kopf und hörte auf zu reden. Ich dachte mir, das Stimulans würde allmählich seine Wirkung verlieren, und habe mir weiter keine Sorgen gemacht. Aber als wir uns mit Paula beschäftigten, sprach ich mit Dr. Deming darüber, und der war der Meinung, daß ihr Organismus das Barbiturat bestimmt schon verarbeitet hätte und er sich ihre Schläfrigkeit nicht erklären könne.»

«In einigen Minuten werden wir mehr wissen.»

Sie sahen, wie Parlin seinen Kopf starr nach hinten gedreht hielt und angestrengt zu verstehen suchte, wovon sie redeten, und so schwiegen sie.

Der Wagen raste durch die sternklare Nacht, bis sie die Lichter von Madison City sehen konnten, und dann ein Neonschild, das aber jetzt dunkel war, auf dem «Autohof Columbian» stand. Unter diesem war ein kleines beleuchtetes Schild, das die Worte trug: «Alles besetzt.»

Die Reifen des Polizeiwagens knirschten auf dem Kies, als Brandon den Wagen wendete, um vor der Kabine mit der Nummer zwölf zu halten.

Die Kabine lag dunkel und still im Licht des abnehmenden Mondes.

Brandon warf einen fragenden Blick auf Sylvia Martin.

«Es ist schon alles in Ordnung», beruhigte ihn Sylvia. «Sie ist sicher schlafen gegangen. Ich werde hineingehen und sie wekken.»

Selby öffnete ihr die Wagentür. Sie schenkte ihm ein dankbares Lächeln, sprang auf die kiesbedeckte Auffahrt und lief schnell auf den Eingang der Kabine zu. Sie zögerte kurz, dann drückte sie die Klinke nieder. Die Tür öffnete sich, und die Dunkelheit verschluckte sie.

«Alles Bluff!» sagte Parlin. «Wie die Pralinen, die jetzt ein klebriger Brei in meiner Tasche sind. Ich erwarte, daß man mir meinen Mantel ersetzt.»

Die beiden Beamten erwiderten nichts, sondern blickten gespannt zu der Kabine.

Licht flammte jetzt dort auf, und nach einer Weile kam Sylvia wieder zur Tür. Ihr angstvoll-erstauntes Gesicht, als sie zu Selby blickte und von dem zu Brandon, erklärte ihnen alles.

«Einen Augenblick», sagte sie, «ich möchte noch mit dem Manager sprechen.»
Sylvia lief zum Eingang des Autohofs und klingelte an der Tür des Gebäudes, auf der «Büro» stand.
Einen Augenblick später ging dort das Licht an, und eine gereizte Frauenstimme schimpfte: «Können Sie denn nicht lesen, daß alles besetzt ist?»
«Ich möchte Sie nur einen Augenblick sprechen.»
Sie hörten das Klappen der Tür und eine leise geführte Unterhaltung. Dann kam Sylvia zurück und winkte Selby zu sich.
«Wir sind hereingefallen, Doug.»
«Was ist geschehen?»
«Sie muß sich verstellt haben. Als ich sie verließ, schien sie sanft und selig zu schlafen. Aber die Geschäftsführerin sagte mir, daß Eleanor Harlan, vielmehr meine Schwester aus San Diego, ins Büro gerannt kam und telefonieren wollte, als ich kaum zwei Minuten weg war.»
«Ich nehme an», sagte Selby müde, «daß sie Carr angerufen hat.»
«Ganz recht. Die Frau hat sich die Nummer notiert, weil sie pro Ortsanruf fünf Cent verlangt. Eleanor hat Carr angerufen und ihm gesagt, wo sie ist. Binnen zehn Minuten war Carr hier, hat sie abgeholt und ist fortgefahren.»
Vom Auto aus betrachtete Brandon sie besorgt.
Selby erwiderte seinen Blick und schüttelte schwach, aber unmißverständlich verneinend den Kopf.
Sie gingen zurück zum Wagen.
Parlin fing an zu lachen. «Wieder ein Bluff, der geplatzt ist!» sagte er. «Ich wußte verdammt genau, daß Sie Eleanor Harlan noch nicht an Ihrer Angel haben. Und jetzt verlange ich, daß Sie mich zum nächst erreichbaren Friedensrichter bringen.»

## 24

Es ging auf Mitternacht zu, als der Polizeiwagen vor der palastartigen Villa hielt, die Alfonse Baker Carr in Orange Grove Heights sein eigen nannte.
Die Vorderseite des Hauses war dunkel, aber auf der Rück-

seite, wo sich Carrs Arbeitszimmer befand, brannte Licht. Nachdem er sich leise mit Rex Brandon beraten hatte, drückte Doug Selby seinen Daumen nachdrücklich auf den Klingelknopf und ließ ihn dort so lange, bis er sicher war, daß das Läuten zu Carrs Studierstube gedrungen war.

Selby mußte etwas länger als eine Minute warten, bis das Licht über der Haustür anging. Eine kleine Klappe aus Stahl wurde von dem Spion in der schweren Tür entfernt, so daß das unsichtbare Auge des Mannes im Dunkeln den Vorplatz überblikken konnte.

Dann wurde die Tür aufgerissen. Carrs volltönende Stimme ließ sich hören: «Sieh da, Major Selby!»

«Einfach Doug Selby, wenn ich bitten darf.»

«Entschuldigen Sie, ich möchte nur, daß Ihr Titel nicht in Vergessenheit gerät. Er steht Ihnen gut. Aber es ist doch schon ziemlich spät, um noch einen Besuch zu machen, nicht wahr?»

«Ziemlich spät, das stimmt. Aber es ist kein privater Besuch.»

«Ein offizieller?»

«Ja. So ungefähr.»

«Treten Sie näher. Wo ist denn Ihr unzertrennlicher Kompagnon? Der werte, etwas naive, aber gewissenhafte Sheriff?»

«Ich glaube, es ist besser, wenn wir uns unter vier Augen unterhalten.»

«Sehr aufmerksam. Ein solches Verhalten weiß ich zu würdigen. Kommen Sie doch herein.»

Carr führte seinen Besucher in sein Studierzimmer. Dies war ein Raum, an dessen Wänden sich Bücher über Bücher reihten und der von einem riesigen Schreibtisch beherrscht wurde, der in der Mitte stand und von tiefen, dickgepolsterten Sesseln umgeben war. Es war ein Refugium, das der Bequemlichkeit, der Entspannung und konzentrierter Arbeit dienlich war.

Auf dem Tisch häuften sich Bücher, eins war auf das andere gelegt, und sie waren an den wichtigsten Passagen aufgeschlagen, die Carr gerade studiert hatte.

«Setzen Sie sich doch, bitte, Selby. Fühlen Sie sich wie zu Hause.»

«Danke.»

Selby streckte sich in einem der tiefen Ledersessel aus.

Carr betrachtete den District Attorney mit schlauen, zwinkernden Augen. «Zigarre?» fragte er, «Zigarette?»

«Danke. Ich rauche Pfeife. Wenn es Ihnen nichts ausmacht, dann bleibe ich dabei.»
Selby holte seine Pfeife aus der Tasche, stopfte aromatischen Tabak in den geschwärzten Pfeifenkopf und zündete sie an.
«Es muß sich also um etwas Außergewöhnliches handeln, Selby. Dafür habe ich einen hundertjährigen Rum im Haus. Er ist mild und dickflüssig. Eins zu eins mit Benediktiner gemixt, erhält man ein phantastisches Getränk.»
«Warum nicht?»
Carr ging hinüber zu seiner Hausbar, entnahm ihr Gläser und Flaschen, mixte die Cocktails, stellte einen vor Selby, nahm sich selber einen, lächelte über den Rand des Glases dem District Attorney zu und prostete: «Auf das Verbrechen!»
Beide berührten sie mit den Lippen ihre Gläser und genossen den delikaten Geschmack und das Aroma des Getränks.
«Er ist wirklich einmalig», sagte Selby.
«Freut mich, daß Sie es zu würdigen wissen, Verehrtester.»
Carr machte es sich Selby gegenüber in einem Sessel bequem.
«Und nun», fragte er, «was ist der Grund Ihres Besuches?»
«Heute nachmittag habe ich oft über Sie nachdenken müssen, Carr. Ich erinnere mich noch gut, wie Sie das erstemal in unsere Stadt kamen.»
«Es ist noch gar nicht so lange her.»
«Ein paar Jahre.»
«Ja, ein paar Jahre schon.»
«Erinnern Sie sich noch, daß Sie die Absicht hatten, sich vom Beruf zurückzuziehen? Sie wollten weg von der Großstadt und den Leuten, die Sie mit Arbeit überhäuften.»
«Ganz recht.»
«Sie wollten sich ausruhen und erholen.»
«Genau.»
«Aber», fuhr Selby fort, «wie Sie uns oft erklärten, fanden Sie keine Ruhe. Immer wieder wurden Sie von Ihren Klienten aufgesucht, die nicht auf Sie verzichten wollten und darauf bestanden, von Ihnen vertreten zu werden.»
«Das stimmt.»
«Ist das nicht eine Schande, daß man Sie nicht in Ruhe läßt?»
«Nicht wahr? Es ist eben die Kehrseite des Erfolges. Aber ich kann doch kaum annehmen, daß Sie zu dieser späten Stunde herkamen, um sich mit mir über meine Sorgen zu unterhalten.»

«Doch. Genau das ist es.»
«Tatsächlich?»
«Ja. Und ich möchte Ihnen behilflich sein, Ihren Wunsch zu verwirklichen.»
«Mich zurückzuziehen?»
«Ja.»
Carr lächelte. «Ich glaube nicht, daß ich dazu irgendwelche Hilfe nötig habe, Selby.»
«Meine Dienststelle würde Sie voll und ganz dabei unterstützen.»
Carr lachte herzlich und melodiös. «Demnach bin ich Ihnen ein Dorn im Auge.»
«Genau.»
«Wenn ich Ihnen auch heute nachmittag im Zusammenhang mit Eleanor Harlans Geschichte eine Szene gerechter Empörung vorspielte, werden Sie doch sicher verstehen, daß ich persönlich nicht glaube, daß Sie ihr irgendeine Droge beigebracht oder daß Sie sie entführt haben. Aber immerhin kämpfen wir auf entgegengesetzten Fronten, und was meine Äußerung betrifft, so habe ich bestimmt vor, Sie der unrechtmäßigen Ausnützung einer Zeugin und anderer Unregelmäßigkeiten zu beschuldigen. Ich hoffe, Sie verstehen, daß ich ungeachtet dieses Heckmecks persönlich höchsten Respekt und Wertschätzung für sie habe.»
«Danke.»
«Immerhin haben Sie und der Sheriff sich in keine sehr beneidenswerte Lage gebracht, und ich bekenne freimütig, Selby, daß ich vorhabe, auf Sie einigen Druck auszuüben, wie es der Sheriff genauso tun würde, wenn die Situation umgekehrt wäre.»
«Sylvia Martin brachte Eleanor zum ‹Columbian›.»
«Wirklich?»
«Sie trug sich mit falschem Namen ein und nahm die letzte freie Kabine.»
«Sehr klug von ihr. Dieses Mädchen handelt mit bemerkenswerter Schnelligkeit, wenn Not am Mann ist. Wäre sie mit dem Wagen auf der Straße geblieben, so wäre sie im Handumdrehen aufgegriffen worden. Aber durch diesen schlauen Trick hat sie unseren Polizeichef aus dem Rennen geworfen. Natürlich ist, im Vertrauen gesagt, Otto Larkin keiner, der das Gras wachsen hört.»

«. . . und», fuhr Selby fort, indem er Carrs Bemerkung über den Polizeichef von Madison City geflissentlich überhörte, «als die Droge ihre Wirkung verlor, zeigte es sich, daß Eleanor Harlan selber mit überraschender Eile handeln konnte. Sie gab vor, tief und fest zu schlafen, aber nur, bis Miss Martin sie verlassen hatte. Dann erwachte unser Dornröschen, hat Sie sofort angerufen, und Sie kamen und holten sie.»
«Sehr interessant. Ich nehme an, Sie haben Zeugen für Ihre Behauptung, daß Eleanor Harlan bei mir ist.»
«Um die Wahrheit zu sagen: nein.»
«Ts, ts, wir führen ohne Zweifel eine ungewöhnliche Konversation, Selby. Doch sprechen Sie ruhig weiter, aber erwarten Sie nicht, daß ich irgend etwas zugebe.»
«Vor einigen Stunden gestand Eleanor Harlan im Beisein von Zeugen, daß sie in der Nacht vom Siebzehnten auf den Achtzehnten Eve Dawson angeschossen hat.»
«Ts, ts, Selby, ich hätte Sie wirklich für klüger gehalten. Das Mädchen stand doch unter dem Einfluß von Drogen. Sie hätte Ihnen in dieser Verfassung auch gestanden, daß sie die Jungfrau von Orléans sei.»
«Jemand hat versucht, sie umzubringen.»
Wieder lachte Carr aus vollem Halse. «Selby, Sie haben die naivsten Ideen. Überlegen Sie doch nur, wie sich so eine Behauptung vor Gericht anhören würde.»
«Wie die Wahrheit, nehme ich an.»
«Mein lieber Selby, Sie waren ohne Zweifel mit unserem schätzenswerten, aber etwas verbauerten Sheriff zu lange beisammen. Stellen Sie sich doch nur vor, wie Sie vor den Geschworenen stehen und zu erklären versuchen, wie es dazu kommen konnte, daß, als ich Eleanor Harlan in Ihrem Gewahrsam fand, eine Reporterin anwesend war, die alles, was Eleanor Harlan sagte, mitstenografierte; und ebenso ein Arzt, der von Ihnen gerufen worden war und den Eleanor Harlan noch nie in ihrem Leben gesehen hatte; daß dieser Arzt sie behandelte, ihr Drogen eingab, die sie nicht gewünscht hatte, und daß, als Folge der verabreichten Mittel, die Patientin redselig wurde, Halluzinationen hatte, und unter dem Einfluß dieser mit betrügerischer Absicht verabreichten Mittel wilde Behauptungen aufstellte – und, nebenbei gesagt, von Ihnen beeinflußt wurde. Und dann haben Sie die Stirn, dem Gericht weiszumachen, daß

das Mädchen entweder versucht hatte, Selbstmord zu begehen, oder daß jemand versucht hatte, sie zu ermorden! Sie werden zu erklären versuchen, daß es nur einem Zufall zuzuschreiben sei, daß sie nicht in ein Krankenhaus übergeführt wurde, sich nicht in den Händen ihres eigenen Arztes befand, nicht bei ihren Freunden war, ja nicht einmal in dem Bezirk, in dem sie wohnt, sondern aus diesem Bezirk weggebracht wurde, sich in der Obhut eines fremden Arztes befand und einer Reporterin Löcher in den Bauch redete, als Folge der Drogen, die ihr nur zu dem Zweck verabreicht wurden, sie zum Reden zu bringen! Mein lieber Selby, ich möchte nicht glauben, daß sich ein Mann mit Ihrer Intelligenz jemals freiwillig in eine solche Situation bringen würde. Das wäre ein Debakel. Zu einseitig, um noch ein Wettstreit zu sein.»

«Nichtsdestoweniger», sagte Selby hartnäckig, «glaube ich daran, was Eleanor Harlan mir erzählt hat. Ich glaube es, daß sie in Jim Melvins Garage auf Eve Dawson geschossen hatte. Deshalb habe ich veranlaßt, daß gegen sie Anklage erhoben wird, und ich besitze einen Haftbefehl, der auf ihren Namen lautet.»

Sorgenvoll schüttelte Carr den Kopf. «Das ist sehr unklug von Ihnen. Sie können es nicht wagen, diesen Prozeß durchzudrükken.»

«Doch, das habe ich vor, weil ich von Ihrer Schuld überzeugt bin.»

«Angriff mit einer Waffe?»

«Ganz recht, Angriff mit einer Waffe, in der Absicht, zu töten.»

Wieder schüttelte Carr sorgenvoll den Kopf. «Ich habe Besseres von Ihnen erwartet, Selby.»

«Falls Sie Eleanor Harlan beherbergen, Carr, ist Ihnen jetzt bekannt, daß diese gesucht wird. Und damit es darüber keinen Zweifel geben kann, zeige ich Ihnen jetzt den Haftbefehl, den ich hier in meiner Hand halte.»

Für eine Sekunde fuhr Carr zurück, mit gerunzelter Stirn und vor Zorn gerötetem Gesicht. Dann lächelte er, und aus seinem Lächeln wurde lautes Lachen, das aber ein wenig forciert klang.

«Schlau, Selby! Verdammt schlau! Ich will zugeben, daß Sie meinen Erwartungen gerecht werden, wenn Sie sie nicht sogar übertreffen.

Es ist wirklich ein raffinierter Trick! Sie werden es zwar nicht wagen, Eleanor Harlan vor Gericht zu stellen, weil Sie keinen

Beweis für ihre Schuld haben, aber Sie haben sich einen Haftbefehl für sie besorgt, den Sie mir jetzt zeigen. Demzufolge sind Sie in der Lage, mich der Beihilfe zu beschuldigen, wenn ich die polizeilich gesuchte Person noch beherberge, nachdem ich mit eigenen Augen diesen Haftbefehl gesehen habe. Wirklich ein schlauer Schachzug. Leider wird er Ihnen nichts nützen, da ich nicht weiß, wo sich Eleanor Harlan im Augenblick aufhält.»

«Falls Sie es dennoch wissen, so rate ich Ihnen, sie auszuliefern.»

«Ich kenne das Gesetz sehr gut», sagte Carr lächelnd. «Sie haben es schlau angefangen, Selby, Sie brauchen mir aber nicht wie einem Abc-Schützen Unterricht zu erteilen.»

«Danke. Ich wollte nur sicher sein, daß Sie es verstehen.»

Carr hob sein Glas, nippte an dem Gemisch von Rum und Benediktiner und meinte: «In diesem Fall, Selby, wird es für Sie und den Sheriff einen schlimmen Reinfall geben. Soweit es Sie betrifft, tun Sie mir leid, aber dem Sheriff gönne ich das Fiasko. Es ist überhaupt ein Jammer, daß Sie beide zusammenarbeiten. Ich habe das Gefühl, daß Sie viel mehr Erfolg haben könnten, wenn Sie privat arbeiten würden, als bei Ihrer aufopfernden Tätigkeit für Ihre Mitbürger. Sie würden nicht eventuell eine Zusammenarbeit mit einem älteren Herrn in Betracht ziehen?»

«Wie alt?»

«Etwa in meinem Alter.»

Selby lächelte und schüttelte den Kopf. «Sie ziehen sich doch vom Geschäft zurück.»

«Damit hat es noch keine Eile. Im Gegenteil, ich finde meine Tätigkeit sehr angenehm.»

«Beschönigen wir die Sache nicht, Carr. Sie sind ein faszinierender Schurke, und seit Sie in unserer Gegend heimisch wurden, sind Sie für unsere Gemeinschaft ein Problem. Sie haben ‹Beziehungen›. Sie handhaben Ihre Praxis auf die Weise, daß Sie Kontakte hergestellt und ein riesiges Spinnennetz über diesen Bezirk gezogen haben. Leute, die in Schwierigkeiten geraten sind, bitten Sie um Ihre Hilfe. Wenn sie sich dann in Ihrem Netz gefangen haben, das heißt, wenn ihnen durch Ihre weitreichenden und einflußreichen Verbindungen geholfen wurde, sind sie Ihnen auf Gedeih und Verderb verpflichtet.»

«Was ist daran so schlimm?» fragte Carr. «Ein guter Strafverteidiger baut sich auf diese Art eine lukrative Praxis auf.»
«In einer Großstadt vielleicht, aber nicht hier. Nehmen wir zum Beispiel diesen Fall.»
«Gut. Was ist mit diesem Fall?»
«Eleanor Harlan hat auf Eve Dawson geschossen. Milton Granby wandte sich an Sie um Hilfe. Sie tüftelten ein Schema aus, nach dem jeder der drei anderen Personen dem anderen ein Alibi gab, und sie erfanden eine Geschichte, um den Schuß zu erklären.
Sie hatten genügend Macht, um dem Eigentümer des Hauses in Las Alidas mit einem Telefonanruf zu befehlen, das Haus binnen einer halben Stunde zu räumen. Sie boten Jim Melvin Geld und persönliche Sicherheit, wenn er sich des verwundeten Mädchens annehmen und darauf achten würde, daß sie ungestört bliebe.
Durch diese Manipulationen schützten Sie Hudson Parlin, Ihren wirklichen Klienten. Es war Ihnen klar, daß Eve Dawson, als sie wiederhergestellt war, ihr Wissen so teuer wie möglich zu verkaufen beabsichtigte. Es kam ihr nicht zum Bewußtsein, was für ein gefährliches Spiel sie da mit Hudson Parlin trieb.
Eleanor Harlan bekam von ihrem Bruder ein Vorlegemesser geschenkt. Dies wurde aber nie benützt, weil die Mädchen so gut wie keine Verwendung dafür hatten. Als Hudson Parlin etwas läuten hörte, daß Eve Dawson versuchen wollte, Morris Sheldon zu erpressen, und zwar in einer Sache, die er ausschließlich sich persönlich vorbehielt, wollte Parlin sie zur Rede stellen. Und um seinen Vorhaltungen besseren Nachdruck verleihen zu können, nahm er auf alle Fälle dieses Messer aus Eleanor Harlans Wohnung mit.
Bei seiner Unterredung mit Eve Dawson stellte er fest, daß sie auf keinen Fall nachgeben würde. Vielleicht wollte er sie mit dem Messer nur einschüchtern, aber er wurde wütend und beging einen Mord. Als er dann erfuhr, daß auf dem Messer noch die Wachsstiftzeichen standen, und befürchten mußte, daß man daraus Rückschlüsse ziehen würde, ergriff ihn eine panische Angst, und er wandte sich an Sie.»
«Was ist daran unrecht?»
«Alles», sagte Selby. «Es blieb nicht bei einer Beratung, sondern Sie wurden als sein Komplice für ihn tätig. Sie versuchten

die Sache so zu drehen, als hätte Eleanor Harlan das Messer immer noch in ihrem Besitz.»

«Hat sie es denn nicht mehr?»

Selby lächelte. «Jetzt kommen wir zu einem äußerst interessanten Punkt. Brandon hat dieses Messer nicht berührt, als Sie es in sein Büro brachten. Aber er hat jenes Messer berührt, als es sich am Abend zuvor in Eleanor Harlans Wohnung befand. Wir fanden seine Fingerabdrücke auf dem Messer.»

«Donnerwetter!» rief Carr, und seine Augen zeigten plötzlich Bewunderung. «Wirklich, Selby, das war schlau!»

«Sie sehen also, wo Sie jetzt stehen.»

Carr schüttelte den Kopf und lächelte. «Ein Beweis, den ein Sheriff erbringen kann, einfach nur indem er mit seinen eigenen Fingern eine Messerklinge berührt ... Aber, aber, Selby, kein Gericht würde das jemals glauben!»

«Ein Gericht in diesem Bezirk schon. Man kennt den Sheriff.»

«Das würde vielleicht auf jene Zeit zutreffen», gab Carr zu, «ehe ich hier ansässig wurde. Lassen Sie mich dazu bemerken, Selby, daß ich diese außerordentliche Vertrautheit zwischen den Geschworenen, dem District Attorney und dem Sheriff nicht gern sehe. Da wir nun schon so ein außergewöhnliches Gespräch führen, kann ich Ihnen ja sagen, daß ich mich bemühe, hier und da eine gewisse Spannung zu erzeugen, und ich sorge dafür, daß die politischen Fehden zu erbitterten persönlichen Kämpfen ausarten. Und ich glaube nicht, daß Sie jetzt irgendein Gericht dazu bringen könnten, dem Sheriff ohne weiteres zu glauben. Ich vermute vielmehr, man wird annehmen, daß er das Ganze für eine politische Schau inszeniert hat.»

«Sie sind sehr offen.»

«Ich kann es mir leisten», sagte Carr, «weil nur Sie und ich anwesend sind. Nebenbei, Selby, Sie haben einige sehr scharfsinnige Schlußfolgerungen in diesem Fall gezogen.»

Selby fuhr fort: «Als Parlin merkte, daß Eleanor Harlan zuviel wußte, entschloß er sich, auch sie aus dem Weg zu räumen. Er bediente sich des Schlüssels zu ihrer Wohnung, den er schon einige Monate bei sich trug, und suchte sie auf. Er fand sie, wie sie saß und Pralinen aß, die sie einige Stunden vorher von Milton Granby erhalten hatte.

Das gab ihm eine Idee. Er verließ sie sofort wieder, kaufte ähnliches Konfekt, präparierte es gründlich mit einem Schlafmittel, kam zurück und vertauschte einige dieser Pralinen mit den einwandfreien. Nachdem das Mittel zu wirken begann und Eleanor Harlan eingeschlafen war, placierte er die Requisiten, die einen Selbstmord vortäuschen sollten. Aber er wagte nicht, alle Pralinen verschwinden zu lassen, weil Granby wissen würde, daß Eleanor Harlan schwerlich die ganze Packung aufgegessen haben konnte. Also verstaute Parlin den Rest der vergifteten Pralinen in seiner Tasche, und ließ, als er die Wohnung verließ, gutes, einwandfreies Konfekt zurück.»

Carr streckte sich, gähnte und sagte: «Dies ist ja alles sehr interessant, Selby, aber ich fürchte, ich habe jetzt keine Zeit mehr, Ihren wilden Theorien zuzuhören.»

«Geben Sie zu, daß sie etwas Wahrheit enthalten?»

Carr lächelte plötzlich. «Bei diesem Vertauschen des Messers haben Sie mich ganz nett reingelegt. Aber Sie werden es nie beweisen können, Selby. Und was das Weitere betrifft, so vertrete ich meinen Klienten. Ich werde Sie vor Gericht wiedersehen, wenn dieser Fall zur Verhandlung kommt.»

«Danke. Ich wollte nur sicher sein, daß Sie über den Haftbefehl für Eleanor Harlan Bescheid wissen.»

«Schon gut, schon gut. Es freut mich, daß Sie es mir mitgeteilt haben. Es wäre eine nette Falle gewesen, wenn ich gewußt hätte, wo sie sich aufhält. Aber das ist ja nicht der Fall. Gute Nacht, Selby, gute Nacht.»

Carr geleitete Selby aus dem Haus und knipste das Licht im Vorbau aus.

Selby stieg in seinen Wagen, den er verabredungsgemäß vorfand, fuhr etwa hundert Meter weit und hielt dann an. Der Wagen des Sheriffs stand auf der anderen Straßenseite.

Der District Attorney stieg aus und stellte sich wartend daneben. Eine Minute verging, dann noch eine. Dann war plötzlich hinter Carrs Haus eine Trillerpfeife zu hören, ein lauter Ruf und dann ein Schuß.

Ruhig ging Selby zur Haustür von Carrs Villa zurück, drückte auf den Knopf und ließ es klingeln.

Es dauerte vier Minuten, bis sich die Tür endlich öffnete.

Rex Brandon grinste Selby an. «Komm rein, Doug. Ich glaube, es hat geklappt.»

«Er hat die Bar in seinem Studierzimmer geöffnet. Das Mikrofon muß in dieser Bar sein und ...»

«Wir haben es schon gefunden. Eure Unterhaltung ist aufgenommen worden.»
«Das dachte ich mir. Er fühlte sich sehr sicher und wußte nur noch nicht, ob er mich mit dem, was ich sage, hereinlegen könnte, und so machte er diese Aufnahme, um sich auf alle Fälle zu sichern. Ich glaube, wir können das gegen ihn verwenden.»
«Er ist hier im Vorzimmer mit meinem Gehilfen», sagte Brandon leise. «Er weiß noch nicht, daß wir den Apparat gefunden haben.»
«Er wollte versuchen, Eleanor Harlan aus dem Haus zu bringen?»
«Ja.»
«Gut. Jetzt haben wir ihn erwischt.»
Beide betraten das Vorzimmer.
Alfonse Baker Carr saß steif und wütend auf einem Stuhl.
«Ich habe Sie gewarnt, Carr.»
«Sie können mir nichts nachweisen. Ich habe nur eine Klientin in ihre Wohnung zurückgebracht. Sie ist entführt worden und ...»
«Aber mein Bester, erinnern Sie sich gar nicht mehr, daß ich Ihnen sagte, es sei ein Haftbefehl für Eleanor Harlan ausgestellt?»
Carr lächelte höhnisch. «Versuchen Sie nicht, mich mit solch billigen Tricks reinlegen zu wollen, Selby», sagte er. «Sie wissen verdammt genau, daß Sie mir nichts Derartiges gesagt haben.»
«Ich habe Ihnen also den Haftbefehl nicht gezeigt?»
«Natürlich nicht.»
«Und ich habe Ihnen nicht gesagt, wir würden Eleanor Harlan des Angriffs mit einer Waffe beschuldigen?»
«Bestimmt nicht.»
«Und daß, falls Sie sie uns nicht auslieferten, Sie eine flüchtige und vom Gesetz gesuchte Person beherbergen?»
«Keinesfalls. Versuchen Sie nicht, mir durch eine so absurde Behauptung ein Verbrechen anhängen zu wollen.»
Selby grinste. «Spiel es ihm vor, Rex.»
Brandon wandte sich an seinen Gehilfen. «Hast du den Schalter gefunden?»
Der Mann nickte.
«Dann laß sie laufen», sagte der Sheriff.

Der Gehilfe ging ins Nebenzimmer, drückte auf einen Schalter, und im selben Moment war aus einem Lautsprecher ein melodiöses Lachen zu hören und eine eindrucksvolle Stimme sagte: «Demnach bin ich Ihnen ein Dorn im Auge . . .»
Carr sprang von seinem Stuhl hoch und schwang seinen Arm zurück. Vergnügt ballte Brandon die Faust, hielt aber mitten im Ausholen inne, als Carr sich plötzlich wieder setzte.
«Junge, Junge, es tut mir wirklich leid, daß Sie aufgeben», bedauerte Brandon.
«Was wollen Sie?» fragte Carr den District Attorney mit weißem Gesicht.
«Ich sagte Ihnen doch schon, Carr, ich möchte Ihnen helfen, sich vom Geschäft zurückzuziehen.»

## 25

Sylvia Martin lenkte den Pressewagen des *Clarion* an den Bürgersteig, als Doug Selby von seiner Wohnung zum *Palace-Café* ging.
«Hallo, Doug!» rief sie. «Willst du mit mir zusammen frühstücken?»
Selby lachte. «Du hast anscheinend gewartet, bis ich aufstehe?»
«Ja, ich wollte schon hinaufgehen und dich aus dem Bett werfen, aber das verbietet einem ja schließlich der Anstand.»
«Du hättest doch telefonieren können.»
«Ich wollte dich überraschen, Doug.»
«Womit denn?»
«Steig ein.»
Selby kletterte zu Sylvia Martin ins Auto.
«Hast du heute schon eine Zeitung zu Gesicht bekommen?» fragte Sylvia.
Er schüttelte den Kopf.
Sie öffnete den *Clarion*, breitete ihn auf ihren Knien aus und sagte: «Na, wie schaut das aus?»
Quer über die Zeitung zogen sich fette Schlagzeilen:

SELBY UND BRANDON ÜBERFÜHREN EINEN MÖRDER HUDSON PARLIN GESTÄNDIG / ELEANOR HARLAN

PACKT AUS / A. B. CARR, DER BEKANNTE STRAFVERTEIDIGER, AM SPÄTEN NACHMITTAG VERHAFTET, ABER GEGEN KAUTION FREIGELASSEN, GIBT BEKANNT, ER ZIEHE SICH INS PRIVATLEBEN ZURÜCK, AUF GRUND SEINER ANGEGRIFFENEN GESUNDHEIT.

Während der vergangenen Nacht lösten Sheriff Brandon und District Attorney Selby den allgemein bekannten Dawson-Fall. Der Tod dieses jungen Mädchens aus Los Angeles, von dem gewisse politische Persönlichkeiten lautstark behaupteten, es handle sich um einen Selbstmord, erwies sich als brutaler Mord. Unter der drückenden Last der Beweise hat Hudson L. Parlin die Tat gestanden, erklärt jedoch, sie im Affekt begangen zu haben. Er sei von Eve Dawson im Zusammenhang mit einer Bestechungsaffäre, die Morris Sheldon, den Bürgermeister von Las Alidas betraf, erpreßt und bis aufs Blut gereizt worden. Parlin, der mit einem perfekten Alibi für den Zeitraum, während dem Eve Dawson ermordet wurde, aufwarten wollte, brach in den frühen Morgenstunden plötzlich zusammen, als District Attorney Selby dieses Alibi nach allen Regeln der Kunst widerlegen konnte.
Während eines dramatischen Kreuzverhörs, das über eine Stunde währte und über dessen Einzelheiten wir unseren Lesern in der morgigen Ausgabe berichten werden, gestand Parlin schließlich, das Alibi fingiert zu haben. Er studierte den täglichen Bericht der Verkehrsunfälle in Los Angeles, las von einem Unfall Ecke Adams Street um null Uhr fünfundfünfzig an dem Morgen des Mordtages und meldete sich dann dreist und gottesfürchtig als Zeuge. Der Anwalt der Partei, die bei dem Unfall Körperverletzungen erlitten hatte, hieß Parlin natürlich mit offenen Armen willkommen, und durch vorsichtige Fragen wurden Parlin alle Einzelheiten dieses Unfalls bekannt, die seine Eigenschaft als Zeuge glaubhaft machten.
Selbys geschickte Fragen über die Einzelheiten des Verkehrsunfalles trieben Parlin in die Enge, und als er merkte, daß ihm kein Ausweg blieb, brach er vollkommen zusammen.
(Fortsetzung dieses Berichts auf Seite 2, Spalte 1.)

Selby blickte von der Zeitung auf. «Hast du nicht ziemlich stark aufgetragen, Sylvia?»

Ihre Augen glänzten. «Du weißt wahrscheinlich gar nicht, *wie* fabelhaft du wirklich bist, Doug Selby.»
Selby schaute sie an. «Ich glaube, ich muß mir irgend etwas ausdenken, wie ich dich für immer als meinen Manager engagieren könnte.»
Sylvia zeigte ein kokettes Lächeln. «Nun, ich wäre noch zu haben.»
«Ich ...» Selby wurde unterbrochen, als Rex Brandon mit dem Polizeiwagen hinter ihnen hielt und rief: «Hätte dich fast nicht gefunden, Doug. Hast du eine Minute Zeit für mich?»
Der District Attorney machte eine abwehrende Bewegung in Richtung des Sheriffs. «Verschwinde! Erstens habe ich eine Verabredung zum Frühstück, und zweitens reden wir hier über wichtige Dinge.»
Aber Brandon grinste nur, während er mit seinem Wagen neben sie fuhr. «Steig um, Doug. Old A. B. C. zahlte für sich und Eleanor Harlan Kautionen in Höhe von 15 000 Dollar. Dann flogen beide nach Tijuana und heirateten. Jetzt kann also keiner gegen den andern aussagen.»
Selbys Gesicht spiegelte seine Verblüffung wider.
«Dann ist er also außer Reichweite, Doug?» fragte Sylvia.
«Ich glaube schon», meinte Selby und runzelte nachdenklich die Stirn. «In diesem Staat kann man weder Ehemann noch Ehefrau dazu zwingen, gegen den andern auszusagen. Carr hat es wieder mal ganz schlau angefangen, aber er hat sich dafür eine Frau eingehandelt, die sein Leben äußerst unterhaltsam machen wird, und er wird nicht wagen, eine Scheidung einzureichen, bevor die Verjährungsfrist abgelaufen ist. Es besteht allerdings die Frage, ob eine Scheidung die Immunität aufhebt, und Carr wird kein Risiko eingehen wollen. Ein Glück, daß wir wenigstens Parlin haben.»
Sylvia Martin seufzte. «Auf, auf, Sklaven des Alltags!» sagte sie. «Wir müssen die Flitterwochen von Mr. und Mrs. Carr unter die Lupe nehmen. Das sind ja Neuigkeiten!»